云南大学非洲研究丛书

20世纪非洲文学
觉醒与发展之路

African Literature in the 20th Century:
The Road to Awakening and Development

夏艳 著

中国社会科学出版社

图书在版编目（CIP）数据

20世纪非洲文学：觉醒与发展之路/夏艳著.—北京：中国社会科学出版社，2021.4
ISBN 978-7-5203-7199-5

Ⅰ.①2… Ⅱ.①夏… Ⅲ.①现代文学—文学研究—非洲 Ⅳ.①I400.65

中国版本图书馆 CIP 数据核字(2020)第 176276 号

出 版 人	赵剑英
责任编辑	马 明 李金涛
责任校对	王福仓
责任印制	王 超
出 版	中国社会科学出版社
社 址	北京鼓楼西大街甲 158 号
邮 编	100720
网 址	http://www.csspw.cn
发 行 部	010-84083685
门 市 部	010-84029450
经 销	新华书店及其他书店
印 刷	北京明恒达印务有限公司
装 订	廊坊市广阳区广增装订厂
版 次	2021 年 4 月第 1 版
印 次	2021 年 4 月第 1 次印刷
开 本	710×1000 1/16
印 张	11.25
字 数	181 千字
定 价	59.00 元

凡购买中国社会科学出版社图书，如有质量问题请与本社营销中心联系调换
电话：010-84083683
版权所有　侵权必究

目　录

导　论 …………………………………………………………（1）

第一章　"时运交移、质文代变"：20世纪非洲文学的研究与特点 …………………………………………（8）
　第一节　20世纪中国对非洲文学的译介、研究 …………（10）
　第二节　非洲文学研究的意义 ……………………………（17）
　第三节　20世纪非洲文学的四个特点 ……………………（25）

第二章　20世纪以前：口头文学传统与部族社会习俗 ……（33）
　第一节　原始种族与口头文学 ……………………………（34）
　第二节　近代埃及文学和黑非洲文学 ……………………（39）
　第三节　非洲文学与传统社会特色 ………………………（46）

第三章　20世纪初至60年代：书面文学诞生与独立运动高涨 ……………………………………………（52）
　第一节　非洲现代文学的发轫 ……………………………（52）
　第二节　非洲文学与民族意识的觉醒 ……………………（58）
　第三节　以"黑人性"为代表的文学理论 ………………（67）

第四章　20世纪60年代后：现代文学成熟与国家构建困境 ……（73）
　第一节　非洲现代文学的发展 ……………………………（73）
　第二节　非洲现代文学的内涵 ……………………………（78）

第三节　非洲现代文学与民族国家构建 …………………… （91）

第五章　殖民历史与非洲文学和西方文学的复杂关系 ………… （99）
　　第一节　传教士、殖民统治与现代文学的萌芽 …………… （99）
　　第二节　种族主义与黑非洲文学：从传统到现代 ………… （104）
　　第三节　双重文化影响下的非洲文学 ……………………… （111）

第六章　后殖民时代非洲文学与地区环境适应同构 …………… （120）
　　第一节　西非文学 …………………………………………… （121）
　　第二节　北非文学 …………………………………………… （130）
　　第三节　东非文学 …………………………………………… （137）
　　第四节　南非文学 …………………………………………… （144）

附录一　20 世纪百年非洲文学经典的生成 …………………… （153）

附录二　21 世纪凯恩非洲文学奖 ……………………………… （162）

参考文献 …………………………………………………………… （167）

后　　记 …………………………………………………………… （173）

导　　论

　　一个世纪以来，非洲文学以其特有的敏锐和真切，既反映着非洲人民所生存的历史与社会环境，更表达着非洲人民内在的精神与心灵追求。20世纪的非洲文学应该在20世纪的世界文学史上获得它应有的尊重与地位，因为它已经跳跃式崛起并获得世所瞩目的成就。20世纪百年非洲文学的演进过程与百年非洲大陆历史变迁的复杂关系，通过"文学与时代"互动关系的综合性研究得以呈现。20世纪非洲文学是透视这百年非洲社会变迁的一个特殊窗口，是这百年非洲人民探索民族复兴、国家发展、国际尊严而在文学方面所做的特殊努力。将文学发展与社会历史进程联系起来通而观之，能够揭示各种社会因素对非洲文学的影响，及非洲文学自身发展的内部动力。非洲现代文学产生于并反映了非洲独特的社会历史进程，而非洲变幻动荡的时代环境又促成了非洲现代文学与民族特征的形成。非洲作家始终具有直面现实的勇气和强烈的时代使命感，在直接参与时代变革的过程中，他们痛苦思索和深入探讨着身份认同、民族独立和国家建设的重大时代主题。透过非洲现当代文学之窗，我们可以更真切地感悟和理解20世纪百年非洲人民的奋斗与追求、挫折与成功。

　　关于非洲文学发展史的研究，包括时间梳理和阶段总结。文学一般的规律总是先有文学创作，然后有文学批评，最后才有文学理论和文学史，文学创作是因，文学批评和理论乃至文学史是果。非洲文学史就是关于非洲文学的历史，作为"文学"史，它有别于"思想史""哲学史""宗教史""政治史"等种种非文学的历史；作为文学"史"，它将不同于文学的"理论"和"批评"，而应是对"文学"的"历史"

的阐述。20世纪非洲文学发展是对20世纪非洲文学的历史研究，它强调时间性、关系性和历史性，在方法上侧重探源、梳理和阐发，少有静态的、个别的分析和概括，多是动态的、整体的研究和总结；它不是一般意义上的文学史研究，重点不在于具体文学作品的细部赏析，而是把文学与整个历史进程联系起来，揭示出各种社会因素对文学的作用和影响。有时候，文学趣味和审美理想的历史转变，并非文学本身所能决定，归根到底仍然是现实生活，如非洲漫长的口头文学传统和20世纪跳跃性崛起的现代书面文学，主要因素之一还是现实生活从因循守旧到巨大变动而导致。

本书是综合、交叉研究的结果，内容涉及文学、历史、社会、政治等，从文学发展的角度，把非洲社会的历史进程作为一个整体来加以分析和把握。文学是否与社会变化、历史更迭、政局跌宕相关呢？言为心声，心又受家事国事天下事干扰，毋庸置疑，文学是人学，是时代的感应器和晴雨表，是社会混乱、历史巨变、时局动荡造成的最强音，是发自内心对自由、平等的渴望和呐喊，对世间不公、腐败堕落的揭露和纠偏。政治是赤裸裸的现实，文学来源于现实却高于现实。文学的存在，是一个远比现实世界更为理想的世界，是良知和正义必将胜利的未来的世界，它一开始存在于大众混沌心灵的模糊期待中，被少数敏锐勇敢的心灵洞察并高举起来，他们登高一呼，则应者云集，人人为了这一理想的世界奋不顾身、前仆后继，于是风云为之变色、民族为之凝聚、社会为之变革、大势为之变换。当然，最后建立之世界，也不是理想，却更接近于理想。文学不仅是被动地反应现实的社会，而且是积极地参与未来的形成，用这种方式和社会历史相伴随生。任何一种想要割裂其中纷繁复杂之关系，孤立地进行文学、社会、历史、政治的研究，虽能在某方面深入分析却难以登高望远把握大势。研究的方法不同，得到的结果不同。面对众多前人研究的成果，收集单方面的资料进行单纯研究可能较为容易，这样做，对于不愿进行深入思考的人来说，大多只能停留在表面人云亦云，不能独立思考并观察到本质，只能记忆和罗列已经发生的若干事件和现象，难以厘清现象背后纷繁复杂之关系、辨析过去历史之轨迹、觉察未来发展之趋势。当然，认真思考的人进行单纯的研究同样很有意义，只是学识尚浅的初学者易作茧自缚，还自以为是。基于此，作者有意进行探索，力图还历史以本来面目，而不是为了研究的方便，把文学、历史、社会或政治任意抽离，单独进行研究，只顾其一，无视其他（毋庸置疑，这样做同样具有意义和不可缺少，有利于增加对文学本身的了解）。当然，这样的探索必须建立在广阔的视野、厚实的学识、平和的态度上。朝着这样的方向去努力，也有可能最后的结果却受能力所限。虽然力图不要画地为牢，但想有鲜明的突破很难，唯有继续努力而已。虽然这样做比单纯研究更接近外部事实，对于了解非洲文学发展的总体现象必不可少，但需要补充的一点是，这同时也受到非洲口头文学资料缺乏、非洲文学史撰写困难以及口述历史对历史学家的挑战的影响。

　　本书结合历史研究和专题研究的方法，强调时间性、关系性和历史性，是动态的整体的研究和总结。主要按照时间的先后顺序，展示20世纪非洲文学发展的轨迹和取得的成就，同时反映20世纪非洲的社会变迁和时代精神，通过对非洲文学在20世纪以前、20世纪60年代以前、20世纪60年代以后的历史发展进行梳理，从而对非洲文学纵向发展的概貌有个整体的描绘，按照重要历史时期对文学发展与社会变化的关系进行研究和总结。西方殖民经历视野下的非洲文学与西方文学的复杂关系辨析是专题研究，按照历史事件的内在联系进行分析，笔者从中看到了非洲文学和西方文学、非洲文学和政治运动的密不可分的联系。后殖民时代非洲文学的区域化演进趋势与地域化特征形成，时段的划分主要根据非洲和世界局势的重大变换，而文学现象的变动正好与此适应，后者受前者影响又反作用于前者，并深刻地反应了前者，同时从地理上把非洲大陆划分为北非、西非、东非、南非四部分深入总结其文学中的地域特色。在文学理论方面认同现实主义文论，运用刘勰《文心雕龙》的"时运交移，质文代变"文学史观、泰纳《艺术哲学》的"种族、环境、时代"文学三要素说、亚里士多德《诗学》的"模仿说"、巴赫金的"对话"理论（反对抽象的唯理论和封闭的系统论）等等。在总结非洲文学发展的基础上，把"黑人性"和"功用性"归纳为非洲文学理论的范畴。

　　本书是关于20世纪非洲文学发展的综合研究，运用现实主义文学理论，探求非洲现代文学形成和发展的动因，把文学同它的时代和社会环境等因素联系起来，分析作家们的特点并对他们的作品进行概括性的介绍，这符合作者撰写的目的，即基于文学与社会历史进程相关联的视角对非洲文学发展的研究。这一特色细化到每一个章节的主题和内容，都是文学与社会历史、时代背景的交叉研究，并体现在每一个章节，既有对文学与社会历史的不同时段、地域之叙述，又有对文学既反映历史又反作用于历史的特殊功能作出的论述。20世纪非洲文学与种族、环境、时代的关系是不同部分内容的相同底色，也是从不同角度进行总结的一条主线，这样做并不困难，因为现实主义文论本来就来源于不同世界地区文学的历史和现实，既总结了不同文学现象的同一规律，又解释和说明了不同文学现象的本质，所以朝这个方向去收集资料和分析论说能够达到目的。这样做对研究非洲文学很有意义，因为非洲文学的整体发展趋势和不同阶段的划分只有和非洲社会历史的发展结合起来才能够得到合理的说明和总体的把握。正如现实主义文论的代表人物之一法国的泰纳著名的文学三要素说提到的"种族、环境、时代"，是阐释任何民族、国家的文学不可或缺的三个重要角度。

1. 殖民环境与书面文学的发端

400多年的奴隶贸易和19世纪欧洲人对非洲的征服，导致一种共同的历史背景，使我们能够将非洲作为一个整体加以论述。非洲各国尽管有些在地理上相距极远，各国的文化传统也千差万别，但其社会和文化情况在当代仍有其相似点，因此非洲不同地区的文学发展过程在类型上就有某种共同的前提。[①] 一方面，20世纪以前撒哈拉以南的广大地区少有文字，文学大多处于口传阶段。在把非洲强行纳入资本主义生产轨道的同时，西方一方面借传教士之手为有些语言创造了文字，另一方面又向当地人直接传授自己的语言和文字，从而使他们意外地获得了用英语、法语、葡萄牙语等创作的能力。20世纪30年代以来，非洲书面文学蓬勃发展。正规教育的发展，使受过大学教育的非洲人增加，一批非洲自己的作家终于出现。

---

① ［苏联］伊德尼基福罗娃等：《非洲现代文学》，刘宗次、赵陵生译，外国文学出版社1980年版，第2页。

2. 种族主义与现代诗歌的兴起

非洲现当代文学中各种文学体裁都出现了不少优秀作品,其中诗歌和小说的成就十分突出。诗歌是非洲现代文学中兴起最早发展最快的文学形式。数量众多的诗歌作品,歌颂了黑非洲的民族传统,表达了诗人对祖国的热爱,揭露了殖民主义的罪行,反映了非洲人民争取自由解放的必胜信念,发出了民族觉醒的呐喊声。和"黑人性"紧密结合的现代诗歌,一开始就歌颂着觉醒的自我意识、急迫的民族启蒙。白人掠夺和统治非洲的历史过程中,奴隶贸易、殖民统治的思想基础即认为黑人天生低人一等的种族主义一度畅行无阻。只能凭借自身途径去获取尊严和独立的黑人,首先必须纠正历史偏见对民族的误读、种族的歧视,才能焕发自信去争取独立。修复创伤和塑造自信的双重使命,让非洲文学有着非同一般的丰厚内涵。

3. 民族独立与现代小说的发展

小说在非洲的现当代文学中占有重要地位,取得了很大的成就,出现了大批有影响的作家和作品。这些作品从不同的角度和层面反映了非洲的历史和现实,描述了殖民主义入侵后非洲社会的动荡和不安,抨击了殖民统治给黑非洲人民带来的种种痛苦和灾难,也展示了独立后非洲社会出现的各种新的矛盾和冲突。从历史上看,民族主义及其观念伴随着刀枪和战火从西方传入东方。黑非洲民族主义运动兴起时,非洲的"民族"大多数还处于形成过程中,只存在个别名义上的独立国家,黑非洲的民族独立运动是在西方列强人为划定的殖民地范围内进行的。[1] 被强加于殖民地的西方体制与价值观破坏了受统治的人们原有的社会结构和文化生活,但同时也激发起黑人的文化自觉意识和对非洲过去的自豪感;这表现在非洲人对民族语言的追寻上,表现在一种文学的兴起上……[2] 如果说诗歌是非洲大陆最具有本土气息的文学形式,小说则完全是舶来品。欧洲殖民统治时期,在闯入非洲的所有文学体裁中,小说

---

[1] 高文惠:《黑非洲民族主义文学的历史演变》,《德州学院学报》2006 年第 22 卷第 4 期,第 29 页。

[2] [英] 威廉·托多夫:《非洲政府与政治》,肖宏宇译,北京大学出版社 2007 年版,第 47 页。

从许多方面来讲都是最纯粹的欧洲产物。① 从欧洲传入非洲的民族观念最终导致了民族独立运动，与此同时，同样是欧洲产物的文学体裁——现代小说也在民族独立运动中走向成熟。正如西方小说的兴起以及欧洲19世纪宏大的叙事方式均与高扬的民族精神密切相关，非洲现代小说的跳跃式发展是由多方面因素促成，其中民族意识的觉醒是促成发展的重要动因之一。②

4. 时代政治与非洲文学的使命

20世纪非洲文学与非洲政治一直结合得相当密切，有些作家、诗人本身也是政治家。阿格斯蒂纽·内图、朱利叶斯·尼雷尔和利奥波德·塞达·桑戈尔（Léopold Sédar Senghor）等诗人和翻译家也做过国家总统，但也没妨碍他们成为文化巨人。③ 2003年诺贝尔文学奖授予南非作家约翰·马克斯韦尔·库切（J. M. Coetzee），这也是诺贝尔文学奖第四次花落非洲大陆。库切的作品对非洲种族隔离制度的深刻剖析，不禁让人想起前三位非洲诺贝尔奖获得者尼日利亚作家沃莱·索因卡（Wole Soyinka）、埃及作家纳吉布·马哈福兹（Najib Mahfuz）和南非女作家纳丁·戈迪默（Nadine Gordimer），他们同样为生活在这片贫瘠大陆上的人民奉献了毕生的心血。

本书旨在论述非洲文学和社会历史相伴生的发展过程并得出有说服力的结论，而不是包括所有作家在内的非洲文学百科全书。时段划分结合了20世纪非洲社会历史的进程，同时符合非洲现代文学的诞生、发展和成熟的不同状态。论述了20世纪对非洲社会历史、传统文化产生深远影响的西方殖民统治对非洲文学的影响，以及非洲文学对西方文学的对立和借鉴。探讨了非洲文学和社会历史在不同地域划分下的地区特色，以及具有代表性的国别文学。当然，对同一个研究对象进行不同角度的考察才能对概貌有所了解，否则只是片面的见解。只是无论怎么区

---

① ［肯尼亚］马兹鲁伊主编：《非洲通史——第八卷：1935年以后的非洲》，屠尔康等译，中国对外翻译出版公司2003年版，第402页。
② 夏艳：《民族独立与非洲现代小说的发展》，《世界文学评论》2010年第1期，第204页。
③ ［美］伦纳德·S. 克莱因：《20世纪非洲文学》，李永彩译，北京语言学院出版社1991年版，第167页。

分，考察对象和内容都会在不同章节有重合的地方，因为研究对象、研究方法是通篇统一的。尽量避免重复论述并保持论述的完整，如对埃及古代、近代文学的特殊贡献和发展进行介绍和分析之后，一直等到后面章节才接着对埃及现代文学的现象进行分析和总结。对代表性作家的研究尽量偏重没有遗漏，并根据他们不同的历史作用把他们放在不同的时段来总结，如对利奥波德·塞达·桑戈尔、钦努阿·阿契贝（Chinua Achebe）、V. M. 库切的安排，这样就不会让内容重复冗长，又能够尽量分清不同作家对不同历史阶段的反映、思考和能动作用。

非洲的混乱表象下还有潜藏的纽带维系着这块大陆的平静，共同的历史和文化、相似的经历和斗争、班图哲学为基础的非洲价值观尤其是遭遇殖民压迫之后的觉醒和发展，这些都是值得去把握的影响非洲现实和未来的基本因素。非洲文学产生的意义和表现的主题即在于此，一如戈迪默在诺贝尔奖获奖致辞中提到的："我们必须从自己所处之地的悲剧出发，才能真正进入和认识我们所处的世界。"非洲文学是现实主义的文学，是和内在关切紧密相关的文学。非洲现代文学从诞生之初延续至今的继承传统、启蒙民众、促进变革的历史使命一直没有改变。20世纪非洲文学一直是真实反映并深刻表现民族和国家的困境和矛盾的镜子，是外界了解非洲的捷径，是非洲人认识非洲、把握未来的立足点。

第一章

"时运交移、质文代变": 20 世纪非洲文学的研究与特点

中国著名的文学理论家刘勰在《文心雕龙·时序》篇写道:"时运交移,质文代变,古今情理,如可言乎"①,他认为文学的风貌不是固定不变而是不断发展,每个时代有每个时代的文学风貌,文学随时代的发展而变化,"文变染乎世情,兴废系乎时序"②。据此他提出了"通变"的文学发展原则,要求文学既要继承又要变革。"歌谣文理,与世推移"③,说明了文学与时代和社会的紧密关系。文学是时代的产物,这种科学的文学史观对中国古代文学发展影响深远:从古至今始终占据主流的现实主义文论认为,文学与社会、历史、意识形态等有着不可分割的联系,不能脱离这种活生生的联系孤立地研究文学。现实主义文论的核心命题是文学反映现实,再现人生。现实主义文论的源头,在西方可以追溯到亚里士多德《诗学》中的"模仿说"④。作为古典的文学社会批评方法的集大成者,19 世纪法国著名的文学理论家和艺术史家泰纳(Hippolyte Adolphe Taine,1828–1893)在吸纳和继承前人成果的基础上,形成了他独特的"种族、环境、时代"三要素说,奠定了文学社会批评方法的科学形态,对 20 世纪文学批评的发展产生了极为深远

---

① (南朝梁)刘勰:《文心雕龙》,中州古籍出版社 2008 年版,第 407 页。
② 同上书,第 422 页。
③ 同上书,第 407 页。
④ 刘象愚主编:《外国文论简史》,北京大学出版社 2005 年版,第 181 页。

的影响。① 毋庸置疑，通过文学，我们可以了解民族、社会、时代等因素在人们心中留下的深刻印记。

我们大多数人从小在不知不觉中看到并接受了有关非洲的各种各样神话，许多公然否定非洲和非洲人的描述，都能在大众小说、杂志、电影和电视节目中找到，但另一方面，我们也能看到与此相反的非洲观，它们赋予非洲和非洲人远为理想化的前途；前者如"原始的非洲""野蛮而危险的非洲""破碎的非洲"，后者如"自然美的非洲""空想的非洲"。② 事物是复杂而非简单的，想用某个单一特征来代表整个非洲大陆的观点，都是偏颇的。为了认识一个真实的非洲，没有比阅读非洲人自己创作的小说和表达感情的诗歌更方便快捷、直接有效的方式了。但一个真实的非洲，不仅仅是文学的非洲，透过非洲人的心灵世界，看到的是非洲大陆在奴隶贸易、殖民掠夺、种族歧视、宗教传播、现代文明、全球经济等强烈外界刺激下部族的抗争、民族的觉醒、种族的尊严、国家的独立和传统的反思。这样一个社会现状、思想意识不断变化的过程，文学、社会、历史、政治、宗教、贸易、战争等因素和现象交相辉映、裹挟掺杂在一起，想要独立进行文学、社会、历史、政治、宗教、贸易、战争等等的单纯研究，都是学者的一厢情愿的努力和凭空想象，不可否认这样做可以方便研究，并能够深入分析，但与实际并不相符。正如现实主义文论的代表人物之一法国的泰纳著名的文学三要素说提到的"种族、环境、时代"，是阐释任何民族、国家的文学不可或缺的三个重要角度。从文学的角度反映这种错综复杂的关系，让人看到巨大的社会更迭和时代变幻的历史过程中文学等文化要素同样不可忽略，从历史学的角度揭示20世纪百年非洲文学发展的轨迹，从中反映出这段历史时期的社会变迁与时代精神。

---

① 刘象愚主编：《外国文论简史》，北京大学出版社2005年版，第181页。
② 埃里克·吉尔伯特、乔纳森·T. 雷诺兹：《非洲史》，黄磷译，海南出版社、三环出版社2007年版，《序言》，第6页。

第一节　20世纪中国对非洲文学的译介、研究

改革开放以来，中国发展迅速，加强了与非洲的友好合作关系。从1956年埃及与中华人民共和国建交以来，54个非洲国家中已经有53个国家和中国建立了外交关系[①]。中非关系随着2000年中非峰会的召开而迈向崭新阶段，2006年《中国对非洲政策文件》的发表标志着21世纪中国对非洲政策日趋成熟。中非之间致力于建立和发展政治上平等互信、经济上合作共赢、文化上交流互鉴的新型战略伙伴关系，这激发了国人对中非合作的关注，而学者的任务是深化对非洲各个领域的研究。随着中国的综合国力逐步提高、国际视野日益开阔，20世纪中国非洲研究的领域由窄变宽，且变得越来越重要，关于非洲文学的翻译、介绍和研究也渐由粗浅向精细转变。非洲文学研究是非洲研究领域的一部分，较为滞后和薄弱的部分。非洲文学反映的是非洲人的思想和情感，对它的研究可以使我们对非洲的认识和了解更加深入，从而有助于在中非合作中有一个更加真实的非洲图景。

一　20世纪初至中华人民共和国成立前

虽然中非之间的交往久远，早在汉朝中国与埃及之间就存在文化交流，"早期关于非洲的出版物大致可分为三类：涉及非洲某些地方的世界地理的翻译和编译、中国人的游记和关于埃及的书籍。"元代时中国旅行家汪大渊曾有赤道以南东非桑给巴尔岛之旅，明朝时郑和率领的庞大船队多次抵达东非海岸，随郑和远航归来的马欢和费信曾写下文《瀛涯胜览》《星槎胜览》，但是中国对非洲的了解始于近代。林则徐下令收集和汇编的《四洲志》、魏源编撰的《海国图志》都提到了非洲。[②]

[①]　截止2019年9月，《中华人民共和国与各国建立外交关系日期简表》，外交部网站，https://www.fmprc.gov.cn/web/ziliao_674904/2193_674977/。

[②]　李安山：《20世纪中国的非洲研究》，《国际政治研究》2006年第4期，北京大学主办，第110页。

第一章 "时运交移、质文代变"：20世纪非洲文学的研究与特点 / 11

　　20世纪可谓中国与非洲共命运的世纪，双方都经历了列强的瓜分、社会的巨变、民族的复兴和国家的建设这样一个历史过程。因为20世纪中华文明追求现代复兴与发展任务的紧迫与艰难，更因中华学术经世致用传统之影响，中国学术过去百年的成长过程，始终紧紧围绕着服务中华文明复兴与发展的当下急迫之需；摆脱落后、追求先进的时代使命，使现代中国学术的目光多紧盯那些先进于我之国家民族；于是在相当长的时期中，包括中华人民共和国成立后，非洲大陆这个重要的自然地理区域和人类文明世界，便成为中国现代学术世界中一块"遥远边疆"、一片"清冷边地"。① 20世纪初至中华人民共和国成立前，中国学者对非洲的介绍和研究十分有限。中华人民共和国成立后国内翻译的书籍主要包括非洲民族主义领导人的著作、西方学者或苏联学者的重要著作；国内学者出版了两本重要著作：《中非关系史初探》（张铁生，1963）、《现代埃及简史》（纳忠，1963），后者标志着国内非洲学术研究的开端。② 为了使各级领导了解国外事务，大量非洲不同国家的历史类书籍或概述性著作被挑选出来翻译出版，有些非洲研究领域的经典著作也被翻译出版，如英国著名非洲学专家巴兹尔·戴维逊的专著③。中国的非洲研究主要开始于"文化大革命"后，成立了两个全国性的组织：偏重当前问题的中国非洲问题研究会（1979）、偏重非洲历史的中国非洲史研究会（1980）。20世纪70—80年代，学者的学术研究主要包括非洲殖民统治时期的初期反抗和抵抗运动、第一次世界大战以来的非洲民族主义运动和重要人物，以及关于奴隶贸易、殖民扩张、反抗殖民主义的斗争、早期资本主义的发展以及非洲民族知识分子的形成等。一些著作和专著出版，大部分是关于非洲通史、国别史以及中非古代交往史的梳理，还有对非洲概况、非洲名人、非洲酋长体系的介绍和描写，以及对联合国教科文组织编纂的《非洲通史》翻译工作的开始，

---

① 刘鸿武：《初论建构有特色之"中国非洲学"》，《西亚非洲》2010年第1期，第6页。
② 参见李安山《20世纪中国的非洲研究》，《国际政治研究》2006年第4期，北京大学主办，第114页。
③ 我国翻译出版巴兹尔·戴维逊的著作有：《非洲的觉醒》（1957年）、《黑母亲买卖非洲奴隶的年代》（1965年）、《古老非洲的再发现》（1973年）、《现代非洲史：对一个新社会的探索》（1989年）。

西非史诗《松迪亚塔》(1983) 也被翻译出版。1995年、1996年陆续出版的三卷本《非洲通史》是中国非洲史研究会集体智慧的结晶，总结了中国学者过去十年的研究成果，主要围绕一些诸如社会主义、民主化、种族问题、国际关系等的热门话题，其中非洲政治得到更多关注。国内在外国研究领域的政治先行，主要是受到公元1500年以后欧洲海外扩张所引发的一系列政治事件的影响，不再有遥不可及的天涯海角，小国寡民的封闭和安宁被打破，没有一个国家可以偏安一隅，都不得不主动或被动地看清和参与着工业革命后世界局势的剧烈动荡。世界大战的残酷爆发、国际交往的日益频繁、现代文明的无情挑战，让世界各国都在互相干扰和较量中变得越来越现实，现实就是用国家实力来说话，发展才是硬道理，落后就要挨打。国内的非洲研究也是如此，早期研究对象大多集中在政治领域，但这并不能说明，其他领域的研究不重要。

综上所述，对非洲的介绍和了解开始于近代"睁开眼睛看世界"的急迫的民族启蒙，中华人民共和国成立后随着国际局势的风云变幻和国内发展的持续稳定，非洲研究在满足政治需要的过程中逐渐向学术性、专业性方向发展，取得了很大进步，但还有很多领域有待关注和研究。与欧美非洲研究早期偏重研究非洲历史、民族和语言等人文学科不同的是，出于和非洲一样的反抗霸权压迫、争取独立自主、谋求国家建设的共同需要，中国的非洲研究一开始就多了些意识形态色彩。以和平与发展为主题的当代，非洲研究领域的视野更加开阔，心态更为平和，非洲文学研究的薄弱在一些学者的努力下，正有待改善。

二 中华人民共和国成立后至20世纪末

在近代中国，许多文人一直坚持不懈地介绍西方科技与文化，为传播西方思想文化让国人了解西方世界做出了卓越贡献。严复在《天演论》序言中关于翻译理论的一些见解和"信、达、雅"著名翻译观点的提出，推动了我国近代文学翻译及翻译理论的发展。其中，对非洲文学的译介则显然滞后于我们急于学习的"先进的"西方文学。

中华人民共和国成立后最早翻译的非洲文学作品有：1957年的《古代埃及故事》（倪罗译）和埃及的《亡灵书》（锡金译），以及1962年的莫桑比克桑托斯的《兴凯亚诗选》（戈宝权译）。20世纪70年代关于非洲文学的译介工作几乎停滞，可能只有一本关于埃及作家迈哈穆德·台木尔的《台木尔短篇小说集》，邬裕池、秦水等译，人民文学出版社1978年出版。20世纪80年代起，国内一批学者先后出版了关于非洲文学的编作和译作。李永彩翻译了《20世纪非洲文学》（1991）和非洲著名的史诗《松迪亚塔》（2002）、高长荣编选了《非洲戏剧选》（1983）和《非洲当代中短篇小说选》（1983）、刘宗次和赵陵生翻译了《非洲现代文学》（1980）、李振中翻译了《阿拉伯埃及近代文学史》（1980）。译作中的诗选有塞内加尔桑戈尔的《桑戈尔诗选》（曹松豪、吴奈译，1983）、沃莱·索因卡著《非洲现代诗选》（汪剑钊译，2003）以及《非洲诗选》（周国勇、张鹤编译，1986）。口头文学有《非洲民间故事》（郭悦群等译，1981）、《非洲神话传说》（唐文青译，1984）、《非洲童话》（董天琦译，1987）和《非洲童话集》（尧雨等译，1988），最后李永彩主编了《非洲古代神话传说》（1999）。关于非洲文化的著作有：宁骚《非洲黑人文化》（1993）、刘鸿武《黑非洲文化研究》（1997）、李保平《非洲文化史》（1999）及艾周昌主编的《非洲黑人文明》（1999）；此外编著还有《流血的黑非洲：欧洲文明与非洲文明的撞击》（冯玉军、刘艳玲著，1995）、《黑色的光明：非洲文化的面貌与精神》（宋擎擎、李少晖主编，2006）等。其中，《二十世纪非洲文学》是国内第一次按国别全面评价非洲文学的译著，之前国人所熟悉的非洲文学除了埃及等极少数国家外，其余几乎是空白，翻开这本译著则会发现，非洲文学有悠久的口头文学传统，书面文学经过一个多世纪的发展已很发达。西非著名史诗几内亚的《松迪亚塔》是非洲口头文学作品和英雄史诗的代表作，1983年由李震环、了世中首次翻译出版后，于2002年再次由非洲文学研究专家李永彩翻译出版，《松迪亚塔》说明非洲具有伟大悠久的口头文学传统和铸就了非洲民族精神的高雅史诗，它为20世纪非洲文学奠定了坚实基础。

关于当代非洲小说的翻译主要集中在埃及、尼日利亚、肯尼亚、塞内加尔、南非、喀麦隆等国。1958年翻译第一部小说南非奥丽芙·旭莱纳的《一个非洲庄园的故事》之后，接着是喀麦隆费尔南·奥约诺的《老黑人和奖章》（1959）、埃及塔哈·侯赛因的《日子》（1961）、塞内加尔桑贝内·乌斯曼的《祖国，我可爱的人民》（1961）和《神的女儿》（1964）、尼日利亚钦努阿·阿契贝的《瓦解》（1964）。其中阿契贝的代表作《瓦解》，讲述一个部落英雄步步走向屈辱的死亡过程，象征了非洲传统文化在西方殖民统治时期濒临崩溃，预示着非洲民族意识的觉醒。20世纪70年代翻译出版的小说少到似乎只有埃及陶菲格·哈基姆的《乡村检察官手记》（1979）。20世纪八九十年代，译介最多的是埃及小说（20多本），另外主要围绕诺贝尔文学奖作家作品及著名作家作品。这20年来翻译最多的是埃及纳吉布·马哈福兹的代表作开罗三部曲①等十几本小说，及《纳吉布·马哈福兹短篇小说选萃》（1989）。值得一提的小说有沃莱·索因卡的《痴心和浊水》（1987）和《狮子和宝石》（1990）、钦努阿·阿契贝的《人民公仆》（1988）；肯尼亚恩古吉·瓦·提安哥（Wa Thiong'o Ngugi）的《一粒麦种》（1984）、《孩子，你别哭》（1984）、《大河两岸》（1986）；喀麦隆费尔南·奥约诺《童仆的一生》（1985）、南非纳丁·戈迪默的《七月的人民》（1992）和《戈迪默短篇小说选》（1993）等等。非洲现代小说和社会现状时代主题紧密结合，独立前反映的是殖民统治时期的民族独立和民族斗争，独立后反映的是国家建设过程中的社会内部矛盾。一般而言，尼日利亚、埃及、南非、肯尼亚等国的非洲文学更为发达。

回顾整个20世纪，可见国内的非洲研究逐渐由政治需要转变为学术取向，研究领域也由窄变宽，从政治领域扩展到其他领域，比如历史、地理、经济、文学、民族研究、文化研究等；研究水平有所提高，从概览和介绍变为更为具体和详细的研究。② 国内多从后殖民文化角度去接触非洲文学，关于非洲文学的专门研究仍处于译介和认识阶段，学者的相关专著在2010年前仅有2009年李永彩的《南非文学史》以及高文惠（《后殖民文化语境中的库切》，2008）、王敬慧（《永远的流散者：库切评传》，2010）关于库切的研究专著。长期以来，文学评论界把非洲文学界定为东方文学的不可分割的一部分来做介绍，认为文学是不能

---

① 即《宫间街》、《思宫街》、《甘露街》，小说通过一家三代人不同的命运，描绘了1917—1944年间埃及社会历史的种种变迁，每一部侧重描写一代人的生活，并以该代人的居住地作为书名，作品颇似一幅埃及现代的风俗画卷。

② 李安山：《20世纪中国的非洲研究》，《国际政治研究》2006年第4期，北京大学主办，第122页。

脱离政治的，东方文学这个概念既有地理因素又有政治因素，是亚洲和非洲文学的总和；往往从东方文学、后殖民文学、民族主义文学的理论角度去解读非洲文学。受萨义德的东方主义学说的影响，面对曾经被侵略的历史、被蔑视的文化和自大的西方中心主义，中国文学和非洲文学找到了相同的立场。可以看出，关于非洲文学的研究还停留在译介和文学评论上，文学理论基本借用国外，缺少国内的对非洲文学从整体上的把握和分析，以及通过对非洲文学史的梳理来认识非洲文学现象的论文和专著。21世纪尤其是近十年来，中国的非洲文学研究有了长足发展，"有一种从边缘向主流渐进的趋势"①，在此不做详述。

国外非洲研究成果还没有学者专门整理过。通过国内译介的作品和收集到的英文资料，可以看出研究水平较高，研究领域宽泛，历史、地理、政治、经济、文化、文学、人类学、民族学等各方面均有涉及。和中国学者相比，他们在非洲生活和考察的经历丰富，还具有语言和文化交往上的历史和优势。已经翻译的国外非洲研究领域的重要著作：费奇的《西非简史》（1969）、法国学者夏尔-安德烈·朱利安的《北非史》、罗兰·奥利弗和安东尼·阿特莫尔的《1800年以后的非洲》帕林德的《非洲原始宗教》、西非的重要史诗《松迪亚塔》，还有联合国教科文组织编撰的8卷本《非洲通史》，以及著名英国非洲学者戴维逊的著作：《非洲的觉醒》（施仁译，世界知识出版社1957年版）；《古老非洲的再发现》（屠尔康、葛佶译，生活·读书·新知三联书店1973年版）；《黑母亲：买卖非洲奴隶的年代》（何瑞丰译，生活·读书·新知三联书店1965年版）；《现代非洲史：对一个新社会的探索》（舒展等译，中国社会科学出版社1989年版）。国外关于非洲文学的研究通过前面提到的李永彩翻译的《20世纪非洲文学》（1991）和非洲著名的史诗《松迪亚塔》（2002）、刘宗次和赵陵生翻译的《非洲现代文学》（1980）、李振中翻译的《阿拉伯埃及近代文学史》（1980）已经作为国内非洲文学研究者的认识基础。

国外的大量相关专著提供了更多有价值的研究资料，和国内比较时

---

① 朱振武主编：《非洲英语文学研究》，华东理工大学出版社2019年版，《序言》第2页。

间早、研究深入细致。20 世纪 60 年代对非洲文学的简要介绍，如 1965 年 J. A. Ramsaran 著 "*New Approaches to African Literature：A Guide to Negro-African Writing and Related Studies*"。70 年代的非洲文学著作夹杂着对殖民历史的回顾及其影响的认识，如 Wilfred Cartey 和 Martin Kilson 编著 "*The Africa Reader：Colonial Africa*"。80 年代开始对非洲文学的研究从介绍、描绘细化和具体化到从读者、语言、内容等角度进行把握和分析，如 1985 年 James Olney 编著 "*Afro-American Writing Today*"，1986 年 Ali A. Mazrui 编著 "*The Africans：A Reader*"，同年 Albert S. Gerard 著 "*European-Language Writing in Sub-Saharan Africa*"，1989 年 Piniel Viriri Shava 著 "*A People's Voice：Black South African Writing in the Twentieth Century*"。90 年代随着 1986 年和 1988 年诺贝尔文学奖分别授予尼日利亚的沃莱·索因卡和埃及的纳吉布·马哈福兹，对非洲文学的研究吸引了更多研究者。有从整体进行总结的：1996 年 Peter Limb 和 Jean-Marie Volet 著 "*Bibliography of African Literatures*"；1997 年 Mpalive-Hangson Msiska 和 Paul Hyland 著 "*Writing and Africa*"。有从语言角度研究：1998 年 Edmund L. Epstein 和 Robert Kole 编著 "*The Language of African Literature*"；从女性角度对西非文学的研究 1997 年 Stephanie Newell 著 "*Writing African Women：Gender，Popular Culture and Literature in West Africa*"。另外还有研究黑非洲文学的：1999 年 Jeffrey W. Hunter 和 Jerry Moore Editors 著 "*Black Literature Criticism*"；同年 Horst Zander 著 "*Fact-Fiction-'Faction'：A Study of Black South African Literature in English*"。Stephanie Newell 是研究西非文学的专家，他在 2006 年出版了专著 "*West African Literatures：Way of Reading*"。21 世纪初还有对非洲文学进行反思的如 2001 年 Dubem Okafor 编著 "*Meditations on African Literature*"，2004 年 Handel Kashope Wright 著 "*A Prescience of African Cultural Studies：The Future of Literature in Africa is Not What It Was*"；研究肯尼亚的如 2004 年 Derek R. Peterson 著 "*Creative Writing：Translation，Book keeping，and the Work of Imagination in Colonial Kenya*"；研究非洲文学的历史内涵的如 2007 年 Tim Woods 著 "*African Pasts：Memory and History in African Literatures*"。总体来说，美国和英国的非洲文学研究代表了相关领域的研究水平。国外非洲文学研究的专业期刊有美国《非洲文学研

究》（Research in African Literature）和英国《当代非洲文学》等，前者是美国非洲事务协会和美国现代语言协会非洲文学分会的会刊，一般刊登长篇学术论文及有一定深度的评论。此外，英国剑桥大学对阿契贝的研究和伦敦大学亚非学院（SOAS）对非洲文学的研究都值得关注。

第二节　非洲文学研究的意义

20世纪中国的非洲研究一开始就多了些意识形态色彩，随着其从政治取向转变为学术取向，研究领域拓宽、学术水平提高，有关非洲文学的译介和研究也渐由粗浅向精细转变。非洲文学研究是非洲研究中比较薄弱但必不可少且急需加强的部分。了解古代非洲，非洲传统口头文学是一条重要线索，了解现代非洲，非洲现代文学就是一条捷径。非洲文学反映了不同时期非洲的社会状态和时代精神，是非洲心灵之声，对它的研究有助于我们在中非合作中有一个更加真实的非洲图景，内在的真实才是非洲发展的动力。

一　破除迷雾：从内部寻求非洲精神

非洲曾经被认为是一块"黑暗的大陆"，非洲人曾经被认为是"没有自我意识的自然人"。在非洲，对历史的自觉认识和书面文学的大量产生，都发生在20世纪。对非洲历史的认识曾经存在比世界上多数地区都要大的争议，这主要由历史学主流研究方向和西方中心主义的偏见导致。[1] 长期以来，各种荒诞的说法和偏见使得整个世界无法了解非洲的真实历史，人们把非洲各时期的社会看成是不会有历史的社会。[2] 关于非洲是历史和文明的荒漠的种族主义观点贯穿于整个19世纪并在20世纪初达到了登峰造极的地步。这一时期，西方学者有关非洲的著述大

---

[1] 黑格尔的观点是其代表：（非洲）谈不上成为世界历史的一个组成部分；它没有什么行动或者发展可向世人展示。（乔尔格·黑格尔：《历史哲学演讲录》，19世纪初）

[2] ［肯尼亚］马兹鲁伊主编：《非洲通史——第八卷：1935年以后的非洲》，屠尔康等译，中国对外翻译出版公司2003年版，《序言》第1页。

都带有种族主义或沙文主义的烙印；直至20世纪中叶，这种烙印的残渣仍不时泛起。① 20世纪50年代以来，这种漠视非洲的观点受到以保罗·波汉南（《非洲和非洲人》，1964）、钦努阿·阿契贝（《1967—1987年论说文集：希望与障碍》，1988）、巴西尔·戴维森（《历史上的非洲》，1991）为代表的非洲学学者的挑战，这些学者坚定地认为：非洲人有着非常真实可信而且生气勃勃的历史。② 文学是重要的文化现象之一，可以说，文学是文化的核心内容。国内的非洲研究也是如此，研究对象大多集中在政治领域，但其他领域的研究也很重要，因为国家实力不仅包括硬实力，也包括软实力。从20世纪90年代开始，非洲研究的领域由窄变宽，逐渐由政治取向转变为学术取向。以和平与发展为主题的当代，非洲文学研究的薄弱在一些学者的努力下，正逐步改善。这期间李永彩教授的非洲文学研究得到国内外认可，他在90年代发表的四篇学术论文被南非国家英语文学博物馆收藏。

学者的学术研究总是力持中立、客观，但要想摘掉有色眼镜，还研究对象以本来面貌，是不容易办到的。因为，"迄今已经有好几代人是通过一张虚构观念之网来观察非洲的……只有清除了这张虚构之网，非洲的真实面貌才能显现。"③ 但是，如何了解真实、深入真实、反映真实？是从外部，海外探险、殖民掠夺、奴隶贸易、宗教传播，借助于别国研究成果，还是从内部，从非洲人自己的以文学为代表的作品中，从了解传统文化、民族性格、社会历史等等入手？内因是根本，起决定因素，在考虑外因的影响作用时一定要基于对内因的认识和了解。也许，各种发生于非洲的政治事件，如果没有非洲人的精神为其支撑，都是不可能被理解的。④ 美国著名历史学家埃里克·吉尔伯特和乔纳森·T.雷诺兹所著的《非洲史》，试图从区别很大的地域研究中提炼出相对统一的非洲精神，视其为非洲内部的凝聚力，以此来研究非洲人是如何应对

---

① 张宏明：《非洲中心主义：谢克·安塔·迪奥普的历史哲学》，《西亚非洲》2002年第5期，第49页。

② 埃里克·吉尔伯特、乔纳森·T.雷诺兹：《非洲史》，黄磷译，海南出版社、三环出版社2007年版，第6页。

③ 同上书，第5页。

④ 同上书，第1页。

各种外来挑战的，令人费解的殖民主义征服史被还原成清晰可见的非洲人民反抗外来压迫史。非洲是否存在着某种统一的精神呢？某种程度上来说，是的。加纳独立运动领袖和首任总统恩克鲁玛（Nkrumah kwame，1960—1966年在任）的统一非洲目标在他有生之年未能实现，但非洲统一组织在诸如尼日利亚内战之类的危机和反对南非种族隔离政策的斗争中拥有重要发言权。泛非主义并不局限于非洲大陆内部，对一个统一非洲的希望，成为全世界非洲移民心中一个日益强大的象征。非洲是否是非洲人的非洲呢？毋庸置疑，是非洲人的传统和精神决定了非洲的现在，国家独立也好，建设困境也罢，对非洲的研究和解释都应该从非洲内部而不是外部去寻求根本答案。对非洲文学的研究，也应该基于此立场，才能够得到合乎情理的结论。

二　了解真实：从捷径走进非洲心灵

一百多年来世界对非洲文明与非洲艺术的认知方式与认知角度，其实是被西方人建构出来的一个"西方的非洲""西方的非洲艺术"，在相当长的时间里，我们中国人（其实也包括整个东方世界，甚至非洲人自己）也往往是通过西方的眼光，按照西方人设定的标准或尺度来理解、认知和评价非洲文明与艺术的。[1] 当前，"非洲社会的发展需要对非洲社会本真形态的准确理解，理解真实的非洲，既要把握非洲社会是如何展示自我，又要关切外界如何认知非洲。"[2] 在古代，许多非洲人组成了现在常被称为"无国家社会"的社会制度，这种制度随着时间的推移而日益罕见。这类社会的突出特点是没有职业政治阶层，生产力低、人口密度低和畜牧部族的流动性等，这使得集权政府几乎不可能。另一个不可能的原因也许是，许多非洲人不想要职业政治家。尼日利亚东南部的伊格博人有句格言："伊格博人无君主"，他们到20世纪初仍

---

[1] 刘鸿武：《初论建构有特色之"中国非洲学"》，《西亚非洲》2010年第1期，第8页。

[2] 马燕坤、刘鸿武：《自我表述与他者表述整合的非洲图景——兼论非洲研究的视角与方法》，《西亚非洲》2009年第9期，第15页。

维持着总体上无国家的政治制度。① 文学与社会、历史、政治彼此间相互作用是不同国家和民族的共性,具体环境下的具体情形则错综复杂。在非洲,几千年的口头文学传统决定了文学与社会、历史、政治的关系十分密切。在没有本地书面传统可循、考古资料保存不易的情况下,学者们努力重建有关非洲社会、历史的知识所采用的方法包括:从现存社会往回推论;考察他们的口头传说;利用语言学分析;考察旅行者留下的记录。在没有文字但有着一种严密组织的社会里,民间艺人以及一些正式掌握家谱和传说的人就相当于古代的编年史家,于是史诗《松迪亚塔》成为当代史学家编写13世纪20—30年代马里帝国历史的主要依据。② 了解古代非洲,非洲传统口头文学是一条重要线索,了解现代非洲,非洲现代文学就是一条捷径。文学是一个民族内心世界的写照,可以帮助我们跨越地界与时间的距离,认识到对方看待世界的不同方式,增进了解。同时,也能看到人性的共同,从而能够设身处地,理解对方的感受。"时运交移,质文代变"③,文学的风貌不是固定不变而是不断发展,文学随时代的发展而变化,"文变染乎世情,兴废系乎时序"④,文学反映现实,再现人生,文学与时代和社会紧密联系,通过文学,我们可以了解民族、社会、时代等因素在人们心中留下的深刻印记。

将个人作品与民族命运联系起来,通过文学作为民族启蒙的精神载体,帮助族人摆脱殖民统治影响下的被动意识,是钦努阿·阿契贝在非洲文学史上的独特成就⑤。从整体性、综合性来看,非洲有一颗自然与宗教、历史和文化、战争与苦难共同冶炼过的淳朴而伟大的心灵,非洲文学的成就有目共睹,诺贝尔文学奖获奖者的名单中尼日利亚的沃莱·索因卡、埃及的纳吉布·马哈福兹、南非的纳丁·戈迪默以及J. M. 库

---

① 埃里克·吉尔伯特、乔纳森·T. 雷诺兹:《非洲史》,黄磷译,海南出版社、三环出版社2007年版,第75页。
② 史学家经过筛选将该史诗的主要内容写入联合国教科文组织编写的《非洲通史》和英国著名学者编写的《剑桥非洲史》等权威性的历史著作中。
③ (南朝梁)刘勰:《文心雕龙》,中州古籍出版社2008年版,第407页。
④ 同上书,第422页。
⑤ 其著名的"尼日利亚四部曲",表现了尼日利亚伊博人民独立前后的生活及19世纪英国殖民者来到尼日利亚至尼日利亚独立时期的全部历史。

切榜上有名。非洲文学反映的是非洲人民的思想和情感,是心灵的呐喊,也是民族的凝聚,借助于文学,对非洲可以有更多更深更真的了解。2000年中非合作论坛的召开和全方位开展,及中非文化交流的深入和日益频繁,就是一个开始,一个触摸心灵和了解真实的开始。随着中非合作全方位开展,中非文化上的交流活动日益频繁,对非洲文学的介绍和了解也成为中非文化交流互鉴的重要组成部分。为了认识一个真实的非洲,阅读非洲人自己创作的文学作品是方便快捷直接有效的重要方式。非洲社会的本真状态和时代精神在本土作家的文学作品中得到描绘和表现,通过阅读非洲文学,走近非洲人的心灵世界,了解和认识其主体性和创造性,深入内部了解本质从而理解现在,这就是非洲文学研究的意义。非洲不应成为我们的遥远想象,而应该是具体的现实,这已经变得越来越重要。

三 结合发展:非洲文学与中非合作

中国与非洲,都是人类古老文明的原创地,各自创造了适合本土特征与民族发展的独特文化,曾经在反对殖民主义、帝国主义的斗争中互相声援,之后又同样面对不平等的世界经济秩序和强权政治。虽然中非关系世代友好,中非交流源远流长,但地域上相隔遥远、文化上特色鲜明的两国,相互认知还很欠缺,需要不断加强文化上的交流与互相借鉴。非洲文学在20世纪迅速崛起,从古老的传统口头文学顺利过渡到内容和形式上焕然一新和谐一体的现代书面文学,逐步走到世界文学的前沿,并影响着世界文学的发展。进入非洲文学的世界,有助于我们了解非洲人的感情和思想从而为中非合作提供精神动力和文化支持,有助于我们在传统与现代更迭的全球化时代背景中顺应变化、完善自身,用宽容开放的眼光看待国际交往与世界文明,用中正平和的心态构建"和谐世界"。

一般认为,中国与埃及交往较早,与撒哈拉以南非洲交往较晚。早在汉朝以前,中国与埃及就存在着文化交流,明朝时期郑和的船队曾经到过东非海岸。第一位留下有关非洲文字记载的中国人可能是杜环,他在公元751年的恒逻斯(今译"塔拉斯")河战役中为大食人所俘,从海路回国后所著《经行记》有"摩邻国"一节,学者多认为摩邻地处非洲。① 之后，唐段成式的《酉阳杂俎》、宋周去非的《岭外代答》和赵汝适的《诸蕃志》、元汪大渊的《岛夷志略》等，明朝随郑和远洋的费信的《星槎胜览》、马欢的《瀛涯胜览》和巩珍的《西洋藩国志》均提及非洲，多是记录不详，或为道听途说。清代后期，樊守义赴欧后留下的《身见录》写到南非、谢清高的《海录》写到毛里求斯。随着地理大发现和西学东渐的影响越来越势不可当，中国人对地理知识的渴求在有识之士的努力下，有了林则徐的《四州志》和在此基础上编撰的魏源的《海国图志》，涉及非洲国家、城市和民族。以此为里程碑，中国人对非洲的记录和认识越来越详尽清晰。

中国与非洲国家友好往来的历史源远流长。早在600年前，中国明代航海家郑和下西洋时曾经三次抵达非洲东海岸，留下千古佳话。600年后的今天，中非20多亿人口携手共进，共创繁荣。2000年中非双方共同倡议成立的"中非合作论坛"开辟了中非友好交往的新纪元，中非合作论坛北京峰会是中非关系史上的一件盛事，中非领导人共同探讨了如何在新形势下建立和发展政治上平等互利、经济上合作共赢、文化上交流互鉴的中非新型战略合作伙伴关系，共同描绘中非关系未来发展的蓝图。为此，胡锦涛主席在峰会开幕式上的讲话中提到五大合作领域的第三方面——"扩大相互借鉴的文化交流。加强人文对话，增进双方人民特别是青年一代的相互了解和友谊，加强教育、科技、文化、卫生、体育、旅游等领域的交流合作，为中非合作提供精神动力和文化支持。"② 国际合作意味着和不太了解的国外人事打交道，于是只有在一定了解的基础上才能进行合作，而随着合作的深入，又需要不断加深彼此的认识，才能让合作顺利开展而不是因为误解和交流不畅中断。不同国家在政治上的互信、经济上的合作，其深层都是对彼此文化的尊重和了解，没有人文的平等对话和文化的相互交流，就缺乏彼此认知的基础，这样的合作既不能深也不能远。随着中非全方位合作的深化和扩大，中国和非洲国家不仅政府间而且普通民众之间也需要加强了解。北京峰会达成的《北京行动计划》注意到民间交往对中非人民之间增进

---

① 李安山：《非洲华侨华人史》，中国华侨出版社2000年版，第49—50页。
② 《胡锦涛文选》（第二卷），人民出版社2016年版，第536页。

了解、深化友谊发挥着重要作用;《北京宣言》强调尊重和维护世界的多样性,不同文明和发展模式应相互借鉴、相互促进、和谐共存。中国文化和非洲文化虽然有一些传统上的相似之处,如对家庭、祖先、土地等的重视,但不同之处是很明显的:比如,前者的"未知生,焉知死"的清醒持重,后者认为死者(living dead)永远不会离去的乐观轻盈。世界正因为有不同国家文化的存在,才会有各放异彩、百花齐放的繁荣,才会有在不同文化间穿行和吸纳的开放和自由,有了这样包容、博大的世界文化,不同民族才得以在其中丰富自身、和谐共生。

从1956年埃及和中国建交开始,中非开启外交关系已经超过半个世纪,中非友谊与合作经得起时间考验,相互同情、相互支持,结成"全天候的朋友"。中国一直奉行和平发展的理念,坚持在尊重主权、平等互利的基础上与非洲国家发展关系。中国不附带任何政治条件的援助在非洲随处可见,包括坦赞铁路在内的许多援建项目已成为中非友谊的象征。数以万计的中国人曾为非洲国家的经济建设贡献过力量,甚至奉献出宝贵的生命。五十多年来中国与非洲各国的政治、经济、社会情况都发生了很大变化,双方都需要重新认识、了解对方。文学是一个民族内心世界的写照,可以帮助我们跨越地界与时间的距离,认识到对方看待世界的不同方式,同时也能看到人性的共同。文学是文化的核心部分,是人类心灵变动的历史、社会时代变迁的纪录。正像中国文学用汉赋、唐诗、宋词、元曲、明清小说的不同形式,反映了或明亮或慷慨的先秦雅颂魏晋风骨,或堂皇或精细的大唐盛世、明清世俗,有时沉郁有时飘逸的时代悲喜,见证了社会的更迭、尘世的沧桑、人生的探索;非洲文学也反映了非洲独特的社会历史进程,表达了对人类共同疑问"我是谁"[1]的不同回答。这块地球上最炙热的大陆,人类共同祖先的发源地,也铭刻着地球上最深最长的"伤疤"[2]。曾经像动物一样被奴役驱

---

[1] 古希腊德尔斐神庙上写着"认识你自己",古往今来的思想家、哲学家、文学家思考的问题都逃不离"我是谁,我从哪里来,要到哪里去?"。

[2] 非洲地理上的伤疤指东非大裂谷。心理上的伤疤指400多年的奴隶史、近百年的殖民史。("在非洲,殖民统治通常不超过100年",见[英]威廉·托多夫著《非洲政府与政治》,肖宏宇译,北京大学出版社2007年版,第4页)。

赶的非洲民族在 20 世纪获得巨大的成就,用"黑人性"①（Negritude）来回答傲慢的种族主义,用血与火的暴力革命迎来前所未有的独立。从萨义德的东方主义学说的角度来看,面对曾经被侵略的历史、被蔑视的文化和自大的西方中心主义,中国文学和非洲文学找到了相同的立场即东方文学。东方文学这个概念既有地理因素,又有政治因素,是亚洲和非洲文学的总和。走进非洲文学的世界,就是对古老非洲的再发现,就是对我们关于非洲大陆认识的纠正和加强,就是对非洲人民理解的增进和深化,就是对中非相互认知的有效促进。②非洲第一位获得诺贝尔文学奖的尼日利亚著名作家索因卡,不仅和中国驻拉各斯总领事馆工作人员一起开展国际艺术节,而且在中国南方省份遭遇罕见雪灾和四川汶川发生重大地震时,拜会或慰问中国驻拉各斯总领事,表达感同身受的同情和美好的祝愿,用他特殊的社会地位加深了中非的友谊。

2000 年 11 月胡锦涛在中非合作论坛北京峰会开幕式上讲到"中国和非洲都是人类文明的发祥地,都是充满希望的热土。共同的命运、共同的目标把我们紧紧团结在一起。中国永远是非洲的好朋友、好伙伴、好兄弟。"③ 中非双方是优势互补、互利共赢的合作伙伴,贯穿中非新型战略伙伴关系的原则就是平等、合作、互利、共赢。非洲需要中国,中国也需要非洲。也许,这种相互需要不仅在政治上、经济上,而且在文化上。全球化的时代,中国强调和平、多边主义和国际关系民主化的国际准则。在尊重和维护世界多样性的前期下,文化研究者应该是精华的采集者,从多种文化中汲取各种营养和各种美好;在不同文化之间穿行,不受单一文化的束缚,看世界就不会只有一个角度,由他者而再次发现自我,这就是文化上相互交流和借鉴的意义。从文化上来说,欧美影响在非洲比中国影响更早、更深。海明威的《乞力马扎罗的雪》和《非洲的青山》、迪内森的《走出非洲》、康拉德的《黑暗之心》,让我们看到西方的自我中心。在这些欧美白人文学中,往往隐含着殖民统治

---

① 面对从体质和头脑上蔑视黑人的白人种族主义,法属殖民地的利奥波德·塞达·桑戈尔和艾梅·塞泽尔的回答是自豪的"黑人性"。
② 夏艳:《非洲文学研究与中非交流与合作》,《云南民族大学学报》2011 年第 2 期,第 159 页。
③ 《胡锦涛文选》(第二卷),人民出版社 2016 年版,第 536—537 页。

的思想基础：种族主义。西方心理包含着一种愿望，或者说一种需要，那就是把非洲当成欧洲的陪衬，当成一个既遥远又不了解的虚无缥缈的地方，以此来烘托出欧洲自己的智力优越性。[①] 与此不同，"平等相待，是中非互信日以增进的重要保证。我们双方都衷心希望并真心支持对方发展进步，积极开展全方位合作。"[②] 中国历来在国际交往中提倡和坚持和平共处五项原则，这既继承了我们的优秀传统，也显示了泱泱大国的气度和睿智。一个最大的发展中国家，对发展中国家最为集中的大陆之历史文化、内心世界的认识和了解，可以为中非合作提供精神动力和文化支持，可以为本国的发展开阔心胸、增加经验。当中国人用更加宽容和平等的眼光看待国际交往与世界文明，就可以适应时代需要和国际风云，在光大优秀历史传统的过程中创新未来的灿烂文明，从而自信地顺应变化，在机遇和挑战并存、多元文化冲击的历史潮流中焕发民族文化的永恒生机，如一棵大树，根系尽量打开，从不同文化中汲取营养，根深叶茂，才能到达人们仰望的高度。

第三节　20世纪非洲文学的四个特点

　　非洲文学主要是指地理因素上的非洲大陆的文学作品及现象，包括撒哈拉以北有着阿拉伯传统的地区和撒哈拉以南的黑非洲地区，带有非洲文化和传统色彩的美国、英国、加勒比海地区黑人文学不在谈论之列。从没落的口头文学传统，很快走到耀眼的世界文学前沿，且拥有自身独特的风格和内涵，非洲文学的崛起有着如此短暂却又丰硕的发展历程，颇具让非洲研究者探究的兴趣和价值。非洲传统文学主要是口头文学，而不是书面文学。非洲书面文学总的说来是20世纪的产物，此前的所谓非洲文学都是由欧洲人执笔的以非洲为背景或点缀的欧美白人文学。20世纪非洲历史发生了翻天覆地的变化：黑人赢得了前所未有的

[①] 埃里克·吉尔伯特、乔纳森·T.雷诺兹：《非洲史》，黄磷译，海南出版社、三环出版社2007年版，第5页。
[②] 《胡锦涛文选》（第二卷），人民出版社2016年版，第536—537页。

独立并建立了自己的国家,伴随这场变化的是非洲作家登上了文学的舞台,不仅成了非洲文化的代言人和主角,而且开始影响世界文坛。非洲文学的迅速崛起,和它以下四个特点分不开。

一 丰富传统

古老而丰富的口头文学传统、硕果累累的英语、法语和葡语文学,最近50年来显示出惊人的活力和多产,传统宗教、传说、戏剧的滋养,欧洲语言和民族语言的运用,呈现出多彩的底蕴。口头文学在黑非洲文学中占有很重要的地位,历史悠久、种类丰富,如谚语、格言、寓言、诗歌、神话及各种叙事故事,许多重要作家如阿莫斯·图图奥拉、沃莱·索因卡等都不断从民间口头文学汲取灵感,极大增加了现代文学作品的内涵和意蕴。

文学是语言的艺术,从某种角度说,谈论文学就是谈论语言。作家写作的语言是文学研究中的重要问题,J. M. 库切说非洲是语言最多的大陆[1]。非洲大多数民族没有创造自己的书面文字,长期以来依靠口头传说保留民族历史和传统,又由于殖民时期的文化政策,导致一些非洲作家不能或难以用母语写作,只好用殖民宗主国的语言写作。非洲是世界第二大洲,现有61个国家,传统上一般以撒哈拉为界,分为北方的穆斯林地区和南方的黑人地区。北方的穆斯林地区虽然曾经在法国殖民统治时期受到同化政策的严重影响,但民族成分的相对单纯使得阿拉伯语仍能通行,南方的黑人地区却因为民族众多等历史原因难以产生能够阅读民族语言文学作品的大量读者。"较多的不同行业的读者可以欣赏文学的内容,但是现在却受到语言本身的限制。这对阿拉伯语作品来说不成问题,可是对许多用撒哈拉以南的非洲语言写作的作品来讲却是可悲的。"[2] 除阿非利肯语(又称南非荷兰语)和阿拉伯语用作文学语言外,另外有33种非洲语言已经用来创作民族文学。

早在历史上阿拉伯国家和西方国家入侵,并将书写符号带入非洲之

---

[1] 刘梅:《2006年黑非洲文学动态》,《国外文学》2007年第2期,第127页。
[2] [肯尼亚]马兹鲁伊主编:《非洲通史——第八卷:1935年以后的非洲》,屠尔康等译,中国对外翻译出版公司2003年版,第402页。

前，非洲便有着世代相传的口头文学传统，非洲小说家从这一历史悠久的传统中汲取养料，用文字成功捕捉非洲口语的神韵，对非洲人特有的生活和情感进行了活灵活现的再现。① 在非洲作品中，作家往往将非洲口头和传统的叙述文学技巧置于欧洲文体类型，他们受到口头文学和传统的影响，这帮助作家形成对世界的感知。格雷斯·奥戈特②的早期作品同历史悠久的卢奥人说书传统关系密切。沃莱·索因卡在1965年出版的第一部长篇小说《解释者》（中文版译名为《痴心与浊水》）中使用了约鲁巴神话。《路》在艺术上同索因卡的其他作品一样，既深深植根于西非约鲁巴民族生活和文化艺术传统的土壤，受到传统宗教、传说、戏剧的滋养，又受到欧洲社会和戏剧艺术的影响，是两种文化与艺术的有机融合，这使得作品具有了独特的戏剧风格。

二 借鉴西方

从必然的崩溃走向艰难的新生，非洲传统文化在同西方的接触中感情复杂、爱恨交织。不管愿不愿意，必须看到当代非洲文学对西方文学的积极借鉴。没有这样一场影响深远的文化交流活动，非洲文学不可能走到世界文学的前沿。在几乎彻底丧失自信、遗忘民族文化的知识分子心中，长久学习宗主国文化，由此得到了西方文化的精华，又借助传统文化的滋养和对时代使命的勇于承担，才能在文学之路上突飞猛进。

应该指出，非洲人对西方世界，特别是对西方文化的态度，在20世纪内经历了复杂的变化。③ 20世纪以前撒哈拉以南的广大地区少有文字，文学大多处于口传阶段。在把非洲强行纳入资本主义生产轨道的同时，西方一方面借传教士之手为有些语言创造了文字，另一方面又向当地人直接传授自己的语言和文字，从而使他们意外地获得了用

---

① 石平萍：《关于非洲后殖民文学的对话——〈评小说在非洲〉》，《外国文学》2004年第1期，第15页。
② 肯尼亚女作家格雷斯·奥戈特（1930— ），用英语写作的东非著名作家，代表作为长篇小说《上帝许给的地方》（1966）和短篇小说集《没有雷声的地方》（1968）。
③ ［尼日利亚］索因卡等：《非洲现代文学——北非和西非》，刘宗次、赵陵生译，外国文学出版社1980年版，第6页。

英语、法语、葡萄牙语等创作的能力。大多数殖民政府将教育事业交给了传教士,传教士对非洲文化具有深远影响,他们是最早有意识地试图改变非洲文化的欧洲人。传教士确立了非洲语言的书面形式,从而给非洲本土文学的发展打下了基础,绝大多数选择文字生涯的非洲人在教会学校受过教育。[1] 用欧洲语言写的非洲文学具有特殊性,早期的非洲作家一开始用殖民语言写作和战斗,而没有考虑其所带来的后果。出于渴望摧毁殖民者对非洲的文化定型,和保护非洲的历史、文化和思想的考虑,这些作家可能认为在实现自己的目标,表现非洲社会、政治和文化机制中,殖民语言无非是工具和手段;但是,通过借用欧洲语言和文学框架,非洲作家也被迫遵循欧洲语言和文学的成分,使用欧洲语言的非洲作家是用欧洲的心理、集体经历和文学传统来表达非洲现实。[2]

现代非洲文学的共同特点首先是其发展的跳跃性:文学似乎力图一举克服自己的落后状态,向当代的先进思想和美学经验学习。[3] 但是,对西方文学的借鉴并不是单方面的被动吸收,而是积极的相互作用。外国文学能够作为一种智慧的源泉,改变欧洲文学使之符合非洲土语说话的规律,当地人喜欢使用谚语的习惯转化为使用外国文学中的语句。[4] 像"开创了现代非洲小说"、被公认为"非洲现代文学之父"的钦努阿·阿契贝等优秀作家就创造性地运用英语创作出属于非洲的非洲文学。坦桑尼亚前总统尼雷尔是杰出的政治家、出色的诗人和翻译家,他在20世纪60年代把莎士比亚的《威尼斯商人》和《朱利叶斯·凯撒》译成斯瓦希里语,因此支持了斯瓦希里语文学迅速上升到今天民族文学的地位,而且谨慎地断定原先殖民主义者的文化中有些东西

---

[1] [美]斯塔夫里阿诺斯:《全球通史——从史前史到21世纪》(第七版),北京大学出版社2005年版,第600页。

[2] 张荣建:《非洲文学作品:语言学分析》,《重庆师院学报》2003年第1期,第93页。

[3] [尼日利亚]索因卡等:《非洲现代文学——北非和西非》,刘宗次、赵陵生译,外国文学出版社1980年版,第3页。

[4] [肯尼亚]马兹鲁伊主编:《非洲通史——第八卷:1935年以后的非洲》,屠尔康等译,中国对外翻译出版公司2003年版,第406页。

对坦桑尼亚民族文化的形成可能是有价值的。①

三 直面现实

非洲文学在反对西方殖民者残酷压迫剥削的斗争中得到开展，经过一个觉醒探索的过程，到20世纪四五十年代出现繁荣的趋势。独立前非洲作家创作的主要目的是民族主义运动的思想启蒙并证明非洲同样有着悠久的历史和智慧的人民，独立以后描写的主题已经由缅怀过去的充满异国风味的非洲传统转换为殖民主义时代结束后的社会问题。

20世纪60年代以来，非洲国家陆续获得独立，民族独立的热情推动着非洲文学的发展。在欧洲殖民教育下，深受西方文化影响的非洲知识精英，转而用熟练的写作反对殖民意识、欧洲中心主义，很多作家与诗人同时又是政治家，或者活跃在政治文化社会领域；他们坚持写作被忽视的非洲现实，一直为打破西方对非洲的成见而努力。他们不仅仅向当地酋长挑战，而且向欧洲官员挑战；他们之所以敢于这样做，是因为他们在西方学校吸收了某些政治思想，如个人自由和政治自由等；他们不明白为什么自由主义和民族主义的原则应适用于欧洲而不应适用于非洲。② 针对法国殖民统治者的同化政策对非洲传统文化的蔑视和傲慢的种族主义，在巴黎留学的塞内加尔诗人利奥波德·塞达·桑戈尔和来自法属马提尼克的诗人艾梅·塞泽尔（Aimé Césaire）的回应是"黑人性"（Negritude），他们肯定有一种独立的非洲文化的存在，并在诗歌中赞美非洲文化基本的持久的价值观念。因为这个理论的创始人是黑人自己，所以它和以往的有关非洲种族的理论截然不同。③ "黑人性"号召黑人重振对自己的文化的信心，为黑人的政治解放作了准备，包含着非洲独立的萌芽。"黑人性"诗歌提倡"求本溯

---

① ［美］伦纳德.S.克莱因主编：《20世纪非洲文学》，李永彩译，北京语言学院出版社1991年版，第291页。

② ［美］斯塔夫里阿诺斯：《全球通史——从史前史到21世纪》第七版，北京大学出版社2005年版，第602页。

③ Stephanie Newell, *West African Literatures: Way of Reading*, New York: Oxford University Press, 2006, p. 24.

源"（Retour aux sources），也就是从非洲故土的传统文化中汲取诗情。①黑人觉醒随着 1935 年意大利对埃塞俄比亚的入侵蔓延到整块大陆。黑人精神作为一种智力和文学运动，正是产生于法国帝国主义在文化上的特殊的傲慢情绪。② 人们开始承认：在 50 年代，"黑人性"在改变黑人以及白人对非洲和加勒比海地区的黑人的态度方面发挥了很大的影响作用。③

20 世纪 70 年代以前非洲作家的创作目的是通过缅怀非洲传统文化来修复创伤、找回尊严并对民族独立进行思想启蒙，70 年代独立以后描写的主题由缅怀过去转换为揭露现实。当自由的果实慢慢被少数上层人士占有，作家们对过去的憧憬就意味着对现实的逃避。肯尼亚著名作家恩古吉·瓦·提安哥以前用英语写作，独立后转而用自己种族的语言吉库尤语创作，向人民揭露现实的新的黑暗。第一位获得诺贝尔文学奖的非洲作家沃莱·索因卡在戏剧和小说中反对的已经不再是过去的殖民统治者，而是现在的新的独裁者。在对书籍和作家进行审查和迫害的南非，纳丁·戈迪默坚持写作并揭露种族隔离的黑暗现实，从而获得了 1990 年的诺贝尔文学奖。由于她坚决站在黑人一边，强烈抨击种族隔离制度，曾被某些白人视为"叛徒"，其作品一度被列为禁书。

非洲大陆的社会基础在短短几十年内发生速度极快的根本改变，由此产生一系列围绕价值冲突、利益冲突、观念冲突和部族冲突等的社会动荡，这些冲突的产生原因和造成影响成为非洲作家描写的主要对象。直面现实是非洲作家的一个优秀传统，无论是独立前对非洲和西方、黑人和白人的冲突刻画和痛苦思考，还是建国后对黑暗现实和混乱秩序的失望、迷茫、探索，都反映了特定历史阶段的时代主题，代表了非洲大陆人民的生活愿望，揭露了传统如何适应现代的人类普遍矛盾，由此产

---

① ［塞内加尔］桑戈尔：《桑戈尔诗选》，曹松豪、吴奈译，外国文学出版社 1983 年版，第 179 页。

② ［肯尼亚］马兹鲁伊：《非洲通史——第八卷：1935 年以后的非洲》，屠尔康等译，中国对外翻译出版公司 2003 年版，第 9 页。

③ ［美］伦纳德·S. 克莱因主编：《20 世纪非洲文学》，李永彩译，北京语言学院出版社 1991 年版，第 154 页。

生了大量优秀的现实主义文学作品。

四 身份认同

从某种意义上说,一部作品民族性越强,其世界性也就越强,这也是诺贝尔文学奖评奖的一条重要标准。1986 的诺贝尔文学授予了尼日利亚作家沃莱·索因卡,从此,长期被埋在地下的非洲文学放出了耀眼的光芒。面对西方几百年来的误读("没有历史的黑暗大陆""没有自我意识的自然人"),历史的发现、政治的独立、文学的抒写,让非洲人找到了自己。正如获奖后的索因卡说:"这不是对我个人的奖赏,而是对非洲大陆集体的嘉奖,是对非洲文化和传统的承认。"[1]

欧洲人的征服和非洲的殖民地化尽管充满着掠夺和残忍,却也推动了非洲身份认同的产生(或者不过是加速了它的成熟)。[2] 在非洲的一些国家,民族文学传统是用欧洲语言——尤其是英语和法语建立起来的。然而,当第一代非洲作家拿起笔创作时,就发现他们的国家、历史和人民已经在殖民时期被欧美人写过。在那些作品里,白人通常是全知全能的主要角色和正面形象,而黑人是配角和愚昧的化身,显现的不过是背影、侧影、被歪曲了的特写等。[3] 阿契贝认为,非洲作家应当尽心尽力向人民解释世界如何且为什么成为今天这个样子,为了补偿殖民地时代所造成的心理损伤,作家有责任创造有关非洲过去的有尊严的形象,只有这样,非洲人才能学会对自己的文化和传统感到骄傲。[4] 对于身份认同,非洲文学有其不容忽视的使命,其文学作品,总能或多或少与国家民族的独立发展,以及自我身份认同结合起来。也正因为如此,非洲文学有着热烈的主题和深刻的意蕴。

---

[1] [美]伦纳德·S. 克莱因主编:《20 世纪非洲文学》,李永彩译,北京语言学院出版社 1991 年版,第 7 页。

[2] 埃里克·吉尔伯特、乔纳森·T. 雷诺兹:《非洲史》,黄磷译,海南出版社、三环出版社 2007 年版,第 134 页。

[3] 颜治强:《帝国反写的典范——阿契贝笔下的白人》,《外语研究》2007 年第 5 期,第 83 页。

[4] 参见[美]伦纳德·S. 克莱因主编《20 世纪非洲文学》,李永彩译,北京语言学院出版社 1991 年版,第 167 页。

"我们在尽一切努力复活我们的文化",加纳首任总统恩克鲁玛1965年在阿克拉的国民会议上说。

与中国的情况不同,黑非洲书面文学总的说来是20世纪的产物,而此前的所谓非洲文学都是由欧洲人捉刀,他们以自己为主角,把非洲的山水、动植物和人作为背景和陪衬。[1] 这些仍属欧美白人文学而不算非洲文学。对此,尼日利亚的阿契贝率先拿康拉德的《黑暗之心》开刀,在一篇演讲论文[2]中批评其在描写非洲中表现的种族主义。因而,从一开始黑非洲作家就被置于与欧美作家对立的地位,不得不同时承担反写白人和重新树立同胞形象这个双重任务;这既是发端时期非洲英语文学的重大主题,也是其与当地传统语言文学的根本区别,是治非洲文学者必须了解的。[3] 在后殖民文学理论框架下,近来一些关于非洲文学的批评研究开始忽视殖民统治对非洲文学的影响,然而,被伤害的记忆不仅一直影响着非洲文学,而且影响到现今非洲的政治、历史、文化和艺术等各个方面。[4] 在重新树立民族形象的同时,非洲作家探求着新的身份认同。1988年埃及作家纳吉布·马哈福兹的创作因"形成了全人类所欣赏的阿拉伯语言艺术"荣获诺贝尔文学奖,象征着非洲人在殖民时代结束后对传统文化的创造性发展和民族自信的焕发。非洲现代文学产生于并反映了非洲独特的社会历史进程,社会政治的风云变幻没有阻碍相反促成了非洲文学的蓬勃发展,那是因为非洲作家始终具有直面现实的勇气和强烈的时代使命感:直面剧烈变动的社会现实,痛苦思索和深入探讨着身份认同。

---

[1] 颜治强:《〈走出非洲〉是殖民文学的盖棺石——驳万雪梅〈"走出非洲"的后殖民女性主义解读〉》,《外国语言文学》2007年第4期,第278页。

[2] 即 *An Image of Africa*: *Racism in Conrad's "Heart of Darkness"*,1975年,此文随后成为后殖民主义文学批评的主要文献。

[3] 颜治强:《帝国反写的典范——阿契贝笔下的白人》,《外语研究》2007年第5期,第83页。

[4] Tim Woods, *African Pasts*: *Memory and History in African Literatures*, Manchester and New York: Manchester University Press, 2007, p. 1.

第二章

20世纪以前：口头文学传统与部族社会习俗

原始人类诞生之地的非洲，是地球上唯一的热带大陆，得天独厚的自然地理，赋予其广袤多彩的风貌。所谓"无识之物，郁然有彩，有心之器，其无文欤"①，那些无意识的天空大地、动物植物都有生动浓郁的形态和风采，充满智慧的人，怎么可能没有文章呢？"心生而言立，言立而文明，自然之道也"②，万物之灵长的人类产生了，语言也就随着确立了；语言确立了，文学也就随之产生了。口头文学先产生，之后是书面文学，世界各民族书面文学的历史都较口头文学要短暂很多，这种现象对于非洲民族来说十分突出，由于书面文字创立很晚，之前的非洲文学主要是口头文学，非洲书面文学大量出现的时间是20世纪初。

关于非洲口头文学的内容和特征的成长和发展的明确历史资料有限，在这样的条件下，对非洲文学史的描述一直是不太可能和不太容易的。③ 虽然如此，非洲传统文学存在和发展的真实性不容置疑，只是口述传统向历史学家提出了挑战④。在非洲，比别的民族更加悠久的口头文学传统决定了文学与社会、历史、政治的关系密切。在没有本地书面

---

① （南朝梁）刘勰：《文心雕龙》，中州古籍出版社2008年版，第28页。
② 同上书，第27页。
③ Handel Kashope Wright, *A Prescience of African Cultural Studies: the Future of Literature in Africa is Not What it Was*, 2004 Peter Lang Publishing, Inc., New York, p.28.
④ ［肯尼亚］马兹鲁伊主编：《非洲通史——第八卷：1935年以后的非洲》，屠尔康等译，中国对外翻译出版公司2003年版，第478页。

资料可循、考古资料保存不易的情况下，学者们努力重建有关非洲社会、历史的知识所采用的方法包括：从现存社会往回推论；考察他们的口头传说；利用语言学分析；考察旅行者留下的记录。

第一节　原始种族与口头文学

当人类学会了观察和思考身处的自然界，懂得去创造符号、创造文明，才开辟出了另外一个只能属于人类的、与自然界不同的、人为的世界，从而超拔于动物和自然。[①] 热带大陆非洲由于其得天独厚的自然地理环境，成为原始人类的发祥地之一，在远古时代，当欧洲还被冰雪覆盖的时候，居住在撒哈拉的古代居民就已经过着人类早期的文明生活。大概从人类会说话开始，就有了口头文学的创作，就有了讲故事、听故事的活动。"饥者歌其食，劳者歌其事"，口头文学是来自大众的自然之音、率真之作，是"感于哀乐，缘事而发"。对于拥有丰富多彩口头语言的非洲古老部族来说，在漫长的时间流逝里，是口头文学留下了他们遥远的足迹和珍贵的回响，不仅如此，非洲的历史、传统、社会、习俗等等主要在非洲口头文学中得到了记录和传承，那些部族传说、历史故事和谚语格言曾经是非洲原始部落的启蒙老师，直至今日依旧是非洲各民族的启蒙老师，给他们提供生活的忠告和精神的营养。

一　原始种族和古老文明

非洲位于亚洲的西南面，东濒印度洋，西临大西洋，北隔地中海与欧洲相望，东北角以苏伊士运河为非洲和亚洲的分界。非洲全称阿非利加州，意为阳光灼热的地方，是地球上唯一的热带大陆（大陆几乎被赤道一分为二，非洲大部分领土位于南北回归线之间，全年高温的地区面积广大），陆地面积次于亚洲，为世界第二大洲，沙漠约占全州面积的三分之一，为沙漠面积最大的洲。横贯东西的撒哈拉沙漠是世界上最大

---

① 范柔德：《万流归海——诗与散文：中国传统文化探索之旅》，云南人民出版社2016年版，第278页。

的沙漠，成为划分北非和南部黑非洲的天然分界线，这两部分的气候和文化截然不同。非洲东部还有世界上最大最深的自红海到赞比西河口的裂谷带，东非大裂谷连绵三千里，在太空中也能看到。除了沙漠，非洲也有气候适宜的高原、苍翠葱郁的森林、一望无际的大草原。非洲的尼罗河流域是世界古代文明的一个发源地，尼罗河下游的埃及是四大文明古国之一。海岸外与非洲大陆相关的岛屿很多，其中最重要的是世界第四大岛马达加斯加岛。非洲大陆上繁衍生息的居民种族有五大类：撒哈拉以北居住着阿拉伯人、柏柏尔人，属于欧罗巴人种；撒哈拉以南多为尼格罗人种，即黑人，又分为肤色纯黑的苏丹和肤色浅黑的班图两大系；散居在赤道热带雨林地带的是俾格米人种，为世界最矮种族；非洲南部肤色棕黄的科伊桑人种，其种族属性尚存争议；马达加斯加岛的马尔加什人，是由印度尼西亚渡海而来的蒙古人种。人口分布以尼罗河中下游河谷、西北非沿海、几内亚湾北部沿岸、东非高原和沿海、马达加斯加岛的东部、南非的东南部较为密集，广大的撒哈拉沙漠地区人口稀少。

　　古老的非洲大陆是人类的发源地，也是最早跨入文明门槛的地区之一。1500年前后，世界上并存着许多文明，各个文明的发展水平参差不齐，基本处于相对孤立分散的状态，只有在陆路相通的世界文明的核心区欧亚大陆才有大规模的时断时续的交往与冲突，撒哈拉以南非洲（黑非洲）基本上与世隔绝，独立地创造和发展着自己的历史。古埃及文明曾辉煌一时，努比亚、埃塞俄比亚、北非、西非、东非沿海以及南非内陆，相继产生了独具特色的不同文明。古代非洲大陆的社会发展进程很不平衡：北非、西非、东非和南非的某些地区产生过令人瞩目的文明，先后跨入了奴隶社会或封建社会，而在撒哈拉以南的广大地区还有很多部族徘徊在古老的原始社会状态下。邻近欧亚、位于地中海南岸的北非，分为埃及和马格里布地区。罗马文明、阿拉伯文明的冲击和渗透使北非文明融入一定的欧亚因素，特别是阿拉伯人的军事入侵武力征服，使北非的历史发展进程阿拉伯化伊斯兰化。素有"黑白分界线"之称的撒哈拉大沙漠使西非、东北非和南非与外部世界隔离开来，使其在一个相对闭塞的空间中缓慢发展。尽管如此，黑非洲在漫长的历史发展进程中，还是穿越时空的阻隔，时断时续受到北非和西亚的文化影响,形成独特的文明。在中古西非曾经先后出现过一系列的文明古国,加纳、马里、桑海是其中影响最为深远的三个国家。津巴布韦和姆韦尼马塔帕是南部非洲最有影响的国家,前者在14世纪初到15世纪中叶达到鼎盛,16世纪初瓦解;后者于1420年建立,16世纪起葡萄牙人入侵,19世纪下半叶不复存在。东北非的埃塞俄比亚高原是一个富有特色的非洲古代文明中心,在历史的发展进程中,它创建了一套完整的沿用至今的文字体系,并确立了它在非洲大陆独特而持续至今的基督教传统。

非洲的部族数量和语言种类都很多,语言在广大范围能够交流无碍无疑有助于集权体制的建立和统一,非洲大部分地区在20世纪建国前仍然属于"前国家社会"或"无国家社会",部族语言的众多和书面语言的缺乏不能不是其中因素之一。

二 非洲语言与口头文学

非洲是一个语言种类繁多的大陆,总数在800种以上,占世界语言的1/3左右,非洲语言数量如此之多主要是因为非洲部族众多、交通不便。已知的非洲部族就有700多个,有些部族内部因交通不便等原因,同一部族内部也有着不同的语言。每种语言使用的人数相差很大,多则几千万人讲,少则几千人甚至几百人讲。非洲的语言有四大语系:撒哈拉以南赤道以北的苏丹语系,赤道以南的班图语系,分布在北非各国的阿拉伯人的亚非语系(原称闪米特—含来特语系),此外还有少数黄种人的马来—波利尼西亚语系。非洲语言的多样性可以被看成将大陆分割成不同部分的一个因素[①]。阿拉伯语是非洲最重要的语言之一,属亚非语系,通行于埃及、苏丹北部、利比亚、突尼斯、阿尔及利亚、摩洛哥、毛里塔尼亚、西撒哈拉、马里的部分地区,以及赤道非洲北部和非洲东海岸。北非地区的另一重要语言是柏柏尔语,柏柏尔语和阿拉伯语相近,流行于摩洛哥、阿尔及利亚和突尼斯等马格里布地区。阿姆哈拉语是埃塞俄比亚的语言,是东北非的重要语言。苏丹语系中使用人数较

---

① 范柔德:《万流归海——诗与散文:中国传统文化探索之旅》,云南人民出版社2016年版,第77页。

多和范围较广的语言有富拉尼语和曼丁语。富拉尼语是流动性很大的游牧民富拉尼人的语言，使用人数不多但范围很广。曼丁语在马里和西非沿海地区相当流行，据说欧洲殖民主义者在西非贩卖奴隶时首先学会的非洲语言就是曼丁语。班图语系中使用人数较多和通行范围较广的语言是斯瓦希里语和祖鲁语。斯瓦希里语是非洲一个主要的通用语言，目前使用者约有五千万人，分布在东非各国和地区，包括坦桑尼亚、肯尼亚、乌干达、马拉维、布隆迪、赞比亚、津巴布韦、莫桑比克、索马里等国，坦桑尼亚和肯尼亚已定斯语为国语，其他如乌干达等国居民大都使用这一语言。祖鲁语通行于南非共和国和中非等地。豪萨语是撒哈拉以南西苏丹的重要语言，也是西非地区的商业用语，通行于从乍得湖沿岸到塞拉里昂之间西苏丹广阔的地带，被视为继阿拉伯语和斯瓦希里语之后的非洲第三大语言，但直到现在为止还没有一个国家宣布豪萨语为官方语言。通行这种语言人口最多的国家是尼日利亚，尼日利亚北方的豪萨人、富拉尼人和其他各部族都讲这种语言。

  非洲语言虽然历史悠久，语汇和表达方式丰富，但在语言理论方面大多比较落后，语言理论方面研究成果比较成熟的语言有阿拉伯语、斯瓦希里语、豪萨语、阿姆哈拉语和祖鲁语。大多数非洲语言还没有文字，更没有出版物。在非洲语言的发展中，拉丁化是主要倾向，出于殖民统治的需要，欧洲殖民主义者从19世纪初就开始使一些非洲语言拉丁化。非洲最重要的民族语言东非的斯瓦西里语和西非的豪萨语原来都是用阿拉伯字母拼写的，19世纪先后被拉丁化，至今已经被拉丁化了的非洲语言不下数十种。

  20世纪以前的非洲，其文学形式主要是口耳相传的口头文学，如神话史诗、部落传说、家族历史、诗歌故事、谚语格言等等，本真质朴、活泼有趣，千百年来众口相诵，凝聚着丰富的民族精神、蕴含着深刻的人生哲理、透露出非洲人民聪颖的智慧和美好的心灵。神话传说是非洲各族人民最初的口头文学，反映了非洲人民认识自然、探索自然的意识和能力，其主要内容是关于开天辟地、解释自然现象的神话和为本民族利益做出巨大贡献的英雄传说。口头文学是非书面的口头的文学，虽然没有书面文学精致、明晰，经得住时间地域的变幻，但它是人类最古老并伴随始终的文学样式，从人类会说话的那天起，就会有口头文学的创作,就有了讲故事、听故事的活动。通俗易懂无拘无束的口头文学是自然之音、率真之作,反映远古时期人们对自然、对自身认识的神话,饱含生活理想的幻想故事,鸿篇巨制的英雄史诗,短小精悍的谚语格言等等,不一而足。口头文学在黑非洲文学中占有很重要的地位,历史悠久、种类丰富:谚语、格言、寓言、诗歌、神话及各种叙事故事,许多重要作家,如阿莫斯·图图奥拉、沃莱·索因卡等都不断从民间口头文学汲取灵感,极大增加了现代文学作品的蕴涵。它为非洲民族后代的书面文学奠定了必不可少的想象基础和情感积淀,许多巨著都在其中得到提炼和加工,图图奥拉《棕榈酒鬼的故事》、索因卡的戏剧《国王与马车夫》、阿契贝的小说等莫不如此。"非洲几乎从有语言开始就有诗人、演说家和歌词作家"①,由于口头文学传统的历史悠久,在受殖民文化深刻影响时期,非洲本土诗歌和演说传统与西方文学新形式之间的相互影响在许多方面都是痛苦最少的领域。20世纪初叶基督教会和非洲的知识分子开始对口头文学做过不少搜集整理工作,先后出版了一些神话传说故事集,如塞内加尔的《阿马杜—库姆巴的故事》、科特迪瓦的《非洲的传说》、喀麦隆的《在美丽的星空下》、乍得的《在乍得的星空下》、加蓬的《加蓬故事集》、尼日尔的《尼日尔的故事和传说》等。1960年由几内亚历史学家、文学家吉布里尔·塔姆希尔·尼亚奈整理出版的《松迪亚塔》,无疑是黑非洲口头文学的优秀作品,具有较高的文献价值和文学价值。

用钦努阿·阿契贝的话来说"非洲人民并不是从欧洲人那里第一次听说有'文化'这种东西的,非洲的社会并不是没有思想的,它经常具有一种深奥的、价值丰富而又优美的哲学"②。在非洲,非洲本身的文化是与其殖民地经历相比具有更加强大的力量。③ 因此,考察非洲文学必须认识到口头文学传统的特点。

---

① [肯尼亚]马兹鲁伊主编:《非洲通史——第八卷:1935年以后的非洲》,屠尔康等译,中国对外翻译出版公司2003年版,第402页。
② 转引自[美]伦纳德·S.克莱因主编:《20世纪非洲文学》,李永彩译,北京语言学院出版社1991年版,《成功的文学,有希望的文学——代译序》第5页。
③ [肯尼亚]马兹鲁伊主编:《非洲通史——第八卷:1935年以后的非洲》,屠尔康等译,中国对外翻译出版公司2003年版,第463页。

第二节　近代埃及文学和黑非洲文学

对一些非洲中心论学者来说，埃及是非洲历史的真正精华，对另外许多人而言，埃及更像是地中海史或欧洲史的一部分。由于环境因素的不同，定居农业和国家级社会在尼罗河流域的发展，比南部非洲要早数千年，导致在这两个地理上相距遥远的非洲地区形成了迥然不同的文化和社会。① 公元前5000年前后，尼罗河两岸的居民就开始了定居的农业生活，并以自己的聪明才智创造了古埃及的早期文明。非洲最早的文学产生于古埃及，丰富的神话传说、诗歌谚语、传奇故事等，代表了埃及上古文学的繁荣，直到今日，非洲的神话传说仍然以古埃及神话传说为主。

一　埃及近代文学

尼罗河流域是创造文明的理想地方，每年的洪水泛滥将埃塞俄比亚高地的肥沃淤泥带到尼罗河流域的平原，使农业得以无限期继续下去而又不造成土地负担过重。农业的富足、"神授王权"的政治统治以及尼罗河带来的便利交通相结合，使埃及成为世界历史上寿命最长的国家之一。其中帮助统治者的不仅仅是武力，而且还有书写体系：约公元前3200年在埃及发明的象形文字书写体系，帮助法老们创造了稳定的、给予他们的统治以合法性的宗教教义，也有助于专业行政机构记载拖欠和征收的税金。② 神话传说是非洲各族人民最初的口头文学，也是上古埃及文学的重要组成部分，内容主要是关于开天辟地、解释自然现象的神话和为本民族利益做出巨大贡献的英雄传说。

具有辉煌成就的古代埃及文学，约产生于公元前3000年前，早期

---

① [美] 埃里克·吉尔伯特、乔纳森·T. 雷诺兹：《非洲史》，海南出版社、三环出版社2007年版，第3页。

② 参见 [美] 埃里克·吉尔伯特、乔纳森·T. 雷诺兹《非洲史》，海南出版社、三环出版社2007年版，第45页。

以神话传说为主。对天地万物的来源、人类的产生，古代人都有朴素的解释，埃及有万物之主太阳神——拉（Ra）开天辟地的神话，从中可以看出埃及人对太阳即自然力的崇拜。著名的奥西里斯（Osiris）神话影响了埃及人的死亡观，《亡灵书》、木乃伊皆和它有关（《亡灵书》是为了向冥王奥西里斯称赞亡者的美德以便能够让其升上天堂，木乃伊的处理是仿照伊希斯用布包裹丈夫尸体以求复活）：奥西里斯是自然之神，教人民耕种，他担任埃及法老期间，人民安居乐业并十分爱戴他，这引起了其兄弟塞特（Seth）的嫉恨；塞特将他诱入一个金柜抛入尼罗河漂流至地中海，奥西里斯之妻伊希斯（Isis）将丈夫尸体找回，恳请神让他复活，但塞特又将其尸切成14块分撒各地，伊希斯历经艰辛又找回尸体各部分并再次求神使其复活，但奥西里斯已为冥王无法复活；伊希斯悲伤哭夫时受孕生下荷鲁斯（Horus），荷鲁斯长大后为父复仇，最终打败塞特加冕为王。此外，世界文学史上最早最长的史诗《亡灵书》、约成于公元前13世纪的《尼罗河颂》、被认为是最早的传记文学埃及古王国时期的《梅腾传》等都说明了这个文明古国的文学曾经到达的高峰，此外《金字塔铭文》上还保存有埃及古王国米耶王朝（公元前3200—前2980）哀悼奥西里斯和欢呼其复活的宗教剧片段，可说是人类最早的戏剧。

《尼罗河颂》约成于公元前13世纪，抒写了古代埃及人对尼罗河的感激之情：

> 万岁，尼罗河！
> 你在这大地上出现，
> 平安地到来，给埃及以生命：
> ……
> 给一切动物以生命；
> 不歇地灌溉着大地；
> 从天空降下的行程；
> 食物的爱惜者、五谷的赐予者，

普塔神啊,你给家家户户带来了光明。(第一节)①

  神话、诗歌和民间故事等富有民间文学特色的艺术成就,反映了古埃及文学高超的创作水平,对世界文学做出了重要贡献。随着亚历山大大帝军队在公元前332年入侵,"古埃及"辉煌时代走向完结。亚历山大大帝征服了埃及、取代了波斯人的统治并把权力交给他的将军托勒密②。托勒密的统治给埃及带来了重大变化,政府语言改变为希腊语,这是古埃及语最终消失的一大因素,埃及语和希腊语的要素混合后产生了最接近古埃及语的语言科普特语,后者现在依然是埃及和埃塞俄比亚基督教教堂的礼拜仪式语言。基督教传入埃及比较迅速,到公元2、3世纪,该地区尤其是在城市已经成立了许多基督教团体。对许多非洲基督教徒来说,埃及就是圣地的一部分,其重要性几乎与巴勒斯坦相同。公元5世纪在基督一性论运动中产生的科普特教派③,至今仍然是代表埃及、埃塞俄比亚和中东的基督教团体和信仰的机构。伊斯兰教征服埃及是从公元639年到642年的3年里完成,之后对埃及的影响巨大,导致今天的埃及常常被看成一个伊斯兰教的阿拉伯国家。就这样经过王朝不断地更替,宗教信仰代替了对来生的向往,古埃及文明出现断层,古埃及文学已难再续。

  16世纪土耳其入侵埃及后,在奥斯曼帝国统治下,埃及的精神生活和文学生活几乎完全窒息了,就是在爱资哈尔清真寺的活动也是微弱无力的。④ 18世纪末拿破仑率领法国军队入侵埃及,同时带去一批学者和工匠以及一台阿拉伯文印刷机,使埃及人接触到完全不同的欧洲生活方式,注意到西方先进的科学,并在侵略军走了之后逐渐向西方学习,

---

  ① 孟昭毅、黎跃进:《简明东方文学史》,北京大学出版社2005年版,第17页。
  ② 托勒密(Ptolemy):亚历山大大帝的将军之一,公元前323年获得对埃及的统治权力后建立了托勒密王朝,该王朝传至克娄巴特拉七世时在公元前30年结束。
  ③ 科普特(Coptic):上尼罗河地区和埃塞俄比亚过去使用的一种语言;埃及和埃塞俄比亚的基督一性论教派。科普特教派至今仍然是代表埃及、埃塞俄比亚和中东的基督教团体和信仰的机构。
  ④ [埃]邵武基·戴伊夫:《阿拉伯埃及近代文学史》,李振中译,人民文学出版社1980年版,第2页。

开始是学习军事等科学，之后才是文艺。这样 19 世纪以来，埃及文学存在两大潮流：阿拉伯潮流和西方潮流。爱资哈尔清真寺在奥斯曼土耳其统治期间保护了伊斯兰教和阿拉伯的文化遗产，收集和保存阿拉伯文化遗产的文化复兴运动不得不中止甚至倒退；学者们单调重复着一些纲要，为这些纲要作费解的注释、评论，阿拉伯知识失去了价值。埃及的诗歌和散文成为应用修辞学泛滥的场所，看不到真情实感。相反，欧洲人在与古希腊和罗马文化重新建立联系的文艺复兴运动中发展了他们的思想和文学，创造出与中世纪不同的充满人文主义的新文学。于是当法国人离开埃及以后，埃及开始崇尚欧洲文化，学习欧洲的文学知识。

在埃及经历了奥斯曼土耳其帝国近 300 年的统治之后埃及文学处于衰落状态，诗歌受旧传统的束缚停滞不前，埃及近代文化复兴的先驱雷法阿·塔哈塔威（1801—1873）的《巴黎纪行》和阿里·穆巴拉克（1823—1893）的 4 卷本小说《伊勒木丁》（1881）都用韵文写成。埃及近代文学的先声始于 19 世纪初的"翻译运动"，以法国文学为主体的西方文学思潮和新的文学样式被译介进来，刺激了停滞僵化的文坛。法国作家莫里哀、高乃依等的作品被翻译出来，英国作家莎士比亚等的戏剧、古希腊的史诗《伊利亚特》等也被翻译出来，19 世纪翻译和出版的西方戏剧和小说有几百本之多。19 世纪初，埃及首次建立国立印刷所，印刷术和报纸的推广和发行为宣传新思想、提高民族鉴赏水平提供了可能。由于阿拉伯文学受到修辞学的束缚不能简洁明了地表达思想和作品，为了简化和传授阿拉伯语，埃及建立了阿拉伯语言学院。

埃及近代新的社会生活孕育了全新的近代文学，19 世纪中叶，埃及人民开展的反英斗争在文学领域有广泛的反映。这一时期的作品既表达了作家个人的感受，也反映了时代和民族的感情。诗人迈哈穆德·萨米·巴鲁迪（1838—1904）参加了阿拉比领导的反英斗争，后长期被放逐锡兰岛（今斯里兰卡）。他的诗歌充满深厚的民族主义和爱国主义的思想感情，摒弃了土耳其奥斯曼帝国时期注重形式的浮华诗风，提倡阿拉伯古典诗歌风格特别是阿拔斯诗歌传统，既复兴了阿拉伯诗歌传统又再现了时代精神，是阿拉伯近代诗歌的第一位革新家。近代阿拉伯文学复兴运动从西方引进了一种新的文体即小说，19 世纪以来，随着埃及与欧洲的文化交流，欧洲小说被翻译到埃及，为埃及文学表现生活提供了新方式。于是,埃及近代文学在19世纪后期获得发展。

二 黑非洲近代文学

非洲文学一般分为北非的阿拉伯文学和撒哈拉沙漠以南的黑非洲文学,黑非洲,即撒哈拉沙漠以南的非洲部分,包括东非、西非、赤道非洲和非洲南部及诸岛的绝大多数国家。因当地居民主要是黑色人种,故一般称为黑非洲;又因这些地区的各个民族历史命运相似,文化发展相通,与沙漠以北的阿拉伯人等迥然有别,所以关于这些地区的文学作为整体加以介绍。埃及文学是北非阿拉伯文学的代表,黑非洲文学包括西非、东非、中非和南非的文学。古埃及文学不仅是当时世界文学的一座高峰,而且几乎是古代非洲文学的浓缩精华和有限代表,考古上的珍贵发现使我们能够解读埃及古老的象形文字,看到写在用尼罗河边的芦苇制成的纸草纸上的文学作品。广大的黑非洲地区的古代文学由于书面文字的缺乏而不能跨越时空的限制流传于世,当然也有少数的例外,如东非沿岸地区(肯尼亚和坦桑尼亚)的斯瓦希里语文学,它开始于中世纪,现存的第一批手稿为18世纪初,即存于德国汉堡的斯瓦希里语史诗《赫列卡利史诗》,注明时间为1728年。

黑非洲是一个多民族的地区,每个民族都有自己的语言。仅仅西非可以计算的主要语言就有126种之多,各地方的土语还不包括在内。绝大多数语言都没有形成书面形式,有的民族古代虽曾有过简单的文字,但殖民主义者入侵之后就消失了。这样民族语的书面文学数量很少,而少有的民族语书面文学的历史也不长,如斯瓦希里语文学、豪萨语文学。黑非洲的文学遗产几乎全是口头文学,靠民间流传下来。黑非洲口头文学和世界其他早期民族一样,不但通过一般群众,而且通过职业艺人代代相传,那些专门从事演唱、保存和传授口头文学的人在西非称为"格里奥",主要演唱部落史和家族史,"是撒哈拉以南非洲世代相传的诗人、口头文学家、艺术家和琴师的总称"[①]。在西非的古王国里,格里奥通过口头传授成为博古通今的学者,记下风俗习惯、历史传统和国王的王法准则,是国王的史官、典礼官和顾问;他们用歌唱的形式向国

---

① 佚名:《松迪亚塔》,李永彩译,译林出版社2003年版,《译序》第6页。

王和人民传颂历代帝王的功勋和法律,使他们按照固有的传统执掌风俗习惯,遵循国家礼仪;他们不识字,但记忆力惊人。西方殖民统治时期,黑非洲传统文化受到干扰一度中断,格里奥们纷纷被迫漂流各地到处说唱,成为流浪艺人或行吟诗人,他们的职业在各部落是世袭的,遍布黑非洲土地,他们既是风俗、文化、历史和传统的传颂者,又是民族文学的保存者。社会时代的巨大变动使得他们不仅说唱历史传说,而且还创作反映现实生活的故事,如反对殖民主义者的故事,表现人民美好愿望的故事等,如斯瓦希里语史诗《德国人同海岸人民之间的战争》(1905年)、《马及马及起义诗》(1912年)。"格里奥"在黑非洲深受人民的尊敬和爱戴,在保存、创作、传播黑非洲文化方面起了重要作用。19世纪末至20世纪20年代和20世纪60年代开始,曾出现两次有意识地收集、整理、记录口头文学的阶段,其中格里奥的作用至关重要。

　　口头文学的形式丰富多彩,包括有神话传说、动物童话、民间故事等,它的内容也很广泛,反映人们认识自然和征服自然过程中对自然的认识和探索。在黑非洲的创世神话里,最主要也是最大的神是至上神,他就和西方的上帝一样,和古希腊的宙斯一样是万物的主宰和一切生灵的创造者。但是,很有意思的是,这个神在各个部族的传说和神话中名字都不一样。还有关于海之神、闪电和响雷之神、铁与火之神及蛇仙等的神话传说,想象丰富表现优美,如雨后天空出现的美丽彩虹被想象成天上的蛇神,它是丰饶的象征,受到人们的崇敬和歌颂。班图人流传着一个关于海浪的故事:一个住在海边的姑娘自幼以大海为伴,沙滩上拣贝壳、海湾里洗澡、浪花里穿行。长大后她嫁给海边一个青年,生了一个女儿。她每天要到田野里劳动,无法照看可爱的女儿;于是她求助朋友海浪帮她照看孩子。黑非洲虽然少有历史文献,但在口头文学中却有大量的历史传说和野史记载,特别是以历史上的真实人物为原型的史诗。东非关于帕特、蒙巴萨、基尔瓦等国的传记,西非关于创立马里帝国的松迪亚塔国王历史的史诗等,虽有虚构和想象的成分,但是有一定历史根据,有的经过整理已成为重要的历史参考资料,如《松迪亚塔》这部长篇史诗整理出来后已成为几内亚学校的历史课本,主人公就是13世纪马里帝国的开国元首松迪亚塔,1230—1255年在位,他被同父异母的哥哥曼迪国王驱逐出国,备尝艰辛,后打败残忍的苏苏国王建立了强大的马里帝国。进入 19 世纪之后,随着反抗殖民主义运动的开展,口头文学的思想内容发生重大变化:歌颂民族英雄、争取民族独立成为口头文学的一个主题,如几内亚流传的关于萨摩利·杜尔在 19 世纪末叶领导武装队伍同法国殖民主义者斗争的英勇故事和传奇人生的《坎比利史诗》,歌颂了行伍出身并笃信伊斯兰教的曼丁哥人萨摩利·杜尔,他不但在 19 世纪末建立西非最强大的国家乌阿苏鲁王国,而且在西非海岸的高山峡谷中和法国殖民远征军进行了持续十多年的长期抗战,最后被俘囚禁而死,其遗言"与其活着受辱,不如死了更好"至今为国人传诵,其刚毅勇敢、坚持独立的精神被他的曾外孙塞古·杜尔继承。

　　黑非洲传统文学的特色是少有书面记载,主要是通过口耳相传经过反复加工的民间创作,具有浓厚的生活气息和强烈的民族特色,体现了群众的智慧和艺术创造性,这些特色决定了黑非洲文学遗产的民族特征,而且决定了口头文学在黑非洲文学史上的特殊地位。黑非洲口头文学是集体创作的经久不衰的结晶,为了方便流传,基本采用易记、上口的诗和韵文的形式,具有强烈的节奏感和感染力。东非海岸的斯瓦希里古典文学主要是诗歌体裁,它的古杂体诗通常都是长诗,四行为一节,与民间歌谣相同。产生于 19 世纪末期的佛得角克列奥尔语文学的第一代诗人,他们有一个共同的特点即熟悉各种口头的民间创作形式,其中最流行的形式是"莫尔纳",一种来自民间口头创作的诗歌样式,节奏很像华尔兹舞,格调忧郁。圣多美的民间口头创作的最普遍形式是"索科佩",它和佛得角的莫尔纳一样,是一种歌舞结合的混合形式,和莫尔纳不同的是它节奏较快,活泼轻松……①这一切,都形成了黑非洲口头文学的民族特色,直接影响着现代文学的形成和发展。

　　早在历史上阿拉伯国家和西方国家入侵,并将书写符号带入黑非洲之前,黑非洲便有着世代相传的口头文学传统。在黑非洲作品中,作家往往将非洲口头和传统的叙述文学技巧置于欧洲文体类型,他们受到口

---

　　① [苏联]伊·德·尼基福罗娃等:《非洲现代文学(东非和南非)》,陈开种等译,外国文学出版社 1981 年版,第 379 页。

头文学和传统的影响,这帮助作家形成对世界的感知。格雷斯·奥戈特①的早期作品同历史悠久的卢奥人说书传统关系密切。口头文学在黑非洲文学中占有很重要的地位,历史悠久、种类丰富:谚语、格言、寓言、诗歌、神话及各种叙事故事,许多重要作家如阿莫斯·图图奥拉、沃莱·索因卡等都不断从民间口头文学汲取灵感,极大地增加了现代文学作品的蕴涵。

第三节 非洲文学与传统社会特色

非洲口头文学是一种动态展演的文学样式,口头编创、口头传承,没有固定文本,始终处于变异之中,是千百年来非洲无数人智慧的结晶,是群体的历史记忆,是隔代相传的寓意,是智慧的矿藏。

一 非洲群体的历史和记忆

人类对往事的回忆,无疑早在没有文字的时代就开始了。在文字产生之前,历史主要是靠口头文学来记忆和记载的。以口头语言的形式对往事进行回忆,用口叙述、用耳接受、用脑记忆、用口传播等无数人参与的隔代相传的过程。口耳相传的内容,往往是一些给当时人留下深刻印象的自然现象,或者对他们的生存和发展带来严重影响的事件,并且在长期留传过程中被日益神化。神话虽然不是历史,但它在某种程度上反映了历史,而且世界上任何民族的古老历史往往都离不开神话。口述历史尤其适合一向较少使用文字的非洲部族,在很多非洲民族地区,这些口头文学还没有用文字记录下来,当地的历史传统主要通过口述得以延续,口头文学是传授历史知识的唯一媒介。讲故事是人类生活中一项不可少的文化活动,讲述部落史和家族史的非洲艺人(如"格里奥")往往成为当地德高望重的人。在没有文字但有着一种严密组织的社会里,民间艺人以及一些正式掌握家谱和传说的人就相当于古代的编年史

---

① 肯尼亚女作家格雷斯·奥戈特(1930—),用英语写作的东非著名作家,代表作为长篇小说《上帝许给的地方》(1966)和短篇小说集《没有雷声的地方》(1968)。

家，于是史诗《松迪亚塔》成为当代史学家编写13世纪20—30年代马里帝国历史的主要依据。① 口述史的实践把从属群体的历史和文化从沉默中解放出来，它"眼睛向下"的学术取向以及平民化、大众化的基本特色通过多层次多渠道地在历史中保留了更多的来自民间的多重声音，使历史变得更加丰满。

早在历史上阿拉伯国家和西方国家入侵，并将书写符号带入非洲之前，非洲便有着世代相传的口头文学传统，它帮助非洲部族形成对世界的感知。复旦大学的葛剑雄教授等在《历史学是什么》里认为历史不是一个纯客观的存在，而是人们对以往的一种记录和认识，过去的事实能否真正成为历史取决于后人如何记录，"历史不仅是过去的事实本身，更是指人们对过去事实的有意识、有选择的记录"②。如果说口述传统里的"过去"是可以在传承的流动中不断变异的话，当口述内容一旦被文人用文字记录下来，作为文献记录这种流动特性就凝固了，传统的历史编纂往往基于某些口头叙述和文字描写。传统是历史上人类行为、思想和想象的产物，并且从过去延传至今世代相传③，同时传统也在经受时代变幻和多种文化冲击，有的部分变异，有的部分消失，有的部分保留了下来，传统是现代社会重构的产物，适应时代变化、社会发展的那部分保留了下来，延续了下去。非洲口头文学是一种动态展演的文学样式，口头编创、口头传承，没有固定文本，始终处于变异之中，是千百年来非洲无数人智慧的结晶，是群体的历史记忆，是隔代相传的寓意，是智慧的矿藏。口头文学讲述者是一群了解本地掌故传说的人，在当地德高望重，是当地历史记忆的代表和讲述者。他们一般见多识广，比其他人有着更为深刻的社会阅历，通过自身对历史和传统的掌握来积极延续当地的口头传统。通过聆听故事，人们将过去与现在联系在一起，知道了现在的生活是对过去的延续，祖先的足迹依稀可辨，隔代的智慧不绝于耳，从而在传统的生活道路上不断行进并延续着传统。

---

① 史学家经过筛选将该史诗的主要内容写入联合国教科文组织编写的《非洲通史》和英国著名学者编写的《剑桥非洲史》等权威性的历史著作中。
② 葛剑雄、周筱赟：《历史学是什么》，北京大学出版社2002年版，第72页。
③ 参见［美］E. 希尔斯《论传统》，傅铿、吕乐译，上海人民出版社1993年版，第15页。

二 隔代相传的智慧和寓意

非洲口头文学广泛地存在于社会生活之中,涉及民众生活的方方面面,不仅是一种文学,更是一种文化和生活。民间文学,在今天我们的眼里看来,不过是一种艺术作品。但是,在人类的初期或现在的野蛮人和文化国里的下层民众,它差不多是他们立身处世一切行为所取则的经典。① 口头文学表演主要集中在神庙、祭祀、竞技等公共场所,具有集体性和展示性。人们常常在这些公共场所表演、祭祀、聚集、歌舞、庆贺等等,举行场面宏大的公共仪式,这种高度的集体性使得口头文学的传统力量得到极大的发挥,这种讲述活动具备的教化功能不仅是知识、道德及宗教信息的传输,而且让一个地方的文化传统在代际之间得到不断传承。《亡灵书》既是一部具有珍贵文学遗产价值的诗歌总集,又是一部保存了重要生活习俗的历史文献;用富于想象的诗歌抒发了对太阳神和奥西里斯神的崇拜,又表现了古埃及人追求永生向往来世的生活观念和传统习俗。正如伊格博格言"如果演讲不用谚语就像是没有绳索却要爬上棕榈树"②、约鲁巴谚语"智者用谚语解决问题"③,口头文学传统作为矿藏的价值由此展现。一句谚语、一个故事能够在时间长河里历经涤荡却依然传入我们耳中,足以证明它有着与那些湮灭在历史烟尘里的事物的不同之处。

15世纪以前非洲的发展可以说与其他大陆是并行、独立的,但之后欧洲殖民者的出现使非洲降为从属、外缘的地位。15世纪至18世纪,对非洲影响最大的大西洋奴隶贸易,前后持续400年之久,大规模的奴隶贸易使古老非洲的社会政治结构遭到极大破坏,不仅损失了大量人口,而且陷入了混乱冲突。在奴隶贸易不断走向没落的时候,欧洲列强在非洲的活动进入了殖民地化时代,大致从18世纪中后期开始,一直持续到20世纪50年代末非洲各国掀起独立浪潮时为止。由于非洲知

---

① 钟敬文:《钟敬文文集——民俗学卷》,安徽教育出版社2002年版,第269页。
② [肯尼亚]马兹鲁伊主编:《非洲通史——第八卷:1935年以后的非洲》,屠尔康等译,中国对外翻译出版公司2003年版,第406页。
③ 同上。

识本身在它的保存条件和传授方式上受到殖民统治的破坏,"如果从第二个千年末叶,非洲祖先留传下来的知识能够得到收集、分析、更新并用书写、音像的方式传播,那么子孙后代就有可能利用这一源泉使自己焕然一新,并和他们立身之本的过去保持紧密的联系"①。口头文学是非洲民族知识的载体,它犹如阶梯,可以帮助非洲民族向上攀登;它是每个人身边最近的顾问,犹如良药可以医治无知;它带给非洲民族的生活智慧和文化寓意、精神鼓舞和智力支持世世代代、绵延不绝。

黑非洲的现代文学在反对西方殖民主义残酷统治的斗争中发展,19世纪末基本上结束了口头文学阶段,经过20世纪上半期的觉醒探索过程,四五十年代获得较大发展。② 其中用民族语言创作的非洲文学作品不容低估。黑非洲最早的长篇小说是用聪加语写的《萨萨沃纳》,最早的史诗是用斯瓦希里语写的《德国人同海岸人民之间的战争》,最早的剧本是用马尔加什语写的《魔环》。海德格尔曾说"一切本质的和伟大的东西都源于这一个事实:每个人都有一个并且扎根于一个传统"。传统经典里积淀着前人对世界、生命和生活进行思考的结晶,后人一旦对它重新灌溉,那绽放出来的一定是灿烂夺目的启迪之光。

三 奴隶贸易和殖民统治的影响

非洲的湿热气候、热带疾病、平直海岸线、内陆复杂地形、撒哈拉大沙漠等地理条件曾是阻碍人进入的天然屏障,但"地理大发现"后从非洲到美洲大西洋之间的奴隶贸易开始成为欧洲资本主义原始积累的重要源泉之一,葡萄牙、西班牙首先从事贩奴活动,英国、荷兰、法国等国家纷纷仿效,积极从事奴隶贸易。持续400年之久的大西洋奴隶贸易极大破坏了15世纪至18世纪非洲传统社会自行探索发展的可能,之后持续100多年的殖民地化时代在奴隶贸易不断走向没落的时候,深入影响了非洲18世纪中后期到20世纪50年代末的政治、经济和文化。欧洲列强对非洲采取的侵略手段和方式有经济渗透、政治控制和军事征

---

① [肯尼亚]马兹鲁伊主编:《非洲通史——第八卷:1935年以后的非洲》,屠尔康等译,中国对外翻译出版公司2003年版,第401页。

② 孟昭毅、黎跃进编著:《简明东方文学史》,北京大学出版社2005年版,第141页。

服，侵略目标从占有市场和掠夺自然资源到直接占领和夺取领土。与奴隶贸易相比，殖民统治最突出的特征是非洲逐渐卷入资本主义世界经济体系中，其后果是非洲冻结了社会现状，遏制了自身更有效的探索和发展，地方横向经济联系被取消，和宗主国的纵向联系被建立和强化，逐渐演化成非洲依附性的雏形。① 在非洲，直到 19 世纪以前，欧洲人拥有的只是一条海岸线，而不是整个非洲大陆。独立后的荷兰是欧洲第一个商业资本主义国家，早在 17 世纪就在非洲占领了好望角，建立了开普殖民地。1876 年以前欧洲列强仅仅占领了整个非洲大陆的 10.8% 的领土，除了阿尔及利亚和开普殖民地外都是在沿海地区。1876 年以后，无论是老牌的殖民国家英国、法国和葡萄牙，还是新兴工业国家德国、意大利、比利时，先后深入非洲腹地。19 世纪最后 25 年的时间里，所谓自由贸易帝国主义转变为全球性殖民主义，也就是帝国主义瓜分殖民地的狂潮，导致非洲被彻底瓜分。殖民扩张的最初情形是：葡萄牙在安哥拉和莫桑比克开拓；法国专注于西非和北非的发展；英国在稳固南部非洲的基础上，向西非沿海不断蚕食。最初阶段过后，列强之间由于经济利益和殖民地的争夺产生了冲突，其中，英法在埃及和北非的争夺尤为激烈。美国 1820—1822 年在西非建立了美国在非洲的殖民据点利比里亚。19 世纪上半期，非洲各民族已经开始反抗欧洲列强的侵略，觉醒的非洲人民不断冲击西方列强的殖民体系。卡迪尔领导的阿尔及利亚 15 年抗法战争（1832—1847）、狄奥多尔领导的埃塞俄比亚抗英战争（1867—1868）、奥马尔领导的塞内加尔抗法战争（1857—1859）、埃及阿拉比领导的抗英斗争（1879—1882）、苏丹的马赫迪起义（1881—1885）、德属东非人民起义（1889）、埃塞俄比亚抗意卫国战争（1895—1896）等，在这些战争或运动中，领导者或维护正统宗教，或创立新宗教，都是以宗教为精神武器，号召组织民众反抗异族入侵和统治。

  与反抗和斗争相伴随生的是思想启蒙运动的展开和民族文化发展的困惑，如 20 世纪初埃及穆斯塔法·卡米尔（1874—1908）领导的启蒙

---

① 参见［美］斯塔夫里亚诺斯《全球分裂：第三世界的历史进程》（上册），商务印书馆 1993 年版，第 106、107 页。

运动，以创办报刊、兴办教育、改革宗教和传统习俗为主。非洲近代启蒙运动是在西方殖民统治和非洲与西方文化冲突的背景下展开的，既是对个人自我意识的呼唤，又是对民族意识的觉悟，既是对西方文化的借鉴，又是对民族传统的反思。非洲民族面临着艰难的选择：情感上选择民族传统，理性上选择西方文明。由于受到西方的殖民统治，非洲民族心理上不可能完全接受西方文化，但向西方学习却是前进道路上不可避免的。

第三章

20世纪初至60年代：书面文学诞生与独立运动高涨

虽然有埃及文学这样显著的特例，但是对于非洲文学总体来说，书面文学诞生于20世纪初的殖民地环境，很快在民族独立运动中承担了思想启蒙的重任，当非洲文学在向西方文学学习的过程中拥有了现代文学的表达方式，并在向种族主义歧视挑战的过程中获得了民族自信，非洲现代文学就诞生了。欧洲人对黑非洲进行奴隶贸易和殖民统治的思想基础是种族主义，与此针锋相对的是黑人作家倡导民族独立的旗帜"黑人性"，"黑人性"是非洲自己的文学理论。

"文章合为时而著"，文学是时代的晴雨表，20世纪初的非洲文学在教会影响下多是道德说教作品；20世纪二三十年代受过西方教育的非洲知识分子在作品中寻求自我文化归属；1939年"黑人性"运动是对法国同化政策的驳斥也是对黑人文化价值的肯定，于是开始出现美化过去颂扬传统的作品；及至五六十年代，文学出现了空前繁荣，反对殖民主义，为国家独立和民族解放做着准备。

第一节 非洲现代文学的发轫

我们研究任何民族的文学，都需要知道在这个民族的生活中所发生的，具有影响的重大事件；因为文学实际上是一面清晰明亮的镜子，它反映了这个民族的生活,反映了使他们受影响的一般事件和特殊环境。① 尽管非洲各国文学之间有很大差异,但在 20 世纪有许多共同倾向,这同非洲大陆上发生的社会变动有关:传统社会结构和生活准则的崩溃、新的社会阶级和城市的兴起等,不仅影响到曾经沦为殖民地的国家,而且影响到曾经保持独立的埃塞俄比亚。席卷整个非洲大陆的社会变动引起了文化领域的变化,在文艺创作方面,20 世纪上半期各个地区都出现了文学表现形式的革新,产生了现代化的新的文学体裁,首推最能反映急剧变化的极其复杂的社会现实的长篇小说。在反对殖民统治、种族主义,开展民族独立运动的过程中,非洲人民的思想觉悟提高了,非洲文学的内涵也经历了现代化。于是,非洲现代文学就迅速诞生了。

一 20 世纪 50 年代前:文学与民族的自醒

非洲是一块古老的大陆,有悠久的历史,正如每一个民族都在世界文学中发出自己的声音一样,非洲人民有自己的文化传统和文学遗产,并在此基础上复兴和繁荣了自己的现代文学。非洲现代文学起步较晚,一般来说它诞生于 20 世纪初,这和殖民主义统治密切相关。从 15 世纪开始,欧洲殖民主义者就染指非洲,到 19 世纪末,终于将非洲大陆瓜分完毕,确立了不同形式但性质完全相同的殖民主义统治。由于殖民主义者空前的野蛮掠夺和残酷剥削,破坏了原来的经济形态,造成了社会关系的变化,严重阻碍了非洲经济、政治和文化的发展。为了夺回失去的独立、自由和土地,非洲人民没有停止过斗争。第一次世界大战和俄国十月革命的胜利鼓舞了非洲人民的反抗精神,民族解放运动进入了一个新的历史时期:它不再是由部落酋长领导的老式暴动和战争,而是由斗争中涌现出来的优秀分子领导的有组织的民族解放运动,具有鲜明的反帝、反殖性质,并在 20 世纪 40—50 年代达到高潮。文学是时代的晴雨表和温度计,非洲的民族独立运动刺激了现代文学的发展,非洲现代文学同时为民族独立运动服务,其基本主题是思想启蒙和民族认同。

---

① [埃及] 邵武基·戴伊夫:《阿拉伯埃及近代文学史》,李振中译,人民文学出版社 1980 年版,第 1 页。

1648年结束欧洲"三十年战争"的《维斯特伐利亚和约》的签订，破除了罗马教皇神权下的"世界主权"，瓦解了神圣罗马帝国的势力，结束了"只知有教，不知有国"的神权大一统时期，欧洲政治开始出现一种新的格局，主权国家从此成为人类社会的一种组织形式。它先以世俗"民族君主国"的形式出现，后来又发展成"民族国家"；它先是成为欧洲列强组织自己的手段，后来又发展成非洲人民摆脱殖民地压迫的奋斗目标。1884—1885年柏林会议是欧洲列强瓜分非洲的一次分赃会议，会议并没有解决列强的纷争，相反却变本加厉地向非洲展开新一轮的扩张。柏林会议结束时，非洲已被侵占了25%的土地，随着列强扩张脚步的加快，到1912年非洲被占领土已达96%，可以说被瓜分殆尽。第一次世界大战后，美国总统威尔逊和苏联提出了两种不同内涵的民族自决原则；第二次世界大战中，英美两国共同发表的《大西洋宪章》得到了反法西斯国家的赞同，民族自决的原则在世界范围内深入人心。尽管丘吉尔等传统殖民国家领导人试图使这一原则不被用于本国的殖民地或势力范围，但是民族自决作为反法西斯战争最重要的旗帜产生了强大的吸引力，欧洲列强在非洲的殖民统治丧失了道义和合法性。第二次世界大战在客观上打击了英国、法国等传统殖民国家在非洲的统治。经过第二次世界大战的沉重打击，传统殖民主义势力遭到严重削弱，战争结束后很难依靠原有的基础重新恢复自己的统治。与此同时，美国借第二次世界大战之机对传统殖民国家进行排挤，美国势力的渗透大大影响了英法在北非的传统利益。更为重要的是，经过第二次世界大战的洗礼，非洲殖民地人民的思想觉悟和组织程度空前提高，非洲民族主义组织利用第二次世界大战所带来的历史机遇发展壮大了自己的力量，战争结束后，继续发展了本国的民族解放运动。于是，第二次世界大战后非洲民族独立运动迅猛发展。

两次世界大战之间，随着民族的觉醒，为了同帝国主义的殖民主义同化政策作斗争，在黑非洲的文学领域里，产生了维护民族文化的运动，既有理论倡导，又有大量作品。比如，西非著名诗人、塞内加尔杰出的文化活动家利奥波德·塞达·桑戈尔，提出了文学的"黑人性"理论。"黑人性"理论是同法国殖民统治时期的同化政策言论相对抗的，它宣扬了非洲文化遗产中令人自豪的价值，鼓励殖民地知识分子反对种族主义的精神奴役,发掘和维护民族传统文化方面的时代价值,即使在今天,在维护非洲的独立、团结、统一方面也不失其进步意义。同一时期,刚果(金)的西蒙·金班古领导了宗教反殖运动,号召的基督教教会实行非洲化和民主化,提出了"还刚果于刚果人"的口号,史称金班古主义。金班古因此被殖民者判为终身监禁,最后死于狱中。他写的诗反映了非洲人民在殖民压迫下的苦难,坚信欧洲殖民者在非洲的滔天罪行必将受到惩处。他在自己的诗歌中,表现了对殖民统治的愤懑和仇恨,抒发了对非洲人民反帝、反殖斗争的信心。此外,马达加斯加在30年代也出现了保卫祖国文化运动的杰出诗人让·约瑟夫·腊伯阿里维洛(1901—1937),他在运动中起了巨大作用,成为青年反殖民制度的旗帜。他为挖掘本国文化遗产做了大量工作,而优秀诗集《几乎是幻想》(1934)和《译自夜的语言》(1935),则是他的才华与爱国热情的见证。他在《阿维阿维》中写道:就算我用外国的韵律编歌,祖先的智慧也在歌中苏生。显然,作者的满腔热血是为了非洲文化的复兴。关于这一时期反映黑非洲传统习俗的小说数量很多,马达加斯加作家 A.腊查奥纳里维洛的《比纳》是有代表性的。这部长篇小说的主人公青年渔夫比纳和他的情人伊钦巴只起陪衬和连接内容的作用,作家的创作意图是想根据当地一个民族的风俗、文化,准确而详尽地介绍海岛南部渔村的独特的生活方式,包括他们的服装及其制作方式和建筑及其构造方法等等细节,作品的基调洋溢着"不忘根本"和对传统价值的肯定。与《比纳》同类型的作品,是安哥拉作家安东尼奥·儒尼奥尔的《死者的秘密》。作者以一个患昏睡病、神经错乱的青年妇女的故事为线索,把描写地方风俗、殖民化前社会风貌的情节串成一体。歌颂民族历史、鞭挞殖民统治现实就是两次世界大战间的黑非洲现代文学的历史使命,它是民族觉醒的呐喊,是燃起反抗殖民统治、争取民族解放斗争烈火的火炬。

战胜希特勒法西斯,是非洲文学发展中一个最显著的里程碑,这一胜利表明种族主义意识形态已经威信扫地。[①] 书面历史资料的缺乏、

---

① [苏联]伊·德·尼基福罗娃等:《非洲现代文学(东非和南非)》,陈开种等译,外国文学出版社1981年版,第2页。

400多年奴隶贸易的丑化、近百年殖民地历史的险恶用心，使遮蔽在非洲人身上的误读和污蔑厚重而荒诞，非洲曾经被认为是一块没有历史和文化的、黑暗的大陆，非洲部族是等待着白人来教化的野蛮人，随着第一、二次世界大战的爆发，随着一系列民族国家摆脱殖民后的独立，欧洲人开始变得谦逊，非洲人开始变得自信，人们开始平和客观地看待各个文明，此外考古上的新发现让非洲文化赢得了人们的尊重。非洲传统文学主要是口头文学，而不是书面文学。非洲书面文学总的说来是20世纪的产物，此前的所谓非洲文学都是由欧洲人执笔的以非洲为背景或点缀的欧美白人文学。在这些欧美白人文学中，往往隐含着殖民统治的思想基础：种族主义。欧洲人对黑非洲进行奴隶贸易和殖民统治的思想基础是种族主义，与此争锋相对的是黑人作家倡导民族独立的旗帜"黑人性"。黑非洲传统文学主要是口头文学，其主题往往是部落史和家族史。产生于20世纪的黑非洲现代文学，形式上由传统的口头文学到现代的书面文学，离不开殖民时期传教士和教会学校的作用，内容上由传统的部落传说到现代的民族启蒙，和白人殖民文化的核心种族主义压制下的民族认同密不可分。尼日利亚小说家钦努阿·阿契贝的第一部小说《瓦解》(1958)，是黑非洲英语小说中的杰作，小说以非洲文化和欧洲文化的撞击对尼日利亚所产生的重大影响为内容，被誉为"开创了现代非洲小说"。当黑人拥有了书面表达方式和民族自信时，黑非洲现代文学就诞生了。20世纪非洲历史发生了翻天覆地的变化：黑人赢得了前所未有的独立并建立了自己的国家，伴随这场变化的是非洲作家登上了文学的舞台，不仅成了非洲文化的代言人和主角，而且开始影响世界文坛。

二 20世纪五六十年代：文学与民族的自立

第二次世界大战后至50年代末60年代初，黑非洲的民族民主革命斗争如火如荼，民族解放运动形成了不可抗拒的历史潮流。20世纪50年代是非洲民族独立斗争的第一阶段，50年代上半期，北非各国独立运动空前高涨。作为联合国托管地的利比亚于1951年12月宣布独立。1956年1月苏丹摆脱英国的控制正式宣布独立。作为法国的保护国，在反法斗争下，摩洛哥于1956年3月独立，突尼斯于1957年1月成立共和国。1954年阿尔及利亚反法民族解放战争爆发，在长期艰苦的斗争下，于1962年正式宣告独立。撒哈拉以南非洲民族解放运动在这一时期也开始高涨。1957年加纳独立，加纳独立运动的领导人泛非运动活动家克瓦米·恩克鲁玛1960年当选为总统，加纳成为第二次世界大战后黑非洲第一个独立的殖民地国家。几内亚的独立运动和国内工人运动以及法属非洲民族独立运动是联系在一起的，1958年9月几内亚按照戴高乐要求举行全民公投，10月几内亚共和国宣布独立，它是法属黑非洲第一个取得独立的国家。20世纪初，美国的黑人学者杜波伊斯提出了"泛非主义"的学说，他主张非洲人和散居世界各地的黑人联合起来反对种族歧视和殖民统治。1945年10月在英国的曼彻斯特召开的第五次泛非大会上，通过了"告殖民地人民书"，对战后非洲民族解放运动起了很大推动作用。从1956年至1965年的十年时间，非洲共有33个国家获得独立，仅1960年就有17个，那一年被称为"非洲年"。

民族独立国家雨后春笋般地出现，在这广阔的疆域里，殖民主义者难以找到一块安定的绿洲了。正是在此背景下黑非洲现代文学迅速发展，空前地繁荣起来，反抗压迫争取独立的主题成为主旋律。以前只是哀怨民族的苦难，现在则是用血与火控诉殖民主义和种族主义的罪行；以前抗议之中尚有幻想，现在则清醒地认识了掌握自己命运的重要和力量；以前对非洲的未来感到茫然，现在则对斗争充满信心和激情；以前只是缅怀历史上的民族英雄，现在则是对站在运动第一线的新的先进人物大加歌颂。许多诗人和作家本人就是民族解放斗争的英勇战士、杰出领袖和革命英雄。总而言之，这个时期的文学，忠实地记录、形象地再现了黑非洲各国人民的斗争生活，反映了民族觉悟的提高、民族意识的进步、民族团结的加强。

在民族解放运动中黑非洲现代文学蓬勃发展，随着社会历史的变迁、时代风云的推动，它的题材变得广阔，主题思想更加深刻，艺术手法开始娴熟了。在民族解放运动的征途上充满了新与旧的矛盾、非洲与欧洲的冲突，这为非洲现代文学提供了新的时代内容。刚果（金）著名作家季·穆托姆波的《爱情的胜利》，描写了传统生活习俗与新生活原则之间的冲突，并明确地肯定和同情后者。塞内加尔作家阿卜杜莱·

萨吉的《玛伊蒙娜》，通过描写残酷的城市生活，控诉了欧洲的"文明"。喀麦隆作家费丁南·奥约诺的《欧洲的道路》，从根本上否定了非洲走欧洲道路的幻想。在民族解放运动中和国家独立的最初年代里国内阶级关系的变化也在现代文学中有所反映，如塞内加尔作家乌斯曼在《黑色的码头工》里，成功地刻画了坚强而有才华的码头工人形象，同时在《神的儿女》中也生动地再现了铁路工人的反殖民主义性质的罢工斗争。

非洲现代文学发展的一个特征是：既有民族语文学（如：阿拉伯语、豪萨语、斯瓦希里语、默里纳语、克列奥尔语文学等），又有欧洲语文学（如法语、英语、葡萄牙语文学等），两者都是非洲文学。造成这种现状的原因，仍是殖民主义的军事占领、经济掠夺和精神奴役。但是，随着许多国家政治上民族独立的实现，非洲民族语文学有显著发展。黑非洲国家经济上虽是不发达的，但民族解放运动中出现的文学繁荣却是举世公认的。它可以说是一幅非洲民族解放运动气势雄浑、色彩壮丽的画卷，反抗殖民主义斗争是这幅画卷的基本色彩。正如喀麦隆作家蒙哥·贝齐所说："黑非洲的第一现实，我甚至要说唯一深刻的现实，就是殖民主义及其由此而产生的一切后果"。

第二节　非洲文学与民族意识的觉醒

在气势磅礴、可歌可泣的非洲民族解放运动中，诗歌和小说的发展最为迅速，成就最为突出，涌现了一大批优秀作家和作品；非洲现代文学的繁荣，集中表现在这两个领域内。它们沿着民族文化传统与世界文学经验结合的方向前进，在民族解放运动中发挥了重要作用，在世界文学宝库中放射出绚丽的光辉。

一　诗歌：战斗的号角

诗歌创作在非洲现代文学中，占有重要地位，是一种普遍繁荣的文学体裁。利奥波德·塞达·桑戈尔是塞内加尔杰出的文化和社会活动家、著名的现代西非法语诗人。他的诗歌以绚丽的浪漫主义色彩歌颂了民族传统，以锐利的笔锋揭露了殖民主义。他是现代黑非洲诗歌的奠基人之一。桑戈尔在学生时代就开始写诗。20世纪30年代初，他和几个"黑人性"论者创办《黑人大学生》杂志。1948年他编选出版了《黑人和马尔加什人法语新诗选》，向全世界读者介绍现代"黑色种族"诗人的代表作，同时也为提倡"黑人性"理论服务。《诗选》标志着新的非洲黑人文学的诞生。桑戈尔的这些活动，为推动黑非洲文学的发展做出了可贵的贡献。他个人著有诗集《黑暗中的歌》（1945年）、《黑色的祭品》（1948年）、《埃塞俄比亚旋律》（1956年）、《夜曲》（1961年）和著名长诗《致纽约》等。

大卫·狄奥普（1927—1960）是塞内加尔50年代最有才华的诗人。他长期侨居法国，但始终关心祖国的命运。在反殖斗争高潮中，他回到了非洲，参加了民族解放运动，并从事文化教育工作，当过中学教师和校长。他的诗，继承了桑戈尔奠定的政治方向，具有强烈的革命政论性，同时也具有浓厚的浪漫主义激情。他的早逝（因飞机失事）实为诗坛一大损失。生前只发表了一部诗集《杵声咚咚》（1956）。狄奥普的诗，以愤怒的笔触反映了残酷的殖民主义剥削下黑人的痛苦生活。他在《岁月难熬呀，穷苦的黑人》中如泣如诉地唱道：岁月难熬呀，穷苦的黑人！漫长的白天没有个完。日复一日，年复一年，都得为你的白色老爷，去扛白色的象牙。诗人用血与火凝成的诗句，控诉殖民主义的罪行，戳穿了西方文明的野蛮实质。

贝尔纳·达迪耶（1916—2019）是科特迪瓦最负盛名的诗人、小说家和社会活动家。他出生于一个贫苦农民的家庭，先在国内上小学，后到达喀尔上师范学院。他是40年代末科特迪瓦反殖斗争的积极参加者，是非洲民主联盟本地分会的领导人之一，并因此于1949年被殖民当局逮捕入狱。在狱中，他发表了第一部政治诗集《站起来的非洲》（1950），1956年又发表了抒情诗集《日子的流逝》等。达季叶对民间文学很有研究。他善于把民歌的表现手法运用到政治抒情诗中去，以塑造新的非洲人形象。因此，他的诗歌，激情澎湃，形式亲切活泼，很富有感染力和号召力。

帕特利斯·埃默利·卢蒙巴（1926—1961）是刚果（金）民族英雄。独立前，他组织刚果民族运动党，为民族解放而斗争。1960年独立时,他出任国家总理。卢蒙巴的诗,是非洲独立的呐喊。他于 1959 年发表在《独立报》上的诗《让我们的人民赢得胜利》,第一段哀而不伤、充满义愤地描述了黑人的苦难:"我心爱的黑兄弟,你在几千年来过着非人生活的黑夜里哭泣!"在这首诗的最后一段里,诗人热情洋溢地抒发了对自由和独立的向往和对赢得胜利的信心。卢蒙巴的诗歌,不但具有强烈的现实主义战斗性,而且具有浓厚的浪漫主义色彩,优美感人。如《非洲的早晨》,用黎明的光辉、新鲜的枝干、迷人的花朵等展现了黑非洲美好的未来。扎克·腊伯马南扎腊(1913—)是马达加斯加著名的老一辈爱国诗人、文化活动和社会活动家。他从 30 年代就开始从事文化活动,创办《青年评论》杂志,捍卫马尔加什人的民族尊严;同时也开始从事政治活动,创办了第一个马尔加什职工会。第二次世界大战后,他参加争取祖国独立的斗争,并于 1947 年被投入监狱,由殖民当局非法判处死刑,后改为终身监禁。1960 年马达加斯加独立后,腊伯马南扎腊回到祖国,任职于国民经济部。20 世纪 30 年代,腊伯马南扎腊出版两本诗集:《幻想的羽片》和《夜将来临》。1940 年出版诗集《在傍晚的台阶上》。40 年代末期诗人创作进入了新阶段,表现出鲜明的反殖民主义统治的倾向性。这时期的代表作《祖国》成为争取独立和自由的非洲诗歌中光辉的篇章。这首长诗的结尾,是对自由的热情呼号,表现了身陷囹圄、受死亡威胁着自己的诗人,对受尽磨难而未被征服的祖国的临终恳求:要继续战斗,直至胜利。腊伯马南扎腊对祖国的热爱,还表现在他于 1950 年写成的长诗《琅巴》中。在那里,诗人用马达加斯加妇女作为祖国的形象,赋予她最诱人的美,献给她最炽热的爱。全诗盎然生趣、欢快激越,表现了在监禁中诗人的崇高精神境界。腊伯马南扎腊 40 年代和 50 年代的作品,分别收在《千年的典礼》(1955)和《消毒剂》(1961)中。马尔塞林诺·多斯·桑托斯(1929—)是莫桑比克最著名的青年诗人,他的诗歌闻名于世。独立前,他是葡属非洲殖民地民族主义组织执行局总书记。现在是莫桑比克的重要政治活动家。他曾用里利尼龙·米凯亚的笔名发表了许多诗。"米凯亚"的意思是"长着尖刺的草"。主要作品有长诗《山嘉纳》《是种树的时候啦!》《给我的祖国》等。诗如其名,桑托斯的诗确实尖锐有力,无情揭露了那种仇视非洲人、强制推行殖民文化的政策。他在

《我在哪里》一诗中写道:"我孤孤零零、生活在文明的大街上,它以残酷的仇恨,压得我透不过气来"。除了这些著名的诗人之外,黑非洲现代文学还涌现了许多优秀的诗人,像尼日利亚的邓尼斯·奥萨杰贝(1911—),安哥拉的贝萨·维克多(1917—)、阿戈斯丁诺·内托(1922—1979),佛得角的乔治·巴尔博扎(1902—1972)等,他们的诗是战鼓,是号角,激励非洲人民为自己祖国、民族的解放事业进行斗争,起到诗歌的战斗作用。

二 小说:思想的启蒙

随着黑非洲社会矛盾的复杂化和生活的动荡,民族意识迅速发展。用一种更容易表达复杂内容的新的艺术形式,在广阔的社会背景上,细腻地反映千姿百态、变化万千的社会生活,不但成为必要而且有了可能。这种新的艺术形式就是小说。长篇小说在黑非洲民族解放斗争时期的现代文学中占有重要地位,出现了一批在非洲乃至在世界有影响的作家和作品。

列涅·马兰(1887—1960)是塞内加尔用法语创作的安的列斯作家,著有《巴杜阿尔》(于1921年获龚古尔奖)。正如作品的副标题所示是"一部真正的黑人小说",小说的故事发生在原法属赤道非洲的殖民地乌班吉沙利的一个村庄,故事描写了殖民主义者如何闯入这个地区并强行"传播文明",以及如何改变了当地原来"落后"的生活秩序。小说反映的生活是真实的,揭示的主题是深刻的。殖民者的所谓"传播文明",实质就是强盗式的掠夺和残酷无耻的剥削。在小说中作家有如下的议论:"文明呵,文明……你在累累白骨上建立起自己的王国,你是践踏法治的强权……你所到之处,生灵无不遭殃"。小说这种强烈的反殖民主义倾向使作家遭到殖民当局的审判,但却对塞内加尔以及西非各国文学的发展产生了深刻的影响。正是在马兰的《巴杜阿尔》所奠定的政治方向的基础上,塞内加尔30年代文学的民族主义和爱国主义倾向加强了,并在50—60年代得以发扬光大,产生了桑贝内·乌斯曼那样代表非洲人民向殖民主义提出控诉的著名作家。桑贝内·乌斯曼(1923—)是塞内加尔成就最大的著名作家。在小说创作方面,为塞内加尔文学增添了国际声誉。他著有长篇小说《黑色的码头工》(1955)、

《塞内加尔的儿子》（1957）、《神的儿女》（1960）、《全民投票》（1964）等。此外，桑贝内还发表了一篇短篇小说和两部中篇小说。桑贝内的文学创作，是与他自己的生活经历分不开的。《黑色的码头工》，就是根据他在马赛港口当码头工人的切身经历写成的，具有自传性质。《塞内加尔的儿子》在思想性上更强，在艺术上也更成熟，第一次显示作家的现实主义创作才能，塑造了具有代表性的有觉悟的非洲青年知识分子的先进典型乌马尔·法伊。为了使自己的同胞不再受殖民者开设的土产收购公司的剥削，乌马尔在第二次世界大战后，从法军退伍，回到故乡，组织了一个合作农场，自产自销农产品。于是乌马尔和他组织的群众，同殖民当局发生了冲突。最后，他本人被殖民者残酷杀害。作者借故事中的人物戈米斯的口指出："乌马尔梦寐以求的理想你们是知道的。他希望你们联合起来。因此他被杀害了……是我们把力量联合起来的时候了。这里是我们的土地——它是先辈留下来的遗产。我们有义务捍卫好我们的土地，不让它被任何人夺走。"作者通过乌马尔这个艺术典型，不但讴歌了献身人民事业的非洲一代新知识分子，而且更为重要的是，它形象地教育人们：孤军作战和个人奋斗是不彻底的改良办法，既不能推翻殖民制度，也不能获得民族的解放。所以，作家在他的下一部小说《神的儿女》中，就以浓墨重彩着意刻画了人民群众中自觉的英雄人物。《神的儿女》反映的是反殖民主义性质的铁路工人罢工的事件。桑贝内把这一事件放在民族解放斗争的广阔背景中加以描写，表现了非洲工人阶级的觉醒和工人运动的蓬勃发展。作品不仅如实地记录了从开始酝酿到胜利结束的罢工全过程，详细地描绘了非洲工人同殖民主义者的艰苦曲折的斗争，而且细致地刻画了罢工中人们生活、思想的种种变化，塑造了众多的属于不同阶层的人物的活生生的形象。《神的儿女》似一幅壮丽的历史画卷，显示了黑非洲人民从奴隶到战士的转变和成长过程。

贝尔纳·达季叶不仅是科特迪瓦最著名的诗人，同时也是最著名的散文家。1954年和1955年他发表了根据民间创作加工而成的神话和童话集《非洲神话》和《黑头巾》，这表明作者对民间文学有突出的爱好和精深的研究。实际上，他的诗文创作无不吸取民间文学的民族精华和艺术手法。1956年发表自传体小说《克连贝》，这是作家在小说方面的初次试笔。《克连贝》生动描述了未来民族解放运动参加者克连贝民族意识形成的过程。小学的棍棒纪律，不许使用本国语的规定，使少年克连贝十分苦恼，他本能地反抗殖民主义者的同化政策。但他忍受着，化愤怒为力量，如饥似渴地学习知识，希望将来利用教育提高人们的觉悟、改善人们的生活、改变祖国的殖民地附属地位。克连贝一面学习知识，一面探索摧毁人间罪恶、消灭民族压迫的道理。青年时代的克连贝已经拥有丰富的学识，又深知殖民主义的资本主义剥削本性，民族意识已经形成。因此被殖民当局视为危险人物而罗织罪名加以迫害。狱中的克连贝受到种种考验，但他不悲观失望，不消极气馁，而是经受考验，准备迎接新的战斗。他相信祖国一定会独立，人民一定能自由。小说对主人公童年的描写、对城乡景物的描写、对儿童心理和行动的描写等，都极为生动和成功。同时书中运用了许多童话、寓言、传说故事，不但有助于刻画人物思想、性格，也在行文上增加了文采，使作品诗意盎然。达季叶还发表过两部作品：《黑人在巴黎》（1959）和《纽约店东》（1964）。前者为书信体小说，以细腻而幽默的笔调，记述了对巴黎和法国的观感，作者的目的是为国家的独立作准备，寻求建立新国家时可吸取的教训。后者副标题是"记实"，讽刺笔调更为突出，作者以锐利的笔锋揭露美国的"文明"，对"三K"党迫害黑人的种种暴行进行辛辣和愤慨的抨击，他希望即将独立的祖国不要重蹈美国的覆辙。达季叶的这两部作品，可以说是祖国独立的预报，也可以说是为建立独立国家而做准备。

费丁南·奥约诺（1929—）是喀麦隆的著名作家，黑非洲文学的杰出代表之一。他的作品，写出了黑非洲人民对专横残暴的殖民主义统治的愤恨和抗议，因此而受到逮捕审讯。奥约诺的第一部长篇小说《童仆的一生》（1956），是用自传体和日记的形式写的。主人公敦吉自幼给一个白人神甫当童仆，他干事勤奋无怨，对主人恭顺，因为在他幼小的心灵里，白人是万能的。后来敦吉转给一个白人司令官当仆人，更觉光荣，因为在他看来"国王之狗是狗中之王"。然而，现实是无情的，生活教育了敦吉，使他逐渐认清了殖民者的丑恶面目，撩开他们文明、道德、善良的面纱，原来是一伙凶残、无耻、最喜报复之徒。司令官的妻子不贞，为敦吉看见，她记恨在心，反诬敦吉与"偷了白人钱而逃跑"的女仆私通。结果，敦吉被捕入狱，蒙难而死。小说通过一个为奴隶者的眼睛，揭开了殖民者肮脏的内幕，表现了人民的苦难，更反映了民族的觉醒。奥约诺的第二部长篇小说是《老黑人和奖章》，这部小说是以非洲民族意识的觉醒为题材的。主人公麦卡是喀麦隆的一个普通农民，他和老伴辛苦劳动但生活却越来越艰难：第二次世界大战时他的两个儿子被法殖民者征去当炮灰，死于前线；他的土地被天主教会骗去盖了教堂，老麦卡把这一切牺牲都当作光荣去接受。当殖民当局授予他一枚奖章时，他更是感到骄傲和感激，对殖民主义者存有种种幻想。然而，幻想是建立在废墟上的，授勋不过是一场骗人的把戏。就在授勋之夜，殖民者侈谈友谊之声犹在耳际，麦卡因风雨之夜不辨方向，误入白人居住区而被逮捕入狱，受尽鞭打和凌辱，残酷的现实教育了麦卡和他的同胞。麦卡的形象具有时代的典型意义，通过这个善良的老黑人的遭遇，作者以遒劲的笔触，描绘了殖民主义枷锁下喀麦隆人民的悲惨生活，令人信服地揭露了殖民者和被压迫者之间的深刻矛盾。麦卡的觉醒，标志着人民对殖民者的幻想的最后破灭，标志着殖民主义制度最后一根支柱的被埋葬。

钦努阿·阿契贝（1931—2013）是尼日利亚富有才华的长篇小说作家。阿契贝第一部长篇小说《瓦解》（1958），是描写尼日利亚伊博族人民独立前后的生活与斗争的三部曲之第一部。整个小说的体裁颇似历史风俗小说，而结构上又遵循传记小说的传统。作家着意描写乌穆奥非亚村在欧洲殖民者到来前后的巨大变化，表现了早期殖民地人民的悲惨命运。1960年第二部小说《动荡》发表，这部小说描写在独立前一个颇有抱负的青年在殖民地资本主义化的城市里腐化堕落，以致最后被交法庭的过程。在作品中作家要强调的是青年堕落的原因是殖民主义的后果，资本主义关系的产生对道德伦理的毒害。第三部长篇小说《神箭》（1964），在题材上紧接《瓦解》，小说力图反映复杂的社会矛盾：已经确立了自己的统治的殖民主义者同部族上层统治之间的矛盾，依旧要维护自己特权的部落上层同人民之间的矛盾，鲜明地表现了作家的民族意识和民主思想。阿契贝的第四部小说《来自民间的人》（1966），是一部杰出的作品。作品具有批判现实主义的倾向，辛辣地讽刺了口称"人民公仆"的独立后掌权者暴发户的本质和市侩丑行。在这部作品中，作家表明了这样一种观点，即要求吸收群众参加改革社会的实践，同时也抱有教育救国的幻想。

夏邦·罗伯特（1909—1962）是坦桑尼亚用斯瓦希里语创作的诗人、小说家，被非洲评论界誉为当代"首屈一指的作家"。他出身于一个农民的家庭，从来没有离开东非，没有到过欧洲。他熟悉自己的人民，人民也熟悉他，他和自己的读者有一种其他作家所不具备的合作关系。夏邦的创作之所以受欢迎，有两个因素是不容忽视的，即：相信善良与仁爱最终会取得胜利；把民族觉悟、社会进步、个性解放等现代思想同穆斯林的一些传统观点结合并统一起来。他一生创作了二十余部作品，还翻译了古代波斯的作品，整理了一些古代史诗，他的全集死后出版，共计十二卷。夏邦的第一部著作《可信国》（1951），以象征的手法，描写天国的人们对社会不合理现象的控诉，要求伸张正义和法制。小说不但抨击了殖民主义残暴统治下的"可信国"的种种弊病，而且描绘了理想国家的图景，作者相信"可信国"最终也能成为繁荣的理想国家。小说体现了作家的政论才能，具有民间创作的特点。夏邦还著有《西蒂·宾蒂·萨阿德的一生》，是关于桑给巴尔女歌手的传记，最直率地表现了作家的社会伦理观点即传统的伊斯兰道德观同诸如20世纪的爱国主义、妇女解放与新思想的结合。《我的一生》（1961）是作家的自传，阐述了他对教育、伦理和民族等问题的观点，是一部为了使"白人"承认他人的尊严而进行艰苦卓绝斗争的历史，宣扬友爱与宽容，谴责仇恨和妒忌。

费尔南多·蒙特罗·卡斯特罗·索罗梅尼奥（1910—1968）是安哥拉用葡萄牙语写作的散文家，有"真正的安哥拉小说的开创者"之称。他从30年代进入文坛，早期作品有：短篇小说集《尼雅里，黑人的戏剧》（1938），中篇小说《惶惶不安之夜》（1939）、《没有出路的人》（1942），短篇小说集《暴风雨及其他故事》（1943）、《卡连加》（1945）。这些作品反映的都是殖民者来到之前的安哥拉人民的生活，按照卡斯特罗·索罗梅尼奥的说法，那时的非洲人"还不是人的儿子，而是神的儿子和奴隶"。长篇小说《僵死的大地》（1949）的发表，标志着卡斯特罗·索罗梅尼奥创作的新阶段，描写20世纪30年代殖民者的残暴掠夺和文化同化及非洲人民在反抗前的忍受和爆发前的沉默，其尖锐的社会批判和准确的人物心理分析深化了作品的现实主义内涵。作家的另一部长篇小说《转折》(1957)，描写第二次世界大战爆发之前葡萄牙殖民者在安哥拉的丑态和困境，戳穿了"白人优越"的神话。

巴塔扎尔·洛佩斯（1907—）是佛得角群岛诗人和小说家，他的创作对佛得角文学的发展起了重要作用。他的长篇小说《希金尼奥》（1947）是佛得角克列奥尔语第一部巨著，是一部传记体小说，分《童年》《圣维森特岛》《阿兹·阿吉阿斯》三部。小说通过对主人公希金尼奥的描写，其经历饥荒，结束教师生涯，最后加入了一支由瘦骨嶙峋、因饥饿而肚皮显得鼓胀的男人、女人和小孩的凄惨队伍逃亡去美国的结局，真实再现了40年代佛得角知识分子的思想倾向和苦难历程。

戏剧在非洲现代文学中也是重要部分，它与传统的民间戏剧，如滑稽戏、闹剧、哑剧、载歌载舞的歌剧、舞蹈等等有着密切关系。这些民间戏剧是它的渊源。黑非洲现代戏剧在20世纪30年代开始产生，40年代、50年代得到发展，60年代有繁荣趋向。但是现代戏剧在黑非洲远不如诗歌和小说普遍，只在某些地区和国家获得了比较突出的成就，如埃及、科特迪瓦、刚果（金）、马达加斯加、尼日利亚等国有自己的剧场、剧团，也有自己的剧作家和剧本。扎克·腊伯马南扎腊不仅是马达加斯加的著名诗人，也是一位杰出的剧作家。他创作了三部浪漫主义剧作《马尔加什的神仙》《黎明的航海家》和《神宴》。它们取材于历史，但是人物和情节基本上是虚构的。作家缅怀历史，借助历史的场景，道出自己纷繁的思想情绪，与他反映现实生活的政治抒情诗遥相呼应。剧作还吸收了民间创作的成功艺术手法，精于心理刻画，塑造了具有民族特征的英雄人物，歌颂其反抗黑暗现实、在逆境中坚持斗争的精神。尼日利亚有两位著名剧作家：约翰·克拉尔克（1935—）和沃莱·索因卡（1934—），前者以悲剧的形式歌颂非洲人民的伟大传统，回击殖民主义者种种污蔑及其同化政策，代表剧作有《山羊之歌》《假面舞会》《木筏》等；后者在笑声中揭示严肃的现实主题，反映落后的习俗，分析尖锐的社会矛盾，代表剧作有《狮子与美人》《林舞》等。阿里贝尔·蒙吉塔（1916—）是刚果（金）颇为有名的戏剧家，他在50年代写出的风俗喜剧《思朵姆贝》和独幕剧《第十五个》都是有名的剧作。

此外，如科特迪瓦的著名诗人贝尔纳·达季叶的历史剧《阿西叶曼·戴列》也是颇有影响的剧作。

第三节 以"黑人性"为代表的文学理论

古老的非洲有着悠久的历史和文化传统，考古学家曾经断言：人类的祖先起源于此。但是，这块"人类最早起源的地方正是人类自由最后得以实现的地方"。① 400多年的奴隶贸易②，近百年的殖民统治③，使其传统文化的发展几乎陷于中断。第二次世界大战后，非洲民族独立运动不仅在政治上而且在文化上兴起，其固有的传统文化得以复兴和发展。独立以来，用欧洲语言写作的非洲文学和非洲各民族语言的文学，都取得了迅猛发展。四位诺贝尔文学奖得主：尼日利亚的沃莱·索因卡（Wole Soyinka，1986年）、埃及的纳吉布·马哈福兹（Najib Mahfuz，1988年）、南非的纳丁·戈迪默（Nadine Gordimer，1991年）和南非的J. M. 库切（J. M. Coetzee，2003年），以及2007年第二届国际布克文学奖获得者尼日利亚的钦努阿·阿契贝（Chinua Achebe），足显非洲的荣耀，别提其他国际文学奖，有着灿若星河的作家群候选人。

一 利奥波德·塞达·桑戈尔："黑人性"与种族歧视

法国也许是世界上文学奖最多的国家，作为一个崇尚文学的国家，"诗人总统"利奥波德·塞达·桑戈尔（1906—2001）因其文学上的成

---

① ［肯尼亚］马兹鲁伊主编：《非洲通史——第八卷：1935年以后的非洲》，屠尔康等译，中国对外翻译出版公司2003年版，第19页。

② 由于法国大革命宣扬的天赋人权观念影响，加上宗教、人道和经济方面的原因，英国于1807年宣布奴隶贸易为非法，此后荷兰、法国、瑞典、丹麦等国也宣布禁止奴隶贸易。

③ 从15世纪末到19世纪中叶，殖民主义国家在被称为"最后的大陆"的非洲占领的领土只有318万平方公里，1884—1885年的柏林会议上，确定了"只有实际占领才能证明对一个殖民地的统治权"的原则，从1885年至1900年，欧洲国家完成了对非洲的瓜分。在非洲，殖民统治通常不超过100年（参见［英］威廉·托多夫《非洲政府与政治》，肖宏宇译，北京大学出版社2007年版，第4页）。

就于1983年被选为法兰西学院院士①,成为该学院历史上第一位黑人院士。作为塞内加尔前总统、黑人文化运动创始人之一和载誉世界文坛的诗人,桑戈尔引导他的国家获得了独立,并于1960年塞内加尔独立后当选为共和国总统,连任四届后于1980年主动退位。桑戈尔不仅是政治家,而且在非洲文学史上占有重要地位,他先后共发表过7卷诗集和若干册其他文学作品,是"黑人性"(Negritude)②运动的灵魂人物之一。1966年在桑戈尔的首倡和支持下,第一届世界黑人艺术节③在塞内加尔举办。

20世纪20年代,非洲文学界开展的"黑人性"运动,以美国"黑人文艺复兴"为前导。1932年马提尼克大学生埃蒂安·莱罗等3人在巴黎创办的杂志《正当防卫》,宣告了一种黑人文学的诞生。两年以后的1934年,又有3个黑人大学生在巴黎创办《黑人大学生》杂志。他们是利奥波德·塞达·桑戈尔、莱昂·达马(1912—)和艾梅·塞泽尔(1913—2008),他们分别来自塞内加尔、圭亚那和马提尼克。达马于1937年发表诗集《色素》,揭示黑人处境的艰苦和西方的野蛮。塞泽尔在长诗《还乡笔记》(1939)中歌颂黑色人种。桑戈尔热衷于非洲口头文学和语言,著有《阴影之歌》(1945)。塞内加尔作家乌斯曼·索塞(1911—)和比拉戈·狄奥普(1906—1989)扩大了《黑人大学生》的范围,前者写了两部小说《卡兰》(1935)和《巴黎的幻景》(1937),后者整理了几本民间故事集。同时"黑人性"这个词语也由塞泽尔在《还乡笔记》中发表出来,它的概念已由桑戈尔确定为代表"黑人世界的文化价值的总和"。现代非洲政治上的独立是非洲人的决

---

① 法兰西学院(L'Institut de France)成立于1795年10月25日,是法国独具一格、世界闻名的学术机构,任务是传授文学、科学、艺术等各个领域中正在形成的知识,如今是象征着法国荣誉的学术机构。设院士40人,院士是终身制职位,只有在某成员去世留下空缺时,才通过全体成员投票选举新成员。

② 20世纪30年代初旨在恢复黑人价值的文化运动,诗人桑戈尔给了"黑人世界的文化价值的总和"这一定义,他的诗作即黑人性的典范作品。黑人性作家主张从非洲传统生活中汲取灵感和主题,展示黑人的光荣历史和精神力量。

③ 世界黑人艺术节是20世纪30年代"黑人性"运动的一种反映,第二届由尼日利亚于1977年举办,第三届又由塞内加尔于2010年在达喀尔举办。

定和行动导致的结果，也和欧洲殖民统治的影响分不开。①

　　桑戈尔是塞内加尔国父，近现代非洲著名的政治家、外交家、思想家、文学家、文化理论家，杰出的文化和社会活动家、著名的现代西非法语诗人。桑戈尔被认为是黑非洲最博学、最有学者风度的国家元首，他是"黑人性"文艺理论的创始人之一，也是非洲统一组织的创始人之一，并创作了大量享誉世界的诗歌。桑戈尔生于商人家庭，毕业于巴黎大学。第二次世界大战爆发后应征入伍，战后投身于民族独立运动，1960年至1980年间提任塞内加尔共和国第一任总统。在文艺理论方面，他把"黑人性"文艺的主张系统化，认为黑非洲的文化遗产具有崇高价值，含有丰富的人道主义精神、强烈的感情色彩和精巧的艺术性，他的诗歌创作便是这种主张的具体体现。桑戈尔的诗歌，不仅内容丰富充满爱国主义精神，而且努力吸收古代民族文化的精华，具有浓厚的乡土气息，这使他的诗歌具有一种独特的风格。他热爱法国，推崇法国文学，赞扬法国人民在反法西斯德国占领者中的英雄气概，他本人亦曾入伍同法国人民并肩反抗德国法西斯，但目睹法国殖民者在非洲的灭绝人性的侵略，又愤然控诉殖民主义者的罪行。他在《祈求和平》（1945年）中，真实地表现了这种矛盾的心情："上帝呀，请你宽恕法兰西，它口称光明大路而却走着邪恶小道，它请我入座而又吩咐我自备面包，它右手给我的东西左手就夺去一半。上帝呀，请你原谅法兰西，它仇视占领者却又粗暴地对我施行占领。"桑戈尔热爱民族传统文化，向往建立强大的非洲民族国家。他的爱国激情在《黑女人》中强烈地抒发了出来。

　　　　赤裸的女人，黑色的女人，
　　　　你的肤色就是生命，
　　　　你的形体就是美丽！
　　　　我在你的阴影中长大成人，
　　　　你一双柔手蒙住了我的眼睛。

----

① Wilfred Cartey and Martin Kilson, eds., *The Africa Reader: Colonial Africa*, New York: Random House, 1970, p. 15.

> 如今在这仲夏正午时分,
> 我从你那阳光灼晒的颈项高处
> 发现了你那预示幸福的沃土,
> 你的美丽就像雄鹰穿空
> 击中了我的心田。[①]

诗人在同一诗集的《祈祷》一诗中,希望非洲在世界复兴中做出伟大贡献,他写道:"因为除了我们,有谁能把鲜活生动的节奏,带给这个死沉沉的机器和大炮的世界"。桑戈尔在自己的诗中体现"黑人性"文学理论,表现了民族传统的习俗、礼仪等等重要的题材,而它的突出特点是,代表被压迫民族的利益,维护殖民地人民的尊严,热爱故土,反抗民族压迫和种族歧视。桑戈尔对自己的民族、自己的祖国,有着炽热而崇高的感情。"黑人性"文学理论的提出让非洲文学在理性阐释社会现象的基础上找到了人类的主体性,从而用理性的精神照耀在现实生存中深受煎熬的人们,给他们指出超越的道路并赋予其抗争的力量。阐释者绝对不能与文本中的某些软弱、退缩、屈服的人一起沉沦,阐释者的创造力就表现为对人性的呼唤和拯救。白人掠夺和统治非洲的历史过程中,奴隶贸易、殖民统治的思想基础即认为黑人天生低人一等的种族主义一度畅行无阻。对同化政策做出回应的往往是受过同化教育的黑人,因为受过教育他们才能够明白其中的虚伪,才知道无论他们法语说得多、好举止多像法国人,他们也不会被完全接受,一些特权只针对白人而不是黑人,哪怕是黑人中的精英。只能凭借自身途径去获取尊严和独立的黑人,首先必须纠正历史偏见对民族的误读、种族的歧视,才能焕发自信去争取独立。

二 文学理论和凝聚口号:"黑人性"与非洲独立的灵魂

憧憬走向独立道路的非洲人,首先力图为传统文化恢复名誉,因为传统文化的价值和存在的事实,长期以来受到欧洲殖民主义的否定和无

[①] [塞内加尔]桑戈尔:《桑戈尔诗选》,曹松豪、吴奈译,外国文学出版社1983年版,第12页。

第三章 20世纪初至60年代：书面文学诞生与独立运动高涨 / 71

视，以致许多非洲人自己也产生怀疑。作为种族主义和殖民主义文化同化政策的对立物，作为非洲文学理论的代表和非洲独立的凝聚口号，"黑人性"诗歌及其思想一时领时代之先，应运而生。黑人传统文化的价值开始受到重视、发掘和宣扬，口头文学传统不知不觉在非洲民族文学中得到继承和发扬，在肯定自己的基础之上，思想和文学才能够经历一个现代化的过程，才能够承担起争取独立之前的思想启蒙的重任。虽然后人对"黑人性"有不同的言论，"黑人性"理论本身也并不完善，但它对唤起黑非洲的自信和自豪，增加其反抗种族歧视并团结抗争的动力和勇气的时代作用不可低估。它对非洲文化复兴起过重要作用，于今仍有争议，是20世纪非洲文学发展中不容忽视的理论问题。[①] 穿过400多年的奴隶贸易、近百年的殖民统治笼罩在黑非洲身上的误解和迷雾，终于看到了神圣的曙光，历史因在这样勇敢较量的岁月中改写，黑人因有这样自觉自省的奋斗而在殖民统治中获得前所未有的自信和独立。

20世纪30年代初旨在恢复黑人价值的文化运动"黑人性"由塞内加尔的桑戈尔、圭亚那的莱昂·达马和马提尼克的艾梅·塞泽尔于1934年在巴黎创办刊物《黑人大学生》时所发起。黑人性是一个法语词，出自塞泽尔于1939年发表的长诗《还乡笔记》。其后诗人桑戈尔给了如下的定义："黑人世界的文化价值的总和，正如这些价值在黑人的作品、制度、生活中表现的那样。"40年代末至50年代，这一术语与概念得以广泛传播。黑人性作家的刊物是《非洲存在》，他们主张从非洲传统生活的源泉中汲取灵感和题材，展示黑人的光荣历史和精神力量。桑戈尔的诗，比拉戈·狄奥普编写的故事，尼亚奈整理的史诗《松迪亚塔》，巴迪昂的剧本，达迪耶的小说等，都是具有鲜明特色的黑人性的典范作品。四五十年代的黑人性文化运动在动员和团结非洲殖民地的知识分子和人民反抗奴役和种族歧视等方面起了很大作用。新黑人诗歌于20世纪三四十年代出现在巴黎，在塞内加尔人桑戈尔、马提尼克人艾梅·塞泽尔和圭亚那人莱昂—贡特朗·达马斯等组成的神赐三重唱的笔下，大胆歌唱《裸女，黑种女人》的美丽，颂扬被人遗忘的非洲

---

① [美]伦纳德·S. 克莱因主编：《20世纪非洲文学》，李永彩译，北京语言学院出版社1991年版，《成功的文学，有希望的文学——代译序》第3页。

帝国的力量和排场，使黑人看自己和看历史的目光摆脱外来的影响和异化。"黑人特性"号召黑人重振对自己的文化的信心，为黑人的政治解放作了准备。毫不夸张地说，这种革命的诗歌一开始就包含着未来非洲独立的萌芽，是非洲独立的灵魂。在法语文学范围内，很早就接过诗歌重任的小说也同样清醒。读几部五十年来前后几代最有代表性的小说就知道了。1948年桑戈尔编辑的《黑人和马达加斯加人法语新诗选》在巴黎由法国大学出版社出版，标志着"黑人性"文化运动高潮的到来。法国著名作家、哲学家和反殖民主义者萨特为诗集写了长序《黑肤的奥尔甫斯》。这篇著名序言写道："这里有一些站起来的黑人在看我们，我希望你们像我一样有被人看的激凛的感觉……今天，这些黑人在看我们，而我们的目光缩回眼睛里了，轮到黑色的火炬照亮世界了，而我们白人的脑袋只是风中飘摇的小灯。"毋庸置疑，作为哲学家的萨特推崇的"黑人性"诗歌，其根本是一次视角的革命：曾在几百年的奴隶制和殖民化教育中得意扬扬的西方人惯用轻蔑的目光看待非洲大陆和文化，被外来人轻看的非洲人曾轻看自己，但现在，非洲人目光中的世界发生了翻天覆地的变化。

一般认为，"黑人性"运动肯定被压迫的黑人的尊严，在初期动员和团结法属非洲殖民地人民，特别是知识分子反抗宗主国的奴役和种族歧视等方面具有历史的功绩。然而后来，尤其非洲国家陆续获得独立后，"黑人性"受到越来越多比较激进的青年作家的批评。他们认为这种理论忽视社会的发展，把非洲人民的目光引向过去，无助于解决非洲的现实问题，而且"黑人性"从种族的立场出发全盘继承文化遗产的做法是错误的。这种学说同样受到黑非洲的一些政治家如塞古·杜尔和英语作家如沃莱·索因卡等的抨击，他们否认黑人性有利于泛非主义。对黑人性的意义和作用问题，非洲文化界仍有争论。"黑人性"使黑人世界首先进入法语文学领域，"非洲特性"今天已经不再是追求普遍性的新一代非洲作家唯一的视野，于是"黑人性"也就完成了它光荣且独一无二的历史使命。

第四章

20世纪60年代后：现代文学成熟与国家构建困境

1960年后，大多数非洲国家获得独立，国家的主要矛盾从殖民时期的外部矛盾转变为建国时期的内部矛盾，尤其是非洲的大部分国家都是新兴国家，民族国家的历史几乎是空白，这直接导致国家构建困难重重。独立之后，当作家们越来越深刻地认识到现阶段的种种矛盾并非外来文化因素注入非洲国家的结果，而是根源于现在非洲正在形成的社会性质本身，其独立国家文学的注意力已开始从殖民地与宗主国的冲突转向国内的形势和批判非洲社会的内部缺点了。大部分非洲作家和评论家都强调非洲文学的"功用性"（utilitarian），从很大程度上来说，非洲作家并不沉湎于"为艺术而艺术"的主张里。非洲现代文学的诞生和成熟伴随着非洲民族的独立运动和国家构建历程，时代主题和社会冲突等在历史变迁过程中出现的重大问题使非洲现代文学不得不直面现实揭露矛盾，并积极思考未来的出路，少有闲情逸致去追求文学形式上的艺术美，于是"功用性"成为非洲文学理论应该总结的内容之一。当非洲现代文学形成了自己的特色并迅速崛起之后，它在世界文学领域开始结出许多硕果。

第一节 非洲现代文学的发展

广袤富饶的非洲大陆被英、法等欧洲殖民国家的入侵打破了宁静与安详,几个世纪以来,非洲人民为了民族独立进行了不屈不挠的斗争。第二次世界大战为非洲的民族解放运动创造了有利的客观条件:长期统治非洲的英国、法国、比利时等宗主国受到毁灭性打击;其他殖民地国家的独立鼓舞了非洲人民的斗志;尤其是,第二次世界大战中非洲民族资产阶级与知识分子的力量进一步壮大,几百万走出非洲的参战者成为独立运动的重要力量。20世纪60年代是非洲民族独立运动的第二阶段,从北部逐渐向撒哈拉以南推进。1960年元旦法国托管的喀麦隆宣布独立,拉开了60年代非洲独立运动的序幕,那一年撒哈拉以南有17个国家独立,那一年被称为"非洲年"。在此时期,东非肯尼亚的"茅茅运动"、阿尔及利亚的抗法运动都重重打击了殖民统治。从1961年到1968年,非洲又有16个国家获得独立。及至1990年纳米比亚共和国的成立,标志着非洲大陆争取政治独立、建立民族国家的历史任务已经完成。随着一系列激动人心的独立国家的诞生及建国热情的高涨,非洲现代文学经历了短期跳跃性的发展之后迅速崛起,法语文学的龚古尔奖及英语文学的布克奖不断有非洲作家获得,尤其是1986年尼日利亚作家沃莱·索因卡获得举世公认的诺贝尔文学奖之后,这一最高奖项也开始对非洲作家青睐有加。

一 60年代至90年代:建国的热情

作为第一大殖民帝国的英国首先在1952—1956年的肯尼亚发生的"茅茅运动"中认识到拖延非殖民化带来的巨大代价,于是其在非洲的大部分殖民地这一时期陆续获得独立。仅次于英国的第二大殖民帝国即法国,殖民地主要集中在非洲,当看到1957年阿尔及利亚战争使法国第四共和国倒台后,戴高乐决定从阿尔及利亚危机中摆脱出来,推行非殖民化政策。1962年法国的大部分海外殖民地实现了非殖民化,使法国避免了殖民地人民的反抗和冲突。葡萄牙是最早对非洲进行殖民活动的欧洲国家之一,二战后英法等西方国家在非洲民族解放运动的打击下实行非殖民化政策,其殖民体系迅速瓦解,但是葡萄牙依然顽固坚持殖民统治。长期的殖民战争,导致葡萄牙国内经济形势恶化、政治危机严重,经过多年艰苦斗争,葡属殖民地到1975年终于获得自由。葡属非洲殖民地相继独立给津巴布韦、纳米比亚和南非等南部非洲的民族解放运动带来很大鼓舞，同时英美等西方国家在冷战时期调整了支持白人种族主义政权的传统政策，于是南部非洲相继独立。

独立后的非洲国家面临着发展经济并向现代社会转变的艰巨任务，有的国家走上了资本主义道路，有的国家宣称选择了社会主义道路。肯尼亚、科特迪瓦和利比亚等国家在独立后实行市场经济和开放政策，鼓励外国企业投资。喀麦隆、加蓬等国家主张采取资本主义的方式发展经济，同时强调国家必须干预经济，实行既有资本主义又有社会主义的政策。战后独立的非洲国家很多宣布走社会主义道路，其中一部分如坦桑尼亚主张一种非洲传统的社会主义，一些国家如刚果（布）宣布实行科学社会主义。坦桑尼亚认为非洲有自己独特的村社集体精神，人们在互敬互爱的基础上和睦相处，没有阶级没有剥削，但仅仅依靠古老传统也是不够的，必须结合欧洲社会主义的科学、技术和精神，从而通过村社这种形式过渡到社会主义。20世纪80年代被认为是非洲"失去发展的十年"，受国际经济旧秩序和自然灾害的影响，以及国家领导人的政策失误和政治腐败，再加上外来的援助锐减、初级产品价格持续下跌，多数非洲国家的出口能力进一步下降、经济普遍恶化。经济恶化引发政局动荡，政局动荡又阻碍了社会经济的调整和复兴，众多非洲国家面临着日益严峻的局面。

非洲现代文学真正的创作高潮从20世纪50年代开始，领头人物沃莱·索因卡占据突出的地位，这位非洲的文学巨匠是戏剧家、诗人、小说家和杂文家，1986年由于其善于"从开阔的角度，以富有诗意的内涵编排生活戏剧"而获得诺贝尔文学奖。1960年尼日利亚获得独立后索因卡回到尼日利亚，组建了"1960年假面具"剧团。1961—1962年，他得到伊巴丹大学的洛克菲勒研究基金，1962—1964年任伊费大学讲师，同时他建立了专业的奥里森剧团，继续从事各种体裁的文学创作。1964—1965年的部分时间，他在美国和英国上演戏剧。1965年至1967年，他在拉各斯大学任高级讲师。虽然他不愿参政，却不断地发表反对政府的言论，1967年8月至1969年10月他因为发表关于比夫拉战争的看法而被政府关进监狱。出狱后，索因卡的文学作品比以前更为激进地捍卫人的自由。1969年，他被任命为伊巴丹大学戏剧艺术系主任，后来历任谢菲尔德大学和剑桥大学英语系客座教授（1973年）、伊费大学非洲研究客座教授（1976 年）、耶鲁大学客座教授（1980 年）、康奈尔大学客座教授（1986 年）。1986 年荣获诺贝尔奖后，索因卡在祖国被授予国家最高荣誉。颇有意义的是索因卡的文学生涯和尼日利亚作为一个独立的国家出现几乎正好是同一时期，索因卡对尼日利亚文学和非洲世界的贡献并不是一个通常意义上的"革命者"的贡献，而是作为一个批评家，解释着当代非洲的文化和改变着人们落后的想法。

埃及作家纳吉布·马哈福兹在 1988 年被授予诺贝尔文学奖，原因是他"通过大量刻画入微的作品洞察一切的现实主义，唤起人们树立雄心形成了全人类所欣赏的阿拉伯语言艺术"，当时人们给予他的评价是"他是中东地区最高雅最值得尊重的作家，并且为宗教宽容发出强烈的声音"。但是，他坚持的宗教宽容令他在 1994 年被一个军事文员刺了一刀，那个文员认为他的作品是对伊斯兰世界的不敬，而当时的马赫福兹已经 82 岁。虽然其后来幸存下来，但握笔已十分困难。人们普遍认为马赫福兹描绘了埃及普通人的真实生活，以及他们在传统和现代社会中所做的适应和平衡。

二　90 年代后：痛苦的反思

1991 年苏联解体后冷战终结，世界经济真正进入一个新的时代：全球化时代。交通和信息技术的迅猛发展，将全世界更为紧密地联系在一起，加速了生产要素的跨国界流动。20 世纪 80 年代末 90 年代初，非洲内部社会经济政治形式的变化、苏联东欧剧变的影响、西方大国的压力等因素导致了席卷全非的政治民主化浪潮。它于 1989 年初从阿尔及利亚和贝宁首先开始，到 1990 年波及全非洲。冷战终结后，外援的大量减少、全球化的冲击、西方国家人权与民主化的压力，使非洲国家在 90 年代经历了一个曲折发展时期。非洲掀起民主化浪潮，经济在缓慢的发展中有所起色，但未能阻滞在全球化进程中被边缘化的命运。经济全球化的发展对发展中国家来说，既是少有的历史机遇，也是空前严峻的挑战。有些国家完全有可能抓住机遇，对非洲一些落后国家来说情况则不同：它们本身内部条件恶劣，如政局动荡甚至武力冲突不断、贫困饥饿现象严重、经济停滞倒退、科教文化极其落后，全球化对它们来说只能是巨大的压力和冲击，它们难以抓住这个新的机遇获取新的发展。

经济全球化是冷战后世界经济增长的主要原因之一，尽管有许多发展中国家通过全球化降低了国家的贫困程度，但是也有许多不发达国家在全球化大潮中被边缘化。撒哈拉以南黑非洲国家参与全球经济最少，发展最慢。由于这些国家无法融入世界经济，也就无法从全球化中受益，出现了绝对和相对的贫困加剧。

1990年和1991年许多非洲国家出现罢工罢课、群众游行等社会动乱和政治事件，根源就在于经济状况不断恶化、贫富悬殊和政治腐败盛行，导致民众不满并提出民主改革要求。内部的动乱、外部西方大国的压力、苏联解体的影响，导致了波及全非洲的政治民主化浪潮。各国政治民主化进程不一，类型主要有：召开由各政党和社会团体代表参加的全国会议，并由它选出的过渡政府组织领导立法及总统大选，通过不流血的方式完成向民主政体的过渡，如贝宁、马里、尼日尔等；国家执政者拒绝反对派提出的召开全国会议的要求，而是在民族团结和宪法范围内以渐进民主的方式实现政治体制的变革，如喀麦隆、几内亚等；执政党及其政府主动驾驭民主进程，向民主政体平稳过渡，如坦桑尼亚、加纳等；通过正常的多党民主大选，实现政权及领导人的更迭，如赞比亚、佛得角等；通过废除种族隔离制度，举行多种族大选，如南非。

但是，政治民主化并没有给非洲带来稳定局面，而是出现了规模空前的全面政局不稳和社会动荡，殖民统治时期遗留的部族矛盾在民主化进程中爆发出来。统治集团经常以反对部族主义为名将本部族的利益凌驾于其他部族之上，压制、排挤甚至严厉镇压异己力量，从而引发了潜藏很久的矛盾，反对派上台后也采用同样的办法对付敌对势力和异己力量。推行多党制导致非洲前所未有的混乱，如刚果（金）在1990年竟然出现300多个政党，连续更换了9届政府和7个总理。1991年非洲天下大乱，共有26个国家卷入内战、政变、兵变和各种动乱中，其中4个国家的领导人被迫下台。这些惨痛的教训以及南非的成功经验使非洲各国看到致力于民族和解所带来的希望。1996年20多个非洲国家先后举行了议会和总统选举，并没有出现大的冲突和动荡。1997年长期处于内战之中的索马里、安哥拉、刚果（金）和利比里亚不同程度地实现了民族和解和政治民主化。非洲的总体局势趋于稳定后，政局的稳定为经济的发展提供了良好环境，非洲经济从90年代中期开始呈增长态势。

非洲的蜕变正在潜移默化地进行,不论在政治、经济、体育等诸领域,非洲都意图在世界舞台上扮演更多、更重要的角色,而世界也向非洲敞开了大门。其中,非洲文学的发展以及在世界文坛取得的成就最为人瞩目。曾获英国布克国际文学奖的尼日利亚小说家钦努阿·阿契贝在2010年接受采访时,评论了两年前获奖时诺贝尔文学奖得主纳丁·戈迪默称他为"非洲现代文学之父"一事,阿契贝说:"我一直认为,任何人声称自己是诸如非洲文学这样重要的领域的权威,都是十分冒险的事。非洲文学能取得如今的成就是多年来日积月累的结果,我不能独享这份荣誉,毕竟还有太多太多人做过贡献。"从近年来非洲作家接二连三在世界文坛产生巨大影响这一现象来看,阿契贝此言绝不仅仅是自谦。如果说,1991年纳丁·戈迪默在6次提名后终获诺贝尔文学奖有点"安慰"的意味,那么这十年来,J. M. 库切和钦努阿·阿契贝先后获英国最重要的文学奖——布克奖与布克国际文学奖(前者还获得了2003年的诺贝尔文学奖),从这些事实可以看出,非洲文学已经成为如今世界文坛的重要部分。

第二节 非洲现代文学的内涵

非洲大多数国家的书面文学产生较晚,约在19世纪末20世纪初。但是,近一个世纪以来,随着黑非洲社会状况的巨大变化,随着各族人民的觉醒和殖民主义制度的瓦解,非洲各国文学取得了突飞猛进的进展。非洲各国文学的发展既有共同特征,又有明显差异。它们的共同特征主要在于发展的迅速性和跳跃性,即努力克服自己的落后状态,充分利用当代世界文学的成果和经验,争取尽快达到世界先进水平。它们的明显差异首先由于殖民时期所执行的文化政策不同。大体说来,法国和葡萄牙在殖民地执行同化政策,即拼命压制当地民族的语言和文学,极力扶植法语和葡语的文学;英国和比利时则执行使殖民地的语言和文学为自己服务的政策,即一面推动欧洲语言文学的发展,另一面却并不压制非洲语言文学,甚至在一定程度上鼓励非洲语言文学的发展。

一 英语文学

1952—1956 年在肯尼亚发生的"茅茅运动"使英国政府认识到拖延非殖民化将带来巨大代价,英国在非洲的大部分殖民地在这一时期陆续获得独立。在非殖民化过程中,英国实现了把大部分国家留在英联邦结构之内的目标,但是西方民主制度未能在这些国家得到普遍建立,军事独裁成为一些国家的政权形式,而且英国在撤离殖民地时人为造成的民族矛盾给这些国家的稳定带来深远的隐患、严重的影响。英语文学真正的创作高潮从 20 世纪 50 年代开始,领头人物沃莱·索因卡占据突出的地位。这位非洲的文学巨匠是戏剧家、诗人、小说家和杂文家,1986 年由于善于"从开阔的角度,以富有诗意的内涵编排生活戏剧"而获得诺贝尔文学奖。

最早的黑非洲作家的英语文学作品是加纳(当时叫黄金海岸）J. E. 凯斯利—海福德（1866—1930）的介于特写和小说之间的《解放了的埃塞俄比亚》（1911）。作者是非洲民族运动的领导人,这部作品反映了他的宗教观、政治观和教育理想。从 20 世纪 30 年代至 50 年代,随着非洲民族独立运动的发展,黑非洲作家的英语诗歌在西非和南非开始出现。西非著名的诗人,在加纳有阿马托（1913—1953）、戴—阿南（1909—）、布莱（1900—),在尼日利亚有奥萨吉贝（1911—）等。阿马托在 30 年代的一些作品反映非洲人民在殖民主义桎梏下的苦难,谴责殖民主义以及非洲傀儡国王。他的诗集有《森林和海洋之间》（1950）和《黑人的衷肠》（1954）。戴—阿南歌颂非洲的古老文化,憧憬美好的未来,有诗集《非洲的倔强的诗篇》（1946）、《非洲在说话》（1959）、《光荣的加纳》（1965）等。布莱和奥萨吉贝的诗歌都表达了 40 和 50 年代西非进步知识分子的要求和愿望。从 50 年代末开始,黑非洲各国先后独立,黑非洲英语文学获得了迅速的发展,特别是西非的尼日利亚文学和加纳文学。尼日利亚小说家钦努阿·阿契贝（1930—）的第一部小说《瓦解》（1958）被誉为黑非洲英语小说中的杰作,为当代尼日利亚文学奠定了基础。他的重要作品还有《动荡》（1960）、《神箭》（1964）、《人民公仆》（1966）。尼日利亚剧作家沃莱·索因卡（1934—）的剧作以幽默和讽刺获得国际声誉。主要作品有《沼泽地居民》(1958)、《雄狮和宝石》(1959)、《裴罗教士的磨难》(1960)、《孔其的收获》(1965)、《路》(1965)等。其他重要的小说家还有尼日利亚的埃克温西(1921—)、阿卢科(1918—)、图图奥拉(1920—)以及加纳作家阿尔马(1938—)等。埃克温西是一位多产作家,著有各种题材的长、中、短篇小说和儿童读物。他尤其熟悉西非都市生活,代表作《佳伽·娜娜》(1961)描写一个妓女的生活,展现了拉各斯各阶层形形色色的人物。其他著名长篇小说有《城里人》(1954)、《烧草的季节》(1962)、《美丽的羽毛》(1963)、《依斯卡》(1968)、《在和平生活里活下来》(1976)等。作家阿卢科是拉各斯土木工程师。他曾以尼日利亚独立前村民生活中的纠纷和独立后的社会生活为题材,写成长篇《一夫一妻》(1959)、《一人一把砍刀》(1964)、《亲戚》(1966)、《尊贵的部长》(1970)和《尊敬的陛下》(1973)等。图图奥拉出身于贫苦的咖啡农家庭。他模仿西非传统的说故事的形式,根据约鲁巴族民间传说和鬼怪故事,用英文写成的《棕榈酒酒鬼的故事》(1952),曾引起非议。可是作者独特而丰富的想象和运用不纯熟的英语来表达非洲传统故事的创造性尝试,使这本书在美国一版再版,并被译成十几种文字。他还著有《我在鬼林中的生活》(1954)、《勇敢的非洲女猎人》(1958)等。

在独立后开始创作的青年一代西非作家中,最为令人瞩目的是加纳小说家阿尔马。他的第一部小说《美好的人尚未诞生》(1968),描写一个小公务员的苦恼。小说出版后引起国内外评论界的广泛议论。他的才华获得一致的肯定,而他对独立后新社会的阴暗面的无情揭露,却遭到不少非洲评论家的批评。他的作品还有《碎片》(1970)、《为什么我们这样有福》(1972)、《两千个季节》(1973)和《医生》(1978)等小说。尼日利亚和加纳是当代西非英语文学最发达的国家。除上述作家外,还有一些知名的作家。在尼日利亚有埃·阿马迪(1934—),主要作品有以独立前尼日利亚农村生活为题材的长篇小说《情妇》(1966)和《大池塘》(1969);奥·恩泽克伍(1928—),主要作品有写婚姻悲剧的长篇小说《权杖》(1961),写不同信仰的两代人之间的矛盾的长篇小说《害群之马》(1962)和刻画尼日利亚社会发展新阶段的新型妇女形象的长篇小说《蜥蜴之舞》(1965);约·穆诺内(1929—),主要作品有写母子冲突的长篇小说《独子》（1966），写新旧社会转变的长篇小说《奥比》（1969），以及长篇小说《奥班齐的油商》（1970）、《少女们的花环》（1973）、《幸运的舞蹈家》（1974）等；恩·恩温克沃（1936—），主要作品有以无忧无虑、蔑视封建习俗的青年但达为主人公的长篇小说《但达》（1963）；弗·恩瓦帕（1931—），主要作品有长篇小说《艾福璐》（1966）和《伊杜》（1970），反映当代非洲妇女的生活；奥·埃格布纳（1942—），主要作品有长篇小说《反多妻主义之风》（1964），短篇小说集《太阳的女儿们》（1970），剧本《蚁山》（1965）。在加纳有小说家、戏剧家和诗人艾·苏瑟兰（1924—），曾创办加纳实验剧院，热心儿童文学和戏剧；剧作家、小说家阿·艾杜（1942—），有描写两代人之间矛盾的代表作剧本《鬼的困境》（1965）和短篇小说集《这里没有甜蜜》（1970）；弗·塞洛尔梅（1927—），有自传性的长篇小说《小径》（1966）；卡·杜奥都（1937—），代表作是长篇小说《闲荡少年》（1967）；阿·科纳杜（1932—），作品大多反映农村的习俗和生活，代表作有长篇小说《年华如锦》（1967）、《神谕》（1968）。位于西非的塞拉利昂有短篇小说作家尼科尔（1924—），小说家、剧作家伊斯蒙（1930—）和出生在冈比亚而定居于塞拉利昂的康汤（1925—），后者的长篇小说《非洲人》（1960）是早期非洲文学中比较著名的作品。

  在当代西非英语诗歌领域中，著名的诗人有尼日利亚的加·奥卡拉（1921—）、克·奥基格博（1932—1967）、约·克拉克（1935—）和索因卡，还有加纳的科·阿翁纳尔（1935—）、冈比亚的伦里·彼得斯（1932—）等。奥卡拉的代表作除诗集《渔人的祈祷》（1978）外，尚有针砭时弊的寓言体小说《声音》（1964）。后者虽用英语写作，仍保留用民族语言伊卓语说故事的特色，被认为是当代非洲的优秀作品。诗人克拉克同时是著名剧作家，代表作有诗集《潮水中的芦苇》（1965），剧本《山羊之歌》、《假面》和《木筏》。这3部剧本常常作为代表作被同时收集、同时被评论。诗人阿翁纳尔除诗歌外还著有小说《这个世界啊，我的兄弟……》（1971）。在东非，用英语写作的文学作品出现较晚。60年代初，在乌干达首都坎帕拉创办了东非第一份文学和社会、政治性的综合性杂志《过渡》，促进了英语文学的发展。随后，乌干达的马凯雷雷大学、肯尼亚的内罗毕大学、坦桑尼亚的达累斯萨拉姆大学都创办了文学刊物，吸引了青年学生中的文艺爱好者。马凯雷雷大学文学刊物《笔尖》发表的短篇小说和诗歌，后编选成集在伦敦出版，书名为《来自东非》(1965)，其中有些作者自此成为专业作家。当时《笔尖》的主编、肯尼亚大学生恩古吉(1938—)，日后成为东非闻名的英语小说家，著有长篇小说《孩子别哭》(1964)、《一河之隔》(1965)、《一粒麦种》(1967)、《血的花瓣》(1977)等。马拉维的鲁巴迪里(1930—)和肯尼亚的卡里亚拉都是当代东非著名诗人。鲁巴迪里和戴维·柯克选编的《东非诗集》(1971)收入50位诗人（包括著名的利永(1938—)、奥库利(1942—)和普比泰克(1931—)等）的作品。利永是当代乌干达著名诗人，除诗歌外还从事文学评论、短篇小说和故事创作。奥库利是乌干达诗人、小说家，代表作为自由诗体故事《孤儿》(1968)和小说《妓女》(1968)。普比泰克是乌干达当代文学的开拓者，他用卢奥语创作并亲自译成英文发表的叙事长诗《拉文诺之歌》(1966)，讽刺一味追求西方生活方式的上流社会，是当代非洲最受欢迎的作品之一。其他用英语写作的东非著名作家还有肯尼亚女作家格·奥戈特(1930—)，代表作为长篇小说《上帝许给的地方》(1966)和短篇小说集《没有雷声的地方》(1968)；肯尼亚作家基贝拉(1940—)，代表作有短篇小说集《灵验的灰》(1968)和长篇《黑暗中的声音》(1970)；马拉维作家列·卡耶拉(1940—)，代表作有长篇小说《幽影》(1967)、《金伽拉》(1969)等；马拉维作家卡钦格维(1926—)，著有长篇小说《不平凡的工作》(1966)；索马里作家努·法拉赫(1945—)，著有长篇小说《一根弯肋骨》(1970)、《赤裸的针》、《甜奶和酸奶》。在当代东非青年一代作家中，肯尼亚的梅佳·姆旺吉(1948—)被认为是很有前途的作家。70年代，他先后发表长篇小说《快点杀死我》(1973)、《喂狗的尸体》(1974)、《河道街》(1976)，《喂狗的尸体》写茅茅战士为自由和土地英勇战斗，曾获肯雅塔奖。

二 法语文学

法国是仅次于英国的第二大殖民帝国，殖民地主要集中在非洲，

第四章　20世纪60年代后：现代文学成熟与国家构建困境

1957年阿尔及利亚战争使法国第四共和国倒台，戴高乐执政后决定从阿尔及利亚危机中摆脱出来，推行非殖民化政策。1962年法国的大部分海外殖民地实现了非殖民化，使法国避免了殖民地人民的反抗和冲突。所有的黑非洲国家（除几内亚外）在获得独立时都与法国签订了各种条约，法国在政治、防务、经济方面给这些国家提供援助。黑非洲有以下一些国家和地区使用法文：塞内加尔、几内亚、马里、科特迪瓦、布基纳法索、多哥、贝宁（原名达荷美）、尼日尔、乍得、加蓬、刚果（布）、刚果（金）、喀麦隆、中非、卢旺达、布隆迪、毛里塔尼亚，还有马达加斯加、毛里求斯和塞舌尔。黑非洲作家用法语进行文学创作的历史不长，1934年在巴黎出版的杂志《黑人大学生》创刊号标志着非洲法语文学历史的开端，然而上述国家和地区的民间口头文学的传统却是相当悠久的。

法国人罗歇所编的《从沃洛夫语收集的塞内加尔寓言集》早在1828年就已出版。此后，其他非洲民间文学的作品也相继译成法文出版，如勒内·巴塞的《非洲民间故事集》（1903）、布莱兹·桑德拉（1887—1961）编纂的《黑人文集》（1921）等。20世纪20年代文学界开展了"黑人性"运动，运动以美国"黑人文艺复兴"为前导。杜波依斯（1868—1963）、克劳德·麦凯（1890—1948）、兰斯顿·休斯（1902—1967）等人的作品中表现了黑人自豪感，他们的创作对于法语黑人作家提出"黑人性"的概念具有深刻的影响。1921年圭亚那出生的黑人作家勒内·马朗（1887—1960）以他在非洲的经历写成《巴杜亚拉，真正的黑人小说》。作者指责殖民占领者对非洲的掠夺，号召为反对黑奴贩子而斗争。这部小说获得法国龚古尔文学奖，并引起一场激烈的论战。结果小说被法国殖民当局查禁，作者受到迫害，但他的声音已深入黑人作家的心中。

1932年，马提尼克大学生埃蒂安·莱罗等3人在巴黎创办杂志《正当防卫》，宣告一种黑人文学的诞生。同时"黑人性"这个词语也由塞泽尔在《还乡笔记》中发表出来，它的概念已由桑戈尔确定为代表"黑人世界的文化价值的总和"。1947年，阿辽纳·狄奥普（1910—）筹办的新杂志《非洲存在》出版，之后又成立了"非洲存在出版社"，随着非洲人民争取独立和解放运动的开展黑非洲法语文学逐渐繁荣发展起来。

第二次世界大战时开始出现法语创作的非洲诗歌。桑戈尔的诗集《阴影之歌》和《黑色的祭品》（1948），把欧洲文明和非洲风俗作了对比，表现出他对祖国的热爱。他非常注重非洲的历史传统，他的戏剧长诗《恰卡》，赞美了19世纪上半叶祖鲁人的著名领袖恰卡统一了分散的部族。他编辑的《黑人和马尔加什法语新诗选》（1948）标志着"黑人性"诗歌创作的高潮。这部诗集除桑戈尔的诗作外还收入塞内加尔诗人戴维·狄奥普（1927—1960）和比拉戈·狄奥普的作品，前者的诗集《槌击集》（1956）是非洲殖民地独立前夕反抗殖民主义的著名作品，后者的诗集《诱饵和闪光》（1960）充满非洲黑人生活的气息。

科特迪瓦作家贝尔纳·达季叶（1916—2019）著有诗集《昂然挺立的非洲》（1950）、《时日的交替》（1956）和《五洲的人们》（1967），他的诗号召非洲人民团结起来，主宰自己的命运。刚果（金）诗人马尔蒂亚尔·辛达（1930—）的诗集《第一首出发的歌》（1955）表达了非洲青年愤怒的声音，其中《锄头之歌》用民谣的形式写成，非洲的锄头成了苦难深重的农民的象征。刚果（金）政治家卢蒙巴（1925—1961）也是一位爱国主义的诗人。马里作家马马杜·戈洛戈（1924—）的《我的心是个火山》《非洲的风暴》等都是战斗性较强的诗篇。喀麦隆诗人埃邦雅·永多（1930—）的诗集《喀麦隆！喀麦隆！》（1960）充满爱国的激情和民族自豪感。几内亚的歌手凯塔·福代巴（1921—），著有《非洲诗集》（1950），其中《深夜》《非洲的黎明》等叙事诗都具有非洲舞蹈的节奏。1962年中非诗人皮埃尔·邦博泰（1932—）发表长诗《给一位非洲英雄的挽歌》，献给卢蒙巴。马达加斯加诗人雅克·拉贝马南雅拉（1913—）早在1948年就发表了长诗《祖国》，这是一支对他的岛国热情的颂歌，他还有长诗《朗巴》（1956）和《解毒剂》（1961），他的作品反映了马达加斯加人民争取自由的史诗般的斗争。另一位马达加斯加诗人弗拉维安·拉奈沃（1914—）在他的诗集《影和风》（1947）、《我一贯的歌曲》（1955）和《返回老家》（1962）中力图用法文表达出古老的口头诗歌的节奏、形象和结构，其中有些诗篇充满俗语和幽默感，显然是从民间创作发展而成。毛里求斯诗人爱德华·莫尼克（1931—）著有《这些血鸟》

(1954)、《怒潮》（1966）等抒情诗集。刚果（布）诗人契卡雅·乌塔姆西（1931—）的诗集《历史概要》（1962）获1966年达喀尔的世界黑人艺术节诗歌大奖，他的诗基本上是用超现实主义手法写成。非洲的诗歌表达的思想感情以及形象和韵律，都具有浓厚的民族特色，有些诗歌在朗诵时要用非洲的乐器，如塔姆鼓伴奏。通过音乐，非洲的诗歌又同舞蹈和戏剧艺术联系起来。

非洲早就存在着一些传统的娱乐性民间戏剧活动，但用法语表现的非洲戏剧则是30年代在"黑人性"运动的影响下，于塞内加尔的威廉—蓬蒂师范学校诞生的。师范学校的学生来自法属西非洲各地，他们集体编写了一些剧本演出，然后又把这种演戏的习惯带回自己的家乡。其中表现传统生活的有《达荷美的婚姻》（1934）、《格里奥的胜利》（1935），表现破除迷信的有阿蒙·达比的《女巫》（1957）等。马里作家塞杜·巴迪昂（1928—）的五幕剧《恰卡之死》（1961），以19世纪祖鲁族的领袖沙卡作为战斗的非洲的象征，是第一部黑非洲法语悲剧。塞内加尔阿马杜·西塞·狄亚的《拉特·狄奥尔的末日》（1965），写塞内加尔国王拉特·狄奥尔趁法国人着手建造一条通过他的王国的铁路时袭击他们，但遭到失败。塞内加尔作家谢克·恩达奥（1940—）的《阿尔布里的流亡》（1967），写国王阿尔布里在法国人入侵时流亡国外，以便联合其他苏丹共同抗击侵略者。科特迪瓦贝尔纳·达迪耶的《刚果的贝雅特里齐》（1970）以欧洲人初次侵犯非洲的历史为背景，描写女主人公贝雅特里齐宣传反抗，被活活烧死的故事，科特迪瓦作家夏尔·诺康（1936—）也写出了悲壮的历史剧《阿布拉哈·波库，或一个伟大的非洲女人》（1970）。几内亚尼亚奈的《西卡索》（1971）写国王巴·奔巴在他的城堡西卡索沦陷时自杀的悲剧，剧作者号召非洲人团结起来抵御侵略者，尼亚奈还发表了剧本《恰卡》。贝宁作家让·普利雅（1935—）的《凶狠的孔多》（1966）也是一部重要的历史剧，曾获黑非洲文学大奖。有的戏剧讽刺旧的习俗，大多是喜剧，代表作是喀麦隆的纪尧姆·奥约诺-姆比亚（1939—）的《三个求婚者一个丈夫》（1960），作品写父母贪图彩礼，女儿以巧妙的办法终于和自己心爱的情人——一个穷大学生结成姻缘，这部剧本以多种语言在欧洲演出并获得成功。刚果（布）作家居伊·芒加（1940—）的喜剧《神谕》

(1969)也是写彩礼和妇女解放问题。他的其他剧本《科塔·姆巴拉的大锅》(1969)等描绘进步和落后之间的冲突。还有的戏剧批评贪污腐化,重要作品有科特迪瓦贝尔纳·达迪耶的闹剧《托戈—格尼尼老爷》(1970),揭露一个非洲的官员同白人掮客勾结,结果落得身败名裂的下场。夏尔·诺康的剧本《恰柯的苦恼》(1968)表现一些参加过反殖斗争的人在掌权后图谋私利并变质。同样性质的剧本还有刚果(布)作家马克西姆·恩德贝卡(1944—)的《总统》(1970),描写一个虚构的非洲共和国内争权夺利的斗争;刚果(布)作家西尔万·邦巴(1930)的《杀死鳄鱼的人》(1962)等。1949年几内亚作家凯塔·福代巴创办了非洲芭蕾舞剧团至欧洲各地巡回演出,1959年以后塞内加尔首府达喀尔、科特迪瓦首府阿比让等地建立了大型剧院,以及历届世界黑人艺术联欢节和泛非文化节的举行等等,都对非洲戏剧的发展起了促进的作用。

  非洲法语小说中最早引人注目的是几内亚作家卡马拉·莱伊(1928—1980)的自传体作品《黑孩子》(1953),以回忆的方式描写非洲的风土人情。他的第二部小说《国王的目光》(1954),写一个穷途潦倒的白人在非洲被同化的过程。刚果(布)作家让·马隆加的《雅利安女人的心》(1954),写少女索朗日由于拥有一颗"雅利安女人的心"感到痛苦因而自杀,她的情人芒贝凯则是高尚正直的黑人。科特迪瓦贝尔纳·达迪耶的自传体小说《克兰比埃》(1956)触及种族歧视的问题。他的另外两部小说《一个黑人在巴黎》(1959)和《纽约的老板》(1964)用黑人的眼光看待西方资本主义世界,文体幽默,后一部作品有较强的批判性。喀麦隆作家蒙戈·贝蒂(1932—)原名亚历山大·比伊迪,于1956年发表小说《可怜的蓬巴基督》引起了广泛的重视,这部小说挖苦一个白人传教士,指出了他和殖民主义之间不可分割的联系。他的另外两部小说《完成的使命》(1957)和《死里逃生的国王》(1958)也是讽喻性的作品。喀麦隆作家斐迪南·奥约诺(1929—)于1956年发表两部反殖民主义的小说《家僮的一生》与《老黑人和奖章》,揭露欧洲殖民者的虚伪和暴虐,反映出黑人觉悟的提高。另一位喀麦隆作家班雅曼·马蒂普于1956年发表了《非洲,我们不了解你!》,这部中篇小说描写第二次世界大战前夕非洲青年一代对殖民政策强烈的愤恨。塞内加尔作家桑贝内·乌斯曼（1923—）的小说《祖国，我可爱的人民》（1957）写一个非洲青年知识分子为建立"合作农场"所作的英勇斗争，《神的儿女》（1960）描绘1947—1948年达喀尔铁路大罢工事件。1956—1960年是法语非洲文学的繁荣时期，比较重要的有马里作家塞杜·巴迪昂的反对父母包办婚姻的小说《暴风雨下》（1957），塞内加尔作家阿布杜莱伊·萨吉（1910—）的写农村少女对城市生活感到幻灭的小说《玛伊慕娜》（1958），科特迪瓦作家阿凯·洛巴（1927—）的叙述留学生经历的小说《黑人大学生科孔博》（1960），贝宁作家贝利·凯南（1928—）的具有浪漫情调的小说《无底的陷阱》（1960）等。

  1960年法属非洲国家都获得了独立，除少数作家继续写反对新老殖民主义的小说之外，大部分作家特别是青年一代作家开始表现非洲独立国家中出现的社会和政治问题。桑贝内·乌斯曼的小说《热风》（1964）的第一卷描写一个虚构的非洲国家1958年进行公民投票的情景，之后他又写了《汇票》（1965）和《哈拉》（1973）批判本国的官僚和暴发户。喀麦隆作家达尼耶尔·埃旺代的《总统万岁》（1968）是一部激烈的杂文式政治讽刺作品。另一位喀麦隆作家梅杜·姆沃莫（1945—）的小说《阿非利加巴阿村》（1969）对现代非洲城市生活中的腐败现象作了尖锐的批判。科特迪瓦作家夏尔·诺康的叙事诗体小说《暴风》（1966）描写一个非洲革命知识分子同独裁者的冲突。另一个科特迪瓦作家阿马杜·库鲁马的小说《独立的太阳》（1968）把传统社会和现实生活作了对照，这部作品对国家独立后一些人剥削自己同胞的现象表示不满。马里作家扬博·乌奥洛冈（1940—）的小说《暴力的责任》（1968）描绘一个虚构的非洲王国近千年来持续受到的剥削和暴行。几内亚的阿辽纳·方图雷的小说《回归线》（1972）描写一次政变的故事，反映了作者的消除政治混乱的愿望。马里作家昂帕泰·巴（1920—）的小说《旺格兰的奇特的命运》（1973），获得1974年度的黑非洲文学大奖。

  除了英语文学、法语文学，非洲还有葡萄牙语文学。葡萄牙是最早对非洲进行殖民活动的欧洲国家之一，二战后英法等西方国家在非洲民族解放运动的打击下实行非殖民化政策，其殖民体系迅速瓦解，但是葡萄牙依然顽固坚持殖民统治。殖民地人民为了民族独立，与之英勇斗争。长期的殖民战争，导致葡萄牙国内经济形势恶化、政治危机严重，一些中下级军官认为殖民战争违背历史潮流不可能获胜，1974年葡萄牙发生军事政变，法西斯政权被推翻，从而为非洲国家独立提供了有利时机。葡萄牙新政府与殖民地国家陆续就独立问题谈判，1974年9月几内亚独立，1975年6月莫桑比克独立，7月佛得角、圣多美、普林西比独立，11月安哥拉独立。经过多年艰苦斗争，葡属殖民地终于获得自由。非洲葡萄牙语文学显示出旺盛的生命力，有第一代作家（安东尼奥·杰辛托、维里亚托·达·克鲁兹、安东尼奥·卡多索、阿戈斯蒂诺·内托）笔下的反抗殖民主义的战斗诗歌，有米阿·库托（莫桑比克）、佩佩泰拉（安哥拉）、杰尔马诺·阿尔梅达（佛得角）和阿卜杜拉伊·西拉伊（几内亚比绍）等当代小说家实践的现代主义的隐喻小说。

　　纵观独立前非洲现代文学的繁荣状况，可以看出其发展确实存在不平衡的现象。就地区而论，法语地区最为繁荣，葡萄牙语地区次之，英语地区居尾。原因虽然是多方面的，但殖民者的统治策略、当地人民的反殖斗争形式的不同，当是其重要的影响因素。同时，各地区都有比较繁荣的国家为代表，如法语地区的塞内加尔、喀麦隆、马达加斯加，葡萄牙语地区的安哥拉、佛得角，英语地区的尼日利亚、坦桑尼亚，等等。就文学体裁而论，诗歌最繁荣，长篇小说次之，短篇小说和戏剧在其后。这些也要从各自的民族文学传统和反殖斗争的需要中去寻求原因。同时，我们还要看到五六十年代是黑非洲发生翻天覆地变化的年代，绝大多数国家在这个时期先后宣告独立。独立后的黑非洲文学，总的说来是继续繁荣和发展，但也发生了某些变化：就语种而言，民族语文学更为活跃，而欧洲语特别是法语文学相形之下则有消沉的趋势，这对民族独立国家来说是理所当然的；就地区说，原来法语文学地区独立后不如英语文学地区活跃，如加纳、塞拉利昂、坦桑尼亚、乌干达、马拉维、肯尼亚等国独立后文学事业发展迅速，许多重要作家和作品诞生在独立之后，而原来已经繁荣的英语文学国家，独立后继续繁荣，尼日利亚就是例证，相反许多法语文学的著名作家在独立后停止了创作，如喀麦隆的贝齐和奥约诺；就体裁而论，独立前诗歌和长篇小说普遍繁荣，而独立后短篇小说和戏剧则活跃起来，这是因为作家还不容易在广阔的领域内深入细致地把握住新的社会现实；就题材来说，独立后出现了新的事物，如反映国内新的社会关系和社会矛盾的题材，联合起来反对扩张主义和种族主义的国际主义题材等。这些标志着独立后的非洲文学正在向新的高度攀登。

三 民族语文学

文学是语言的艺术，要通过语言来表现社会生活和作家思想。非洲可以说是语言种类最多的大陆，总数在 800 以上。这是因为非洲大陆部族众多，且交通不便，长期以来依靠口头传说保留民族历史和传统。由于殖民时期的文化政策，导致一些非洲作家不能或难以用母语写作，只好用殖民语言写作，随着非洲民族国家的独立，民族语文学的发展也逐渐引起人们的关注。

非洲是世界第二大洲，现有 54 个国家，传统上一般以撒哈拉为界把它大体上分为北方的穆斯林地区和南方的黑人地区。北方的穆斯林地区虽然曾经在法国殖民统治时期受到同化政策的严重影响，但民族成分的相对单纯使得阿拉伯语仍能通行，南方的黑人地区却因为民族众多等历史原因难以产生能够阅读民族语言文学作品的大量读者。较多的不同行业的读者可以欣赏文学的内容，但是现在却受到语言本身的限制。除阿非利肯语（又称南非荷兰语）和阿拉伯语用作文学语言外，下述 33 种非洲语言已经用来创作民族文学：安哈拉语、马尔加什语、斯瓦希里语、吉库尤语、豪萨语、约鲁巴语、伊博语、皮得语、茨瓦纳语、布鲁语、南苏陀语、尼昂加语、恰哈语、沃洛夫语、索马里语、卢旺达语、聪加语、文达语、科萨语、祖鲁语、埃维语、干达语、罗语、朗扬科尔语、尼奥罗—托罗语、索加语、基刚果语、奔巴语、洛兹语、通加语、连吉语、恩得贝莱语和绍纳语。① 虽然很多民族语言文学作品的读者不太多，用英语法语创作的文学作品则获得了很多国际大奖，但不能说用欧洲语言创作的非洲文学作品成就大于用其他语言尤其是非洲民族语言

---

① ［美］伦纳德·S. 莱因主编：《20 世纪非洲文学》，李永彩译，北京语言学院出版社 1991 年版，译序第 3 页。

创作的非洲文学作品。因为大量的用非洲民族语言创作的非洲文学作品还未译成世界常用的语言文字，未能深入研究，那是很值得探索的文学宝藏。① 语言是最富于民族特色的，用民族语言创作的非洲文学作品不容低估：非洲最早的长篇小说是用聪加语写的《萨萨沃纳》，最早的史诗是用斯瓦希里语写的《德国人同海岸人民之间的战争》，最早的剧本是用马尔加什语写的《魔环》；乌干达诗人奥考特·普比泰克用罗语写的《拉维诺之歌》英文译本一问世，即轰动西方，用斯瓦希里语创作的坦桑尼亚作家夏巴尼·罗伯特被称为"东非的莎士比亚"。普比泰克是乌干达当代文学的开拓者，1953 年曾发表用卢奥语（或称阿科利语）写作的小说《要是你有一口皓齿，那就笑吧》。他用卢奥语创作并亲自译成英文发表的叙事长诗《拉文诺之歌》（1966），讽刺一味追求西方生活方式的上流社会，是当代非洲最受欢迎的作品之一。

　　20 世纪 60 年代以后，随着民族国家的独立和对殖民历史的反感，一些作家曾放弃殖民语言改用民族语言进行写作，"非洲现代文学之父"钦努阿·阿契贝曾就母语写作之正当性的问题，与恩古吉·瓦·提安哥展开过一场引人注目的论战。以前用英语写作的恩古吉，转而用自己种族的语言吉库尤语创作，揭露黑暗的社会现实。这样的争论延续至今，但无论是用殖民语言还是不用殖民语言进行创作，非洲作家对种族主义和殖民统治的反对和驳斥都是一致的。

　　综上所述，从语言的角度来说，欧洲语言比非洲语言在非洲文学中的应用更为广泛。非洲作家主要以英语和法语来写作，显然有助于他们的作品在英、法等"文学强国"传播。钦努阿·阿契贝、本·奥克利、艾伊·克韦·阿马赫、努奇·瓦·西翁奥、努鲁丁·法拉赫和丹布佐·马雷切拉等作家都以英语写作，桑戈尔、艾梅·塞泽尔和莱昂—贡特朗·达马斯等诗人则以法语写作。阿契贝的作品之所以能在非洲以外的地区广为流传，与他用英语写作不无关系。多丽丝·莱辛、纳丁·戈迪默、J. M. 库切等欧洲白人移民或其后代使用原来的欧洲语言自不必说，越来越多非洲人也"放弃"了原有的部落语言。在漫长的殖民时代里，

---

① ［美］伦纳德·S. 克莱因主编：《20 世纪非洲文学》，李永彩译，北京语言学院出版社 1991 年版，译序第 4 页。

由于非洲部落语言众多，为了便于交流，殖民政府办的学校强制规定学生必须说英语，阿契贝认为"放弃自己不同的母语并且以殖民者的语言交谈"是殖民者对非洲的一种文化侵略，但不得不承认的是这也加速了西方文明在非洲的传播。20世纪40年代末至60年代，非洲国家掀起了独立潮，殖民者纷纷撤离，由于部落语言众多，各方为采用哪个部落的语言为官方语言争执不休，最后反倒是殖民者使用的语言被保留了下来，部落语言被边缘化。在今天的非洲大陆上，有近一半的国家通行法语，近一半的国家通行英语。如今，非洲作家已是布克奖的常客，2000年非洲有了自己的布克奖——凯恩非洲文学奖（Caine Prize for African Writing）。该奖项以布克公司前任董事长和布克奖经营委员会主席迈克尔·凯恩命名，专门颁给作品能表现非洲精神并用英语出版的非洲短篇小说作家。同时，法国也在大力扶植新一代以法语写作的非洲小说家，阿卜杜拉、赫曼·瓦布里、柯西·艾福依、阿兰·马班库和让—吕克·拉哈里马纳纳等人的作品均在法国出版，法国的南方文献出版社还专门编辑了一套"非洲丛书"。

第三节 非洲现代文学与民族国家构建

大部分非洲作家采用"宏大叙事"的方法，很少个人化的情感宣泄，很少唯美主义倾向，所谓"为艺术而艺术"在非洲几乎没有土壤。他们站在非洲的立场来考察非洲传统文化的命运，来探讨黑人的文化身份，关注殖民主义和新殖民主义给非洲带来的社会和文化灾难，也严厉地审视着后殖民时代非洲的种种困境。当全球化浪潮和文化霸权主义侵袭着全世界时，非洲作家对此保持着严密的关注和深深的忧虑，他们为非洲的世界位置和发展前途而苦苦思索，他们清醒地坚守着自己的非洲立场，维护着自己的文化身份并保持着清醒的批判意识。非洲作家具有的时代使命感使大部分非洲现代文学作品，无论是殖民时期对非洲文化和欧洲文化的冲突刻画和矛盾比较，还是后殖民时代对民族国家建构的困惑和探索，都反映了不同阶段的时代主题，将个人创作与民族命运联系起来，帮助非洲人民摆脱殖民统治的意识禁锢，从而助力民族国家的独立和建设。

一　阿契贝："非洲现代文学之父"与修复民族记忆

钦努阿·阿契贝（Chinua Achebe）是尼日利亚小说家、诗人，除击败菲利普·罗斯、拉什迪等人获得 2007 年第二届布克奖国际文学奖（Man Booker International Prize）之外，他还是非洲文学史上作品被翻译得最多的作家，在《远景》和《外交杂志》评选出的"全球百名公共知识分子"中，他名列第 38 位，他也是诺贝尔文学奖的热门人选。作为独立思考的文学评论家和命运坎坷的比拉夫政府外交官，他的主要研究范围包括非洲政治、西方记叙中的非洲和非洲人、前殖民地时代的非洲文化与文明，以及殖民给非洲社会带来的影响。

阿契贝 1930 年出生于尼日利亚的奥吉迪（Ogidi），2013 年在美国波士顿去世。尼日利亚有 250 多个民族，其中豪萨-富拉尼族、约鲁巴族和伊博族人数最多。伊博人的文化传统中有讲故事的习俗，阿契贝从小就跟在母亲身边，聆听各种神话传说，加上阿契贝的父母信仰新教，思想较为开明，家中收藏了不少书籍，如莎士比亚《仲夏夜之梦》的简易改写本以及约翰·班扬的小说《天路历程》的伊博语版。阿契贝中学入读以英语授课的殖民地政府公办学校，在那里阅读了《超越奴役》《格列佛游记》《大卫·科波菲尔》《金银岛》等小说。此外，H. 里德·哈格德的《冒险奇兵》、约翰·巴肯的《祭司王约翰》等讲述殖民地英雄故事的小说也令他如痴如醉。后来，阿契贝回忆起自己当时的想法：我完全站在对抗土著人的白人角色一边，白人善良、公道、聪慧而且勇敢，与之相比土著人凶恶、愚蠢、狡猾，我对他们厌恶透顶。大学时代阿契贝放弃了在伊丹巴大学的医学奖学金，改学英语、历史学和神学。伊丹巴大学为非洲培养了许多文学家，1986 年第一位获诺贝尔文学奖的非洲作家沃莱·索因卡、小说家伊莱彻·阿马迪、剧作家约翰·克拉克、诗人克里斯托弗·奥基博等人都曾在那里就学。欧洲人笔下的非洲令阿契贝感到既荒谬又虚伪，他在这一阶段开始文学创作，自我意识也开始觉醒。大学毕业后，阿契贝一边在尼日利亚广播公司工作，一边开始了处女作《瓦解》（Things Fall Apart）的创作。这部小说的名字来自叶芝（W. B. Yeats）的诗歌《第二次降临》（The Second Coming），故事的主角是悲剧性的伊博族部落英雄奥贡喀沃。随后，阿契贝又接连创作了《动荡》（*No Longer at Ease*）、《神箭》（*Arrow of God*）、《人民公仆》（*A Man of the People*）等多部小说。

尼日利亚是一个具有深厚非洲乡土文学传统、丰富民俗想象和仪式文明的国家。父母皈依新教，阿契贝也因此自幼接受了教会英语教育。1953年他毕业的伊巴丹（Ibadan）大学在他加入伊巴丹前后学校里还出过很多著名的作者和诗人，这些都为"非洲现代文学之父"的诞生孕育了有利条件。当然，主要因素还在于阿契贝有强烈的社会责任感和深入观察矛盾的洞悉力。早在担任英国广播公司（BBC）非洲特派记者期间，阿切比就开始计划并创作他的"尼日利亚四部曲"。在三年内战中，阿切比支持比亚法拉独立运动，这导致他至今仍被敌对部落视为攻击对象。1982年开始阿切比流亡美国，并以非洲文学为题讲学于欧美各个大学。

虽然成名于早年，但他的晚期作品《希望与困境》（*Hopes and Impediments: Selected Essays*，1990）、《家园和流放》（*Home and Exile*，2000）更受到重视，被视为后殖民理论的经典之作。"尼日利亚四部曲"是以黑白文化冲突、本土族群内裂和自然宗教与一神论基督教的对立为主题的系列小说，既充满围炉听古的温热感，也具有激发民族斗志的内在张力。阿契贝的《后殖民主义批评》（*Postcolonial Criticism*）发表于70年代，是后殖民主义批评史上一篇极有历史文献价值的论著。在这篇文章中，他揭露西方批评家用所谓文学普遍性的观点来包裹自己文学的民族性，排斥其他民族的文学，实质上是一种殖民主义。在《非洲作家和英语语言》（*The African Writer and the English Language*）以及《一个关于非洲的形象康拉德的〈黑暗的心〉中的种族主义》（*An Image of African: Racismin Conrad's Heart of Darkness*）文章中，阿契贝谴责约瑟夫·康拉德是个"彻头彻尾的种族主义者"，并宣称康拉德的著名小说《黑暗的心》是对非洲人的丑化，把非洲描写成漠视人性的人间屠场，并借此对西方社会根深蒂固的种族观念进行了尖锐批评。阿契贝提出存在于康拉德小说中的非洲主要是作为一种背景，其居民被不着边际地淡化以便为白人主人公清出主要位置，这一美学镇压是这时对非洲人的政治镇压的艺术上的类似行为。① 阿契贝强调这样一个事实：就在康拉德贬损非洲人的同时，非洲艺术正在为欧洲造型艺术的巨变以及现代主义的出现提供促进因素。

除了对诸如"小说是西方特有的文类，非洲小说不存在"之类的荒谬论调作出回应外，阿契贝还从更高的层面审视了后殖民主义批评。展现非洲的真实性，用西方人理解的语言来再现无须恐惧的非洲，以民族寓言来沟通文化理解的落差，是他多年锲而不舍的文学追求。他曾就母语写作之正当性的问题，与恩古吉·瓦·提安哥展开过一场引人注目的论战。就非洲作家应该选择本土还是欧洲语言这个问题，他和恩古吉的区别在于恩古吉把它看成非此即彼，而他认为两者皆可。他坚持非洲文学绝不能窄化为黑人非洲的文学，而是应该使用包括所有通行语言来写有关非洲事物的作品。"恩古吉想让我们以为非洲语言难题的罪人是帝国主义，事实似乎并非如此，这个罪人叫现代非洲国家的语言多元化。"② 这场最终没有结论且共识大于分歧的争论，说明后殖民文学在非洲的形式和内容既敏感又矛盾，同时也证明了民族语文学已和殖民语文学拥有平等的地位和发展前景。但是，这些外来语言仍四处横行的唯一原因就是它们符合实际需要③。非洲大陆民族语言多元化的普遍状况导致欧洲语言存在的合理性和先进性，这使得英语文学、法语文学等殖民语文学的发展现状和前景相对民族语文学来说更为广阔。

将个人作品与民族命运联系起来，以文学作为民族启蒙的精神载体，帮助族人摆脱殖民统治下的被动和不自主的落后意识，是阿契贝在非洲文学史上的独特成就。他的处女作和代表作《瓦解》讲述一个部落英雄步步走向屈辱的死亡过程。主人公奥孔克沃的父亲是个善良而软弱的游手好闲者，一生穷困潦倒债台高筑，在村子里遭人耻笑。奥孔克沃通过辛勤劳作和摔跤，赢得了族人的尊重，也洗刷了父亲的耻辱。他在部落法庭上扮演着仲裁者的角色，面对着部落的衰退，力图保证自己

---

① ［英］巴特·穆尔-吉尔伯特：《后殖民理论——语境 实践 政治》，陈仲丹译，南京大学出版社2007年版，第159页。

② ［尼日利亚］钦努阿·阿契贝：《非洲的污名》，张春美译，南海出版公司2014年版，第119页。

③ 同上书，第118页。

的尊严。然而，在奥孔克沃表现出对"神"和规则的敬畏的同时，他也触犯了"神"和规则，这成为他的命运的转折点。因为不慎误杀同族中人，他被流放异乡七年，回来之后发现生活环境和方式发生了很大的变化，传统文化模式不再适合，古老的法则不再适用。在这样的背景下，奥孔克沃没有对自己过去的社会经验进行反思，对自己的社会认知进行一次重组，寻找应付新世界的新策略，而是选择与新世界做堂·吉诃德式的战斗。最终的结局是，为了维护"神"和自己的骄傲、拒绝白人的进入，奥孔克沃屈辱地将自己吊死在棕榈树上。这是一个无法逃脱的宿命的力量，虽然悲剧肇始于内因，但构成命运的力量恰恰是种种历史的积存与现实社会的逻辑发生的不可避免的矛盾。《瓦解》中的奥孔克沃是一个没落部落中的悲剧英雄的原型，也是阿契贝对西方文化与非洲文化何去何从的思考。尽管他强调外来语在民族叙事上的重要性，但对基督教民主总是保持一种抗拒疏离的姿态，他认为一种以部落协商为基础的民主政体才是最适合非洲人的生活体制。虽然阿契贝说过"一个非洲作家如果试图避开巨大的社会问题和当代非洲的政治问题，将是十分不恰当的"，他本人也曾投身被称为"比夫拉战争"的血腥的尼日利亚内战，但与社会性和政治性相比，阿契贝作品的文学内涵更为深邃。纳丁·戈迪默曾说"阿契贝有一种值得称道的天赋，他是一位充满激情、文笔老辣、挥洒自如的伟大天才"。他就以洗练的文笔，结合西方文学经典悲剧的手法，在《瓦解》中以一个被放逐出自己部落的尼日利亚英雄的沦落，折射出整个非洲的衰落，堪称一部非洲简史。《瓦解》被认为是非洲文学中清理殖民历史最早和最成功的作品，是奠定20世纪非洲文学大厦的一块基石。小说已被译成50多种语言，这使他成为作品拥有最多语言版本的非洲作家。2007年，76岁的尼日利亚著名作家钦努阿·阿契贝获得第二届布克国际文学奖[1]。阿契贝为非洲文学的发展作出了奠基性的贡献，作为"非洲现代文学之父"。他是国外

---

[1] 2004年英国最负盛名的文学奖布克奖（The Booker Prize）终于打破了地域壁垒，朝着一项全方位的国际文学大奖迈出了重要的一步。布克奖评委会宣布从2005年开始，每两年颁发一次奖金为6万英镑的"布克国际奖"，所有作家无论国别，只要其作品以英文或英文译本发表，均有资格获得此奖。

非洲文学研究者最关注的一个作家。

二　文学的能动作用："功用性"与民族国家构建

如果说，人的自觉是独立前后、建国时期的非洲文学新内容，文的自觉则是它的新形式（如长篇小说），一般人的自觉总是发生在文的自觉之前；以"黑人性"为代表的非洲文学承担了太多思想启蒙和政治独立的时代使命，文学的价值和意义总和社会需要、政治目标联系紧密，而非洲大陆独立以来短暂的发展历程并不顺利，导致非洲文学的"功用性"一直很强，而"为艺术而艺术"的纯粹审美则显得不合时宜。

美苏对峙的终结似乎让非洲终于迎来了独立自主发展自己的大好时机，但自90年代以来，从索马里内战到埃塞俄比亚全面冲突，从卢旺达、布隆迪部族大屠杀到大湖区的严重动荡，从塞拉利昂的钻石之争到刚果（金）的持久内战，非洲大陆没有片刻安宁。部族之间的矛盾和冲突是导致非洲国家内乱不止的重要因素，许多国家内有几十个甚至几百个部族。他们操不同语言，信奉不同宗教，更有着不同利益，在一个国家内往往水火不容。索马里长期动乱是由部族矛盾引起的，1969年上台的西亚德极力推行部族压迫和部族复仇主义，建立本部族和家族政治，部族主义在这些政策刺激下恶性膨胀起来，各部族纷纷建立自己的武装力量，1991年西亚德政权被推翻后索马里很快陷入持续近10年的大规模部族冲突和内战中。卢旺达、布隆迪部族大屠杀是由胡图族和图西族两个部族的新仇旧怨引发的互相残杀。非洲其他国家的长期动乱也因部族之争引起。尼日利亚的持续内战源于伊博族、约鲁巴族和豪萨－富拉尼族三大部族之争。苏丹位于北非和黑非洲的接合部，北部生活着阿拉伯人，南部居住着黑人，语言和宗教有很大差异，一直纷争不断，国内另有570个大大小小的部族更是矛盾重重，苏丹内战前后延续数十年之久。刚果（布）的吉库尤族和拉利族之间的争斗是这个非洲小国独立后局势不稳的主要原因。在乍得，扎加瓦部族和阿杰尔部族的冲突使内战延续了很长时期。除部族矛盾的因素之外，导致非洲许多国家内乱的原因还有经济形势不稳定、政治腐败和社会不公正等。如中非共和国的武装部队因不满政府拖欠军饷，1996年一年之内竟然发生三次兵变。此外，西方殖民者撤离后的一些遗留问题，使非洲国家之间常发生领土、边界、资源之争，成为非洲不稳定的一个根源。如埃及和苏丹、乌干达和苏丹、尼日利亚和喀麦隆、埃塞俄比亚和索马里、埃塞俄比亚和厄立特里亚、博茨瓦纳和津巴布韦等，都未解决边界问题。

尽管非洲经济在20世纪90年代有所增长，但也未能改变非洲日益被"边缘化"的趋势。90年代以来，非洲国家为了扭转在国际竞争中的不利地位，迎接经济全球化的挑战，把联合自强提到了新高度。1963年成立的非洲统一组织在预防、处理和解决非洲内部冲突的机制的建立以及推动非洲经济合作等方面发挥着重大作用。2002年7月非洲统一组织最后一届首脑会议在南非德班举行，次日非洲联盟首届首脑会议举行，表明准备一年之久的非洲联盟正式成立，标志着非洲在联合自强、实现政治经济一体化道路上迈出了重要一步。尽管非洲地域辽阔、国家众多、部族宗教情况复杂、社会发展程度不同，以及一些外部因素干扰，非洲国家实现联合自强面临种种困难，但联合自强是非洲历史发展的必然趋势和未来出路之一。传统的种族冲突、宗教纷争、文化排外等社会现实使一些国家的前途在于是否能够超越传统意义上民族国家框架的束缚，融入一个更为广阔的国际空间里去；另一些国家的前提在于如何建立和健全自己的民族国家体制，自力更生，在全球化时代日趋狭小的国际空间里找到一块立足之地。每个国家面对的是独一无二的历史境遇，也是它们逾越不了的现实难题。

独立后非洲国家在政治、经济和文化各方面短时间内发生了根本且迅速的改变，因此产生的价值观、世界观和其他方面的激烈冲突，成为非洲作家重点描写的对象。20世纪60年代前后，民族独立的热情和非洲文学的发展互相推动。很多作家与诗人深受西方文化影响，同时又活跃在非洲的政治文化社会领域，他们通过写作被轻视的非洲历史和现实来反对殖民意识和欧洲中心主义，通过宣扬个人自由和政治自由向传统陋习挑战，也向殖民统治挑战。20世纪60年代以后，非洲国家纷纷独立。1966年首届非洲黑人国际文化节在塞内加尔召开，桑戈尔朗读了他的诗歌"Négritude"（黑人的精神），艺术节的成功标志着非洲人对自己的文化及未来充满了自信和希望。20世纪70年代以前非洲作家的创作目主要是为了修复文化创伤、找回民族尊严、萌发独立意识，70

年代以后描写的主题由民族启蒙转换为后殖民时代非洲国家的建构问题。毋庸置疑，非洲作家更多地关注文学的"外部"功能，而对文学的"内部"元素，诸如叙事技巧、结构、美学特色等并不十分关注。非洲存在太多社会政治、经济文化、民族宗教等现实问题，这些都迫切需要非洲作家进行反映和思考，他们的作品因此往往具有强烈的问题意识、批判意识和民族意识，从而使文学创作呈现出很强的"功用性"。

当自由的果实慢慢由甘甜变得酸苦，始终怀有历史使命感的非洲作家们坚持用文字去揭露和战斗，而不是选择虚伪的美化或怯懦的逃避。肯尼亚著名作家恩古吉致力于描写独立以后肯尼亚的黑暗现实，结果被监禁一年。第一位获得诺贝尔文学奖的尼日利亚作家索因卡继续反对新的独裁者，因此坐过两年牢。获得1990年诺贝尔文学奖的南非作家戈迪默坚持不懈地抨击种族隔离制度，其作品一度被列为禁书。直面现实一直是非洲作家创作的优秀传统，无论是独立前还是建国后都反映了特定历史阶段的时代主题，代表了非洲大陆人民的生活愿望，揭露了传统如何适应现代的发展困境，由此产生了大量优秀的现实主义文学作品。由于勇敢揭露这些极为复杂的观念和利益交杂的一系列现实冲突，使得非洲作家创作的文学作品具有极大的社会效应和文献价值，参与并影响了后殖民时代非洲民族国家的建构历程。

第五章

殖民历史与非洲文学和西方文学的复杂关系

从必然的崩溃走向艰难的新生，非洲传统文化在同西方的接触中感情复杂、爱恨交织。不管愿不愿意，必须看到当代非洲文学对西方文学的积极借鉴。没有这样一场影响深远的文化交流活动，非洲文学不可能走到世界文学的前沿。在几乎彻底丧失自信、遗忘民族文化的知识分子心中，长久学习宗主国文化，由此得到了西方文化的精华，又借助传统文化的滋养和对时代使命的勇于承担，才能在文学之路上突飞猛进。欧洲的语言在非洲的城市和工矿区都被广泛使用，不少国家至今仍把他们作为官方语言。目前在非洲54个独立国家中，有20个国家把英语作为官方语言或通用语言，19个国家以法语作为官方语言，以葡萄牙语为官方语言的国家有3个。还有一些国家正在考虑把民族语言作为国语，但是由于部族矛盾，要让非洲民族语言正式成为官方语言的过程将极其漫长。

第一节 传教士、殖民统治与现代文学的萌芽

按照国际地理疆域规定，以西经20°和东经160°为界把地球分为东、西两个半球，这样整个亚洲和非洲的绝大部分都属于东方范围。东方学是研究亚洲和非洲地区的历史、哲学、宗教、经济、文学、艺术、

语言及其他物质和精神文化的综合性学科。东方文学是东方学的分支学科，研究亚洲、非洲的文学现象及其规律。[①] 如果把非洲文学与整个历史进程联系起来，可以看到各种社会因素对文学的作用和影响。有时候，文学趣味和审美理想的历史转变，并非文学本身所能决定，归根到底仍然是现实生活，如非洲的何其漫长的传统口头文学和20世纪跳跃性崛起的现代书面文学，主要因素之一还是现实生活的因循守旧到巨大变动导致。

一 宗主国文化传播与民族主义文学的觉醒

非洲是世界上最后一个实现政治独立的洲，截止目前，非洲共有61个国家和地区，其中马德拉群岛和亚述尔群岛为葡萄牙的直属领地，加那利群岛为西班牙的直属领地，留尼汪和马约特为法国的"海外省"，圣赫勒拿为英国"直属殖民地"，西撒哈拉国际地位未定，其余的即54个独立国家。非洲是现在知道最早有人类居住的大陆，曾拥有悠久历史和灿烂文化，但从15世纪欧洲掠夺者进入非洲开始，非洲经历了400多年奴隶贸易、近百年殖民统治的血腥历史。美洲"新大陆"的发现使随后的开发需要大量劳动力，葡萄牙、西班牙、荷兰、法国和英国等欧洲侵略者为牟取暴利将非洲黑人贩卖到美洲种植园。罪恶残酷的黑奴贸易严重破坏了非洲的生产力阻碍了非洲的发展，给非洲民族带来了深重的心灵创伤。19世纪中后期已经完成或正在进行工业革命的西方国家需要大量的工业原料和广阔市场，于是加紧对非洲的掠夺，从沿海深入内陆掀起瓜分非洲的狂潮。为协调各国利益，1884年年底1885年年初，英国、法国、德国、比利时、葡萄牙、意大利等15个国家在柏林召开会议，以协议的形式对非洲进行瓜分。第二次世界大战前，只有北非的埃及、东非的埃塞俄比亚和西非的利比里亚是独立国家，非洲其他国家均沦为殖民地或半殖民地。伴随奴隶贸易、殖民统治直到国家独立整个历史过程的，是欧洲文化对非洲文化的殖民、误读和污蔑。

许多人想当然地认为，基督教直到19世纪才传到非洲，这样的错

[①] 孟昭毅、黎跃进编著：《简明东方文学史》，北京大学出版社2005年版，第4页。

第五章　殖民历史与非洲文学和西方文学的复杂关系　/　101

误可以理解，自殖民主义时代以来，在美国和欧洲人的概念中，非洲始终被看成需要拯救的异教之地，只有西方传教士才能给予拯救，比如像戴维·列文斯敦那样的探险家兼传教士。虽然在19世纪信奉传统非洲宗教和伊斯兰教的非洲人大大超过信奉基督教的非洲人，但是北非、尼罗河流域和非洲之角等地区的各民族，属于世界上最早的基督教信奉者之列（马格里布①的多纳图斯派和尼罗河流域、非洲之角的科普特教派）。在公元320年到350年间，阿克苏姆②国王伊扎纳皈依基督教。非洲基督教教会在4世纪就派出传教士前往异教的欧洲——与此成强烈对照的是，许多当代人却认为欧洲人正在使非洲皈依基督教！③ 7世纪伊斯兰教势力席卷整个中东和北非，非洲基督教逐渐衰落，但努比亚两次击败穆斯林军队，是由此获得合法地位的唯一基督教政府。到19世纪埃及的基督教徒大约只占埃及人口的10%，但直到今天基督教依然是埃塞俄比亚占统治地位的宗教。1880年开始的欧洲征服和殖民地化时代，带来了基督教第二次向非洲的扩张。殖民主义使人误读了非洲长达几个世纪，跨越大西洋的奴隶贸易导致了很多关于非洲的负面印象，野蛮非洲人灵魂皈依之需要被看成他们世代为奴的正当理由。正如恩古吉认为的，非洲的殖民历史不仅造就了"貌似西方资产阶级的殖民地精英"，而且相反还导致了一个反对霸权的"争取民族独立和彻底解放的经济、政治和文化方面的斗争"。④ 自殖民主义者踏上非洲土地后，非洲民族的反抗斗争从未停止过，暴动起义接连不断，第一次世界大战后的20多年间非洲民族独立运动汹涌澎湃，虽几次较大规模的反帝斗争都被帝国主义严酷镇压，但民族独立运动的浪潮已是不可阻挡。第二次世界大战后，非洲国家先后挣脱殖民统治的枷锁实现了国家独立。

众所周知，古埃及人的种族认同是一个争论颇久的问题了，学术界

---

① 马格里布（Maghreb 或 Maghrib）：阿拉伯语，意为"西方"，通常指北非沿海地区。
② 阿克苏姆（Aksum 或 Axsum、Acksum），公元1世纪至11世纪期间埃塞俄比亚高地地区国家。
③ 埃里克·吉尔伯特、乔纳森·T. 雷诺兹：《非洲史》，黄磷译，海南出版社、三环出版社2007年版，第89页。
④ Handel Kashope Wright, *A Prescience of African Cultural Studies: the Future of Literature in Africa is Not What it Was*, New York: Peter Lang Publishing, Inc., 2004, p.5.

也卷入其中。一些人如 1924 年发表世界史早期经典作品《征服文明》的"埃及学家"詹姆斯·布雷斯特德认为埃及人是"高贵白种人"的一部分。另一些人，如狄奥普则认为埃及人是黑人，埃及人的文明成果应该归于黑人的宝贵遗产。有关种族和文明的各种观念在近几百年的历史著作中大量涌现，许多学者力图证明古埃及人与自己同种族，认为埃及人的成就属于他们那个种族。真实的情形也许是：作为世界伟大活动中心之一的埃及，历史上经历了极为悠久的各种文化、政治和经济体制的交流，尼罗河将埃及、地中海和撒哈拉沙漠以南的非洲联系起来，红海也把埃及与中东和东非联系起来，古埃及人大概没有"黑人"或"白人"的概念，没有纯粹的种族，更不存在"种族"的观念。种族是欧洲海外扩张之后的观念，种族主义是欧洲掠夺者进行奴隶贸易、殖民统治的思想基础，于是埃及文明似乎成为一个不像属于非洲文明的特例。从文化角度上来说，有过殖民经历的国家往往会产生两类在文化上互相冲突的人：受外国影响的帝国主义者与民族主义的爱国者，于是在文学、音乐、舞蹈、电影、艺术等文化领域本土的和帝国主义的做着激烈斗争，这样在第三世界就存在一个国家认同与帝国主义影响之间的重要矛盾。[①]在欧洲自以为是的种族主义傲慢文化的压迫和刺激下，非洲文化经历了停滞中断、恢复觉醒和针锋相对的艰难时期，最终焕发了民族的自信并迎来了民族主义文学的春天。

二 东方学与西方中心主义的文本冲突

黑非洲书面文学诞生于 20 世纪，此前的所谓非洲文学其实是以欧洲人为主角、非洲人为背景和陪衬的欧美白人文学。对此，尼日利亚的阿契贝率先于 1975 年在演讲论文中批评康拉德的《黑暗之心》中表现的种族主义；肯尼亚的恩古吉随后于 1977 年对迪内森的《走出非洲》公开谴责。恩古吉把欧洲人笔下的非洲划为三类：商人的非洲、猎人的非洲、小说家的非洲，并且指出最后一种危害最大："因为有爱的包裹，这本书包藏的种族主义传染性极强。而这种所谓的爱不过是人对马或者

[①] Handel Kashope Wright, *A Prescience of African Cultural Studies: the Future of Literature in Africa is Not What It Was*, New York: Peter Lang Publishing, Inc., 2004, p.5.

第五章　殖民历史与非洲文学和西方文学的复杂关系　/　103

宠物的那种爱。"[1] 因而，从一开始黑非洲作家就被置于与欧美作家对立的地位。

一些非洲作家和评论家如索因卡、阿契贝、恩古吉等认为：非洲有不同于西方的传统美学，文学、文艺美学、文学批评都和西方有明显差别，但另一方面从欧洲中心的视角会认为非洲的文艺美学和文学批评都受到了西方的同化，非洲的教育和文学研究至今仍受殖民影响，比如英语、法语在教育和文学中的不可替代。[2] 应该指出，非洲人对西方世界，特别是对西方文化的态度，在 20 世纪内经历了复杂的变化。[3] 20 世纪以前撒哈拉以南的广大地区少有文字，文学大多处于口传阶段。在把非洲强行纳入资本主义生产轨道的同时，西方一方面借传教士之手为有些语言创造了文字，另一方面又向当地人直接传授自己的语言和文字，从而使他们意外地获得了用英语、法语、葡萄牙语等创作的能力。大多数殖民政府都将教育事业交给了传教士，传教士对非洲文化具有深远影响，他们是最早有意识地试图改变非洲文化的欧洲人。传教士确立了非洲语言的书面形式，从而给非洲本土文学的发展打下了基础。用欧洲语言写的非洲文学具有特殊性，早期的非洲作家一开始用殖民语言写作和战斗，而没有考虑其所带来的后果。出于渴望摧毁殖民者对非洲的文化定型，和保护非洲的历史、文化和思想的考虑，这些作家可能认为在实现自己的目标，表现非洲社会、政治和文化机制中，殖民语言无非是工具和手段。

通过借用欧洲语言和文学框架，非洲作家也被迫遵循欧洲语言和文学的成分。但是，对西方文学的借鉴并不是单方面的被动吸收，而是积极的相互作用。作为英语文学研究的重头戏，莎士比亚的戏剧在英国学校教育中有很高地位。一方面，莎士比亚化的过程是一个英国文化意义的强加过程；另一方面，这个过程并不是绝对的，而是互动的。事实

---

[1] 颜治强：《〈走出非洲〉是殖民文学的盖棺石——驳万雪梅〈"走出非洲"的后殖民女性主义解读〉》，《外国语言文学》2007 年第 4 期，第 276 页。

[2] Handel Kashope Wright, *A Prescience of African Cultural Studies: the Future of Literature in Africa is Not What it Was*, New York: Peter Lang Publishing, Inc., 2004, p. 6.

[3] [尼日利亚] 索因卡等：《非洲现代文学——北非和西非》，刘宗次、赵陵生译，外国文学出版社 1980 年版，第 6 页。

上，莎士比亚戏剧在非洲被改写而导致不同版本的"莎士比亚"出现。比如南非的祖鲁版本的《麦克白》就是一种改写了的莎士比亚作品。坦桑尼亚前总统尼雷尔在20世纪60年代亲自把莎士比亚的《威尼斯商人》和《朱利叶斯·凯撒》译成斯瓦希里语，因此支持了斯瓦希里语文学迅速上升到今天民族文学的地位。1986的诺贝尔文学授予了尼日利亚作家沃莱·索因卡，获奖后的索因卡说："这不是对我个人的奖赏，而是对非洲大陆集体的嘉奖，是对非洲文化和传统的承认。"欧洲人的征服和非洲的殖民地化尽管充满着掠夺和残忍，却也推动了非洲身份认同的产生。对于身份认同，非洲文学有其不容忽视的使命，其文学作品总能或多或少与国家民族的独立发展，以及自我身份认同结合起来。

第二节 种族主义与黑非洲文学：从传统到现代

非洲文学主要是指地理因素上的非洲大陆的文学作品及现象，包括撒哈拉以北有着阿拉伯传统的地区和撒哈拉以南的黑非洲地区，带有非洲文化和传统色彩的美国、英国、加勒比海地区黑人文学不在谈论之列。以撒哈拉为界，撒哈拉以南的黑非洲是黑人为主的地理区域，也是非洲黑人传统文化的代表区域。黑非洲传统文学主要是口头文学，部落史和家族史往往是其主题，口传的历史故事通过世世代代口述历史学家的传承保留下来，后来才被记录和翻译出来供其他地方读者阅读。黑非洲现代文学产生于20世纪，经过了形式上由口头文学到书面文学、内容上由部落传说到民族启蒙的转变过程。① 在此过程中，为了方便对非洲进行殖民掠夺，欧洲人通过传教士和教会学校来传播他们认为先进的西方文化，思想上则利用种族主义使其行为正当，通过制造并宣扬西方种族优秀论和西方文明中心论抹杀黑非洲民族的优秀精神和对世界文明

---

① 夏艳：《种族主义与黑非洲文学：从传统到现代》，《外国文学评论》2011年第1期，第203页。

的历史贡献，这对黑非洲现代文学在形式和内容上从传统到现代的嬗变及其诞生有着至关重要的影响。

一 从口头文学到书面文学

20世纪以前撒哈拉以南的非洲广大地区少有文字，文学大多处于口传阶段。口头文学是口口相传的文学作品，是民间文学的主要流传方式，其内容可以包括诗歌、故事等。于是，由于缺少书面文字记载的珍贵文献，非洲的历史不能用书面历史资料予以证明，而热带大陆的地理环境也不利于考古资料的保留，所以对非洲历史的认识曾经存在比世界上多数地区都要大的争议，当然，这主要由历史学主流研究方向和西方中心主义的偏见导致。长期以来，各种荒诞的说法和偏见使得整个世界无法了解非洲的真实历史，人们把非洲各时期的社会看成是不会有历史的社会。关于非洲是历史和文明的荒漠的种族主义观点贯穿于整个19世纪并在20世纪初达到了登峰造极的地步，直至20世纪中叶仍余音未绝。之后，随着非洲黑人对历史的自觉认识和人类历史观念的开阔，使得对非洲历史的认识和了解更加客观和真实。那种认为黑非洲没有自己的语言和文化也没有文学的观点早被证明是错误的，这一点没有必要再证实。[1]

黑非洲书面文学的大量产生发生在20世纪，形式上由传统的口头文学到现代的书面文学，离不开殖民时期传教士和教会学校的作用。非洲社会屈服于殖民统治的一个重要主题是在20世纪以前它们基本是前文字社会，缺乏书面语言和有文字记载的文化。[2] 在把非洲强行纳入资本主义生产轨道的同时，为了方便统治和管理，西方一方面借传教士之手为有些语言创造了文字，另一方面又向当地人直接传授自己的语言和文字，从而使他们意外地获得了用英语、法语、葡萄牙语等创作的能力。英国的间接统治和法国的直接统治都在执行同化政策，想使非洲人

---

[1] Edmund L. Epstein and Robert Kole edited, *The Language of African Literature*, Trenton: Africa World Press, 1998, p. 30.

[2] Wilfred Cartey and Martin Kilson edited, *The Africa Reader: Colonial Africa*, New York: Random House, 1970, p. 73.

抛弃野蛮的旧制度，接受文明的新制度，让黑人认为是白人给战乱的部落带来和平安宁、给不识字的文盲带来正规教育、给基本卫生知识都缺乏的人们带来医疗设备，白人充满力量、智慧和仁慈，生为黑人则是不幸的、丢脸的，黑人唯一的出路是像白人一样说话、举止。① 大多数殖民政府都将教育事业交给了传教士和教会学校，传教士对黑非洲文化具有深远影响，他们是最早有意识地试图改变黑非洲文化的欧洲人。传教士确立了非洲语言的书面形式，从而给非洲本土文学的发展打下了基础。黑非洲传统文学主要是口头文学，而不是书面文学。黑非洲书面文学总的说来是20世纪的产物，此前的所谓非洲文学都是由欧洲人执笔的以非洲为背景或点缀的欧美白人文学。在这些欧美白人文学中，往往隐含着奴隶贸易和殖民统治的思想基础：种族主义。当第一代黑非洲作家拿起笔创作时，就发现他们的国家、历史和人民已经在殖民时期被欧美人写过。在那些作品里，白人通常是全知全能的主要角色和正面形象，而黑人是配角和愚昧的化身，显现的不过是背影、侧影、被歪曲了的特写等。② 对此，尼日利亚的钦努阿·阿契贝率先拿康拉德的《黑暗之心》开刀，批评其在描写非洲中表现的种族主义；肯尼亚的恩古吉·瓦·提安哥随后于1977年对迪内森的《走出非洲》公开谴责。阿契贝认为非洲作家应当尽心尽力向人民解释世界如何且为什么成为今天这个样子，为了补偿殖民地时代所造成的心理损伤，作家有责任创造有关非洲过去的有尊严的形象，只有这样，非洲人才能学会对自己的文化和传统感到骄傲。③ "我们在尽一切努力复活我们的文化"，1965年加纳总统恩克鲁玛在阿克拉的国民会议上说。在重新树立民族形象的同时，非洲作家探求着新的身份认同，正因为如此，非洲文学有着热烈的主题和深刻的意蕴。

---

① Jeffrey W. Hunter and Jerry Moore Editors, *Black Literature Criticism Supplement*, Farmington: Gale Research, 1999, p. 18.

② 颜治强：《帝国反写的典范——阿契贝笔下的白人》，《外语研究》2007年第5期，第83页。

③ [美]伦纳德·S. 克莱因主编：《20世纪非洲文学》，李永彩译，北京语言学院出版社1991年版，第167页。

二　从部落传说到民族启蒙

20世纪以前，非洲传统文学以口传为主，其内容主要是部落传说，也有关于家族的传说。著名的黑非洲长篇英雄史诗《松迪亚塔》（*Sundiata*）由世袭的史官、民间艺人格里奥（Griot）等，口耳相传至今，根据几内亚民间艺人的口述写成，由几内亚文学家、历史学家用法文记录并整理成书于1960年出版，全称为《松迪亚塔，或曼丁人的史诗》。全诗18章，歌颂了13世纪西非马里帝国的奠基人松迪亚塔创建国家的英雄业绩。传说松迪亚塔是古代曼丁国（今马里、几内亚一带）凯塔王朝继承人，国王去世前遵照先知预言立7岁还在地上爬的松迪亚塔为王，但王后莎苏玛违背国王遗愿立自己的儿子为王。松迪亚塔不堪忍受侮辱，逃往国外。成人后的松迪亚塔文武双全，在王后母子无力抵御外敌入侵的情况下，他联合十几个国家，起兵讨伐入侵之敌，最后创建了盛极一时的马里帝国。

素有"黑白分界线"之称的撒哈拉大沙漠使西非、东北非和南非与外部世界隔离开来，使其在一个相对闭塞的空间中步履蹒跚地缓慢发展。[1]尽管撒哈拉以南非洲不同地区的历史和经历极不相同，但由于19世纪欧洲人对非洲的征服造就了共同的历史背景，非洲历史的压倒一切的主题由于欧洲霸权下的共同经历而趋于一致。从而，我们能够将非洲作为一个整体加以论述。欧洲人在非洲进行奴隶贸易和殖民统治的思想基础，就是用心险恶的种族主义，其殖民文化在主体精神上表现为西方种族中心论和被殖民者民族精神的衰落与瓦解。白人对黑人的非人性掠夺被解释为黑人天生低人一等，需要白人的教育和引导，如英国人的"白人的责任"观念、法国人的"教化使命"[2]思想，与此争锋相对的是黑人作家倡导民族独立的旗帜"黑人性"。现代非洲政治上的独立是非洲人的决定和行动导致的结果，也和欧洲殖民统治的影响分不开。[3]

---

[1] 刘德斌主编：《国际关系史》，高等教育出版社2003年版，第78页。

[2] ［美］埃里克·吉尔伯特、乔纳森·T. 雷诺兹：《非洲史》，黄磷译，海南出版社、三环出版社2007年版，第314页。

[3] Wilfred Cartey and Martin Kilson edited, *The Africa Reader: Colonial Africa*, New York: Random House, 1970, p. 15.

一直以来非洲传统文学主要是口头文学，而不是书面文学，非洲书面文学总的来说是20世纪的产物，内容上由传统的部落传说到现代的民族启蒙，和白人傲慢文化冲激下的身份认同密不可分，与非洲社会历史进程共同进步的20世纪非洲文学，既反映着时代的更迭，也推动着时代的更迭。诗歌是非洲现代文学中兴起最早发展最快的文学形式。数量众多的诗歌作品，歌颂了黑非洲的民族传统，表达了诗人对祖国的热爱，揭露了殖民主义的罪行，反映了非洲人民争取自由解放的必胜信念，发出了民族觉醒的呐喊声。和"黑人性"紧密结合的现代诗歌，一开始就歌颂着觉醒的自我意识、急迫的民族启蒙。在美洲奴隶劳动制度化的进程中，奴隶贸易使非洲人的特性和声誉被毁坏，它试图重新定义非洲人。这条思路越来越主张，非洲黑人相对于欧洲白人而言是劣等民族（黑和白成了相当新颖的身份特征），理由是他们既缺智慧又无道德；非洲人没有能力照料自己，因而需要白人指导才能够在任何非完美条件的环境下生存。[①] 贬低黑人的种族主义，是白人掠夺和统治非洲的思想基础，对此作出回应的首先是受过同化教育的黑人知识分子，他们明白其中的虚伪和恶意，他们知道只能凭借自身努力去获取尊严和独立、去纠正历史的偏见和种族的歧视。作家作为阐释者，其创造力就表现为对人性的呼唤和拯救。早在非洲独立之前，非洲文学就在思想上为之启蒙，高扬民族自信的"黑人性"现代诗歌为政治解放作了准备，以找回民族尊严为己任的现代小说起到了修复创伤塑造自信的作用。1994年作为世界种族主义者最后堡垒的南非举行了首次多种族大选，曼德拉成为首位黑人总统。这标志着种族隔离制度的结束、非洲人民争取自由和解放斗争的最终胜利。

三 从诞生到迅速崛起

20世纪30年代以来，非洲书面文学蓬勃发展，正规教育的发展，使受过大学教育的非洲人增加，一批非洲自己的作家终于出现；当黑人拥有了书面表达方式和民族自信时，黑非洲现代文学就诞生了。文学创

---

① ［美］埃里克·吉尔伯特、乔纳森·T. 雷诺兹：《非洲史》，黄磷译，海南出版社、三环出版社2007年版，第162页。

作最基本的形式首先是诗歌，诗歌也许最适应本土传统，非洲几乎从有语言开始就有诗人、演说家和歌词作家。[1] 塞内加尔前总统列奥波尔德·塞达·桑戈尔既是一位有国际威望的政治家，也是一位杰出的诗人；他的诗歌创作同他的政治活动有着一致的目的，这就是争取黑人在政治文化上的解放，争取黑人在世界事务中的独立地位。[2] 20世纪30年代倡导的以"黑人性"为口号的政治文化运动，以大量的优秀诗歌为代表，在思想领域为第二次世界大战后黑人国家的独立运动作了深入的、广泛的准备，也为当代黑人文学的兴起奠定了基础，对于黑人文化传统的恢复和发扬做出了历史性的伟大贡献。诗歌和政治两股力量联合了起来，这个时期的最初几年，人们分不清是诗人对政治感兴趣，还是政治家对诗歌感兴趣。[3] 在20世纪50年代，"黑人性"在改变黑人以及白人对非洲和加勒比海地区的黑人的态度方面发挥了很大的影响作用。[4] 今天看来，"黑人性"的影响不仅在地理上超出非洲，而且在时间上影响至今。虽然诗人们对它有着不一样的理解，但都基于一个共识：反抗殖民压迫。[5] 非洲国家除了少数几国以外（如利比里亚），独立以前都是殖民地，就是说曾经隶属于这个或那个殖民国家的统治。[6] 尼日利亚小说家钦努阿·阿契贝的第一部小说《瓦解》（1958），是非洲英语小说中的杰作，小说以非洲文化和欧洲文化的撞击对尼日利亚所产生的重大影响为内容，被誉为"开创了现代非洲小说"。鲜明的"非洲性"故事宣告了新非洲文学的诞生，也给非洲人的文化认同提供了依

---

[1] ［肯尼亚］马兹鲁伊主编：《非洲通史——第八卷：1935年以后的非洲》，屠尔康等译，中国对外翻译出版公司2003年版，第402页。
[2] ［塞内加尔］桑戈尔：《桑戈尔诗选》，曹松豪、吴奈译，外国文学出版社1983年版，第174页。
[3] ［肯尼亚］马兹鲁伊主编：《非洲通史——第八卷：1935年以后的非洲》，屠尔康等译，中国对外翻译出版公司2003年版，第404页。
[4] ［美］伦纳德·S.克莱因主编《20世纪非洲文学》，李永彩译，北京语言学院出版社1991年版，第154页。
[5] Stephanie Newell, *West African Literatures: Way of Reading*, New York: Oxford University Press, 2006, p.27.
[6] ［英］威廉·托多夫：《非洲政府与政治》，肖宏宇译，北京大学出版社2007年版，第4页。

据,并鼓舞非洲人的士气。南非黑人领袖曼德拉就说,他在监狱度过漫长岁月时,"有《瓦解》做伴,白人监狱的高墙瓦解了"。[①] 正如西方小说的兴起以及欧洲19世纪宏大的叙事方式均与高扬的民族精神密切相关[②],黑非洲现代小说的跳跃性发展是由多方面因素促成,其中民族意识的觉醒是促进发展的重要动因之一。民族的觉醒,不仅推动着黑非洲反对殖民统治、争取民族解放斗争,而且在文学领域掀起了维护黑非洲民族文化的运动。

非洲现代文学在反对西方殖民者残酷压迫剥削的斗争中得到开展,经过一个觉醒探索的过程,到20世纪四五十年代出现繁荣的趋势。独立前非洲作家创作的主要目的是民族主义运动的思想启蒙并证明非洲同样有着悠久的历史和智慧的人民,独立以后描写的主题已经由缅怀过去的充满异国风味的非洲传统转换为殖民主义时代结束后的社会问题。独立前和独立后非洲作家的创作目的和主题是不同的,这既反映了时代局势的变换,也反映了作家使命的变换。独立前主要是通过描绘非洲同样有着的悠久历史和智慧人民来进行民族的思想启蒙,独立以后描写的主题不再是缅怀过去,而是殖民主义时代结束后人们关心的社会问题。从英语写作转向用吉库尤语创作的肯尼亚著名作家恩古吉·瓦·提安哥,在他的小说中描写了独立以后的肯尼亚人民并没有享受到胜利的果实,当然除了少数黑人上层人士之外。尼日利亚著名作家沃莱·索因卡在戏剧和小说中反对的对象,从过去的殖民统治者变到现在的新的独裁者,他的剧本大多数是讽刺剧,反映黑非洲人民的生活和现实问题,剧中常穿插约鲁巴歌舞,艺术性较高,在国际上享有盛名。独立前后非洲国家的社会基础在几十年内很短的时间就发生了一些根本性的改变,由此产生了大量复杂的社会冲突和观念冲突,非洲作家把这些冲突作为观察、描写和思考的对象,创作出不少杰作。1986年的诺贝尔文学奖授予了尼日利亚作家沃莱·索因卡,面对西方几百年来的误读、文学的抒写让

---

① [瑞典]迈平:《〈瓦解〉中"重生"的非洲文学》,《西湖》2007年12月,第101页。
② 黄宗广:《民族主义与文学》,《湖南师范大学社会科学学报》2003年5月,第112页。

非洲人找到了自己,他们在诗歌、小说和戏剧里直面现实并找回民族的尊严,获奖后的索因卡说:"这不是对我个人的奖赏,而是对非洲大陆集体的嘉奖,是对非洲文化和传统的承认"①。就这样,黑非洲现代文学从诞生到崛起十分迅速,这既离不开黑人作家对社会现实的深刻认识和艺术表达,也离不开黑人焕发的整体民族的自信心。

第三节 双重文化影响下的非洲文学

历史已经证明并且将会不断证明,20世纪五六十年代非洲各民族的觉醒和各国家的独立给非洲文学的发展创造了良好的条件,开辟了广阔的道路,非洲文学已经取得惊人的进步,同时不难预料非洲文学未来的光辉前景。当然,非洲文学仍然面临着一系列亟待解决的课题,诸如怎样正确处理继承民族文学传统与学习外国文学经验的关系,怎样正确处理非洲民族语言文学与欧洲语言文学的关系,怎样正确处理传统的创作方法(如现实主义、浪漫主义)与现代派创作方法的关系等。

一 从传统文学、西方文学走向世界文学

西方文学以古希腊文学和基督教文化为源头一脉相承地发展,近代多次产生遍及全欧的活泼有力的文学思潮并在西方国家处于领先地位的近现代,西方文学对东方文学包括非洲文学在内产生很大影响。欧洲文学在非洲通常都起到了联系艺术和进取心的纽带作用,正如非洲民族主义者为了政治斗争目标而使用欧洲语言一样,在一段时间内他们也为了同样强烈的民族主义目标运用欧洲文学。② 欧洲文学经典为非洲自由战士提供了大量引语和先进思想,非洲人喜欢用谚语的习惯一度转化为引用外国文学中的语句。

---

① [美]伦纳德·S. 克莱因主编:《20世纪非洲文学》,李永彩译,北京语言学院出版社1991年版,第7页。

② [肯尼亚]马兹鲁伊主编:《非洲通史——第八卷:1935年以后的非洲》,屠尔康等译,中国对外翻译出版公司2003年版,第407页。

肯尼亚民族独立运动领导人之一的汤姆·姆博亚（Tom Mboya）[①]在国家独立后内罗毕一次选举前的最后一次演讲上，从头到尾背诵殖民文学代表作家并于1907年获诺贝尔文学奖的英国"帝国诗人"约瑟夫·鲁德亚德·吉卜林的诗篇《如果》。这首诗是吉卜林为12岁的儿子写的一首广为传颂的励志诗。作为英国第一位诺贝尔文学奖得主，吉卜林的一生都与大英帝国紧密相连。1899年美国与西班牙争夺殖民地的战争即将结束，美国占领了菲律宾，吉卜林写下著名的《白人的负担》一诗，希望美国像英国等欧洲列强一样肩负起"白人的重担"，去治理"新近掠获的半是魔鬼半是孩童的子民"。美国总统西奥多·罗斯福当时正在推行"温言在口，大棒在手"的政策，对此诗大加赞赏。第一次世界大战爆发后，吉卜林狂热地进行战争宣传，发表演讲，鼓吹年轻人投身战争，并利用自己的声名与威望把双眼高度近视的独子送上了战场。当18岁的儿子阵亡后，随着时间的流逝，吉卜林越发不能忘怀，写下忏悔的墓志铭："如果有人问我们为什么会死，告诉他们，我们的父辈撒了谎。"之后的岁月里吉卜林坚持写作，但作品大多失去了以往的轻松与幽默，蒙上一层悲伤惆怅、忧郁沉重的阴影。此外，第一次世界大战后的英国颓势渐现，殖民地独立运动风起云涌，并引发人们对殖民行径的反思与批判。第二次世界大战后，当深信"白人担负着教化黑人的使命""殖民政策的目的是为黑暗落后地区的人们带来光明与进步的福音"等帝国主义信念的诗人吉卜林的诗篇，被用于选举前的演讲时，非洲国家已经在政治上获得独立，非洲民族已经在精神上获得自由，而帝国主义已经风光不再。

非洲第一位诺贝尔文学奖得主沃莱·索因卡是具有国际声誉的非洲作家，也是教授和学者，他既能激情满怀地纵笔挥洒，也能冷静下来对艺术、对人生作理性的思考，作为这些思考的产物，他在学校和社会上作了很多演讲，对媒体发表了很多谈话，在国内外报刊上发表了很多文章。他谈论自己的艺术主张，追溯自己艺术的民族根源，阐释自己对西

[①] 肯尼亚历史上最著名的卢奥人之一，曾任肯尼亚非洲国家联盟秘书长，是总统乔莫·肯雅塔的得力助手，并一度被认为是其接班人，1969年遇刺身亡，凶手是一位吉库尤人，这一事件曾引发肯尼亚国内持久骚乱。

第五章　殖民历史与非洲文学和西方文学的复杂关系 / 113

方现代艺术的吸纳和发挥。同时，他也将自己的创作实践和美学原则同英美作家和其他非洲作家作了比较研究。他提出现在已实现政治独立的非洲国家也应该实现文化独立。所有这些看法，都结集在《神话、文学和非洲世界》（1976）及《艺术、对话和暴行》（1988）两部著作中。1986年在获诺贝尔奖后不久，作为第一个给非洲文学带来如此殊荣的开创性作家，沃莱·索因卡重申了长期以来所持的一些观点：关于非洲和西方的关系、在非洲和西方的文学关系中他自己的任务以及一般情况下作家的作用。他显然因为诺贝尔奖委员会终于正式承认非洲文学的存在而感到高兴。以前，像其他西方人一样，诺贝尔奖委员会一直把注意力向着自己内部。当时国际上的重大事件、南非的现象以及非洲在世界事务中所起的日益强大的影响，诺贝尔奖委员会作出这样选择也有一定政治因素。索因卡希望对非洲文学的国际声誉的承认能带来良好的前景，他还希望西方开始能够不仅从与西方文化的关系这个角度看待非洲文学，而且也联系非洲文化自己的背景，看到非洲诗歌、艺术的漫长的口头文艺传统，能根据自身的内在规律去欣赏它、评价它。他还表达了这样的愿望，希望非洲的领袖们自己能开始认识"文学在人类全部生产过程中的地位"，这句话是接着他长期保持的一种看法而说的，他一直认为文学是人的各种创造性的表现之一，它也属于生产活动的范畴，既不是逃避现实，也不是无谓的游戏。索因卡接着又说，他在多语种社会里成长、但却选用英语来写作是有道理的，这是因为英语是尼日利亚所有民族都能通用的语言。他将约鲁巴传统的神话、舞蹈、音乐，同欧洲怪诞的现代主义表演形式糅合在一起。他这种独创手法被欧美戏剧界人士赞为将西方实验主义同非洲民俗传统巧妙地揉合在一起，创造出一种新的戏剧表现形式。尼日利亚和其他非洲国家艺术界人士的看法却不同，有的认为索因卡将落后的非洲地方色彩用先进的欧洲现代艺术形式来表现，是对正在勃兴的现代戏剧艺术的破坏，有的认为，索因卡不顾黑人文化特性，把那些荒诞不经的西方戏剧形式生硬地套到非洲传统的节日艺术头上，简直是对古老非洲艺术的亵渎。对所有这些批评，索因卡都没有理会，他坚信自己选择的艺术道路的正确，他矢志改造非洲的古老的文化传统，将黑非洲从几百年欧洲殖民主义统治遗留下来的残缺不全的文化遗产中解放出来。他坚信，解救的方法就是将欧洲的现代艺术形式同非洲的现实内容相结合,创造出一种既为非洲人接受,也为欧洲人理解的新型艺术和新型戏剧。他找到了传统和现代最佳的结合点,于是大获成功。

正如授予沃莱·索因卡诺贝尔奖的授奖词①中所说的那样,非洲文学能够跳跃性崛起的主要原因在于其能够在传统和现代之间适应时代的变换和自身的发展,继承传统文学的特色,吸收西方文学的优势,并最终找到属于自身的道路和方向,既不忘根本,又面向未来,在文学方面让非洲和世界紧密联系在一起。殖民历史使非洲国家大都具有本土文化和外来文化双重文化的影响,非洲现代文学的诞生无论是从形式上还是从内容上都带有西方文学的影响,非洲书面文学的产生和发展是在殖民统治时期开始,和传教士、教会学校的作用分不开,现代小说的题材和民族独立的意识都来自西方。为了和西方的种族主义、殖民主义相斗争,为了唤醒民众争取国家独立,以"黑人性"文学理论和文学作品的发表,引导着非洲民族从传统文化中汲取精神力量和民族自信,并看到了自身的美好肯定了原有的更好的自由的存在。独立以后,在把传统文学和西方文学有机结合以后,非洲文学已经从传统文学、西方文学的视野走向了世界文学。曾经对法国傲慢文化宣称"非洲文学存在"的非洲第一代作家,现在已经不需要说明什么,因为非洲文学的存在已经不再是号召,而是无法忽略不能否认的事实,年轻的新一代作家们希望人们认识到"非洲文学不存在",因为非洲文学已经到达世界文学的高度,它面对和表达的不再是非洲人,而是全人类。

二 J. M. 库切:边缘文化的自由行走

当大部分非洲国家已经获得独立,大多数非洲民族已经拥有平等和

---

① "亲爱的索因卡先生:在您的多才多艺的作品中,您得以将一种非常丰富的遗产综合起来,这遗产来自您的祖国,来自古老的神话和悠久的传统,以及欧洲文化的文学遗产和传统。在您这样获得的伟大成就中,还有一种第三个构成成分,一个最为重要的构成成分——您作为一位富有感人的创造力的真正的艺术家,一位语言大师,您作为一位戏剧家和诗歌、散文作家所承担的义务,那是对今人和古人的普遍而又意味深长的问题所承担的义务。我荣幸地向您转达瑞典学院的热烈祝贺,并请您从国王陛下手中接受今年的诺贝尔文学奖。" http://baike.baidu.com/view/2356535.htm

尊严时，南非仍然深受种族主义思想的影响并固步自封，与历史潮流背道而驰。南非的种族隔离制在1948年以荷兰裔布尔人为主的政党上台后，以法律方式执行，直到1994年南非共和国因为长期被国际舆论批判和贸易制裁而废止，联合国也认为种族隔离是一种对人类的犯罪。在隔离制度下，决定南非人命运的不是他们的聪明才智和努力程度，而是他们的肤色，这种种族偏见不过是一个种族为了自身的利益而对另一个种族的有意迫害。种族歧视必然招致种族反抗，从罢工、静坐、示威到武装反抗，南非广大黑人与种族隔离制度展开了持久斗争。20世纪80年代后期，黑人运动发展成一场全民性的解放运动，声势浩大、范围广大、时间长久，让国际瞩目。南非的种族隔离最后以和平方式解决，第一位黑人总统纳尔逊·曼德拉在1994年出版的自传《漫漫跋涉向自由》中写道，种族隔离制度的消亡"并不是我们征程的最后一步，我们只是迈步走上了一条更加漫长崎岖的道路，因为自由并不仅仅是摆脱锁链，而是以尊重和促进他人自由的方式生活下去"。白人和黑人如何才能在一个国家和平共处，欧洲文化和非洲文化如何从对立走向平等的交流，这些后殖民时代的艰难命题，在南非特别突出，这不仅表现在南非几乎长达半个世纪的种族隔离制上，而且表现在反映隔离制度下白人和黑人困难生活的南非文学上。南非文学因为这样的使命和勇气而获得了非洲独一无二的诺贝尔"双星"。

诺贝尔文学奖在1991年青睐南非女作家纳丁·戈迪默之后，2003年10月再次花落南非作家J. M. 库切之身。在宣布这一全球瞩目的消息时，瑞典皇家科学院的常务秘书霍雷斯·恩达尔称"库切的小说以巧妙的结构、富有哲理性的对话著称，到处都闪耀着分析的光芒"，还说其获奖作品《耻》《等待野蛮人》和《铁器时代》"描绘出了局外人（指南非的外来人即布尔人）对南非令人吃惊的卷入过程……精准地刻画了众多假面具下的人性本质"。他认为选中库切是个"很容易做出的决定"，因为"我们每个人都为他对文学的贡献所折服。我说的不是指他写的书的数量，而是高于平均水准的质量。我认为他是一个值得大家不断讨论和分析的作家，他的作品应该是我们文学遗产的组成部分"。库切在讲英语的家庭长大，但他同时又有黑非洲背景，用冷峻、讽喻写作风格对"西方文明理性主义和虚伪道德进行了无情批判"。库切是南非布尔人（即南非白人）后裔，1940年出生于南非开普敦，成长于南非种族隔离政策逐渐成型并盛行的年代，1960年获得开普敦大学文学及数学学士学位，1969年获得美国得克萨斯大学文学博士学位，毕业后在纽约州立大学做教授。在此之间，他曾经申请了美国的绿卡，但因为反对越战没有获得成功，于是在1972年返回南非，担任开普敦大学英文系文学语言学教授，期间出版他的第一部小说《幽暗之地》，开始文学创作生涯。2001年移居澳大利亚，任职于澳大利亚阿德莱德大学。其主要作品反映了他对推行种族隔离政策的南非发展情况的痛苦思索。库切曾经获得了一系列国际知名大奖，小说《等待野蛮人》一出版，就获得了费柏纪念奖、布莱克纪念奖等荣誉，英国企鹅出版社将此书选入"二十世纪经典"系列。1983年，小说《迈克尔·K的生活和时代》出版当年就赢得英语文学界最高荣誉英国布克奖，并入选当年《纽约时报书评》编辑推荐书目，布克奖致辞评价说，他的作品"描绘出了一个推行种族隔离政策的、绝望的国度"。1994年出版的《彼得堡的大师》获得爱尔兰时报国际小说奖。于1999年再度获布克奖（小说《耻》），使库切成为第一位两次获得该奖项的作家。库切是英语文学中获奖最多的作家之一，除了以上提到的奖项，还获得过法国费米那奖、普利策奖、2000年英联邦作家奖等。对这样一个获得过各种殊荣的人，知道他的人并不多，他在南非仅拥有一小部分读者，部分原因是他一直保持着自己低调而独立的生活。虽然两次获得布克奖，但他拒绝去伦敦领奖。他只喜欢用文字诉说他对世情的观察，他与读者的沟通只限于作品。他不爱出风头，很少接受采访。30多年来，他对外界关于他孤僻、冷漠和反社会等的指责从来不屑一顾，他说："一生中，我一直颇成功地远离名气。"然而，就是这样一个努力地远离名气的人却获得了文学界的最高荣誉。2003年12月7日，在瑞典皇家学院的诺贝尔文学奖讲座上，库切把讲稿《他和他的人》念了一遍，语调冷静仿佛明白这只不过是一场表演，而他在冷眼旁观这场文学的盛宴。

诺贝尔奖评审委员会指出："库切小说中一个基本的主题就是根源于南非种族隔离体制的价值观，在他的小说中，其个人的情绪到处可见"①。1806年英国人占领开普敦之后，开普敦被烙上了英国人的色彩。"南非黑人"被严格地区分作南非的混血人种和土著人，两者的生活方式和社会地位很不同。在1948年南非政府实行种族隔离政策之前，混血人种已经大量地进入了白人的生活圈子。但是种族隔离政策的实施，让混血人种的地位开始与土著人相似了。作为一个南非人，当时愈演愈烈的种族隔离制度对库切造成了不可估量的影响：他目睹众多因该政策而引起的罪恶，却无能为力。更矛盾的是，库切同情黑人，能说流利的南非荷兰语，但他受的是白人教育，他认为自己是一个英国人，英语是他的母语。他虽然属于两个语言社会，但和非洲当地黑人之间有着难以打破的隔膜，这种隔阂有思想上的，也有语言上的和行动上的。南非人和英国人的双重身份带来的尴尬贯穿他早期的作品。很多时候，他想为黑人代言，但是却站在白人的视角。1974年，回到开普敦的库切出版了他的第一部小说《幽暗之地》。这部小说用类比的方式，把美国对越南的入侵比作荷兰对南非的殖民。当时越战爆发不久，库切对越南人民的同情唤起了他自己逃离南非之前的回忆，他开始了对南非白人群体的控诉。第二部小说是1977年出版的《内陆深处》，通过少女玛格达在日记中反映出来的内心世界来透视南非的种族隔离制度和父权社会体系。

库切于1999年完成并出版的小说《耻》，更是对反种族隔离制度这一主题的延续。小说《耻》出版当年获得英国布克奖，被评为《纽约时报书评》的年度最佳图书，并被誉为库切的代表性力作。他在小说中深刻描述了平凡人无奈地面对种族隔离历史的众生相。由于种族隔离制度的实施，使得黑人普遍对白人有仇恨心理。露西的隐忍，表现出了白人的赎罪意识。但是，库切所描写的几位黑人，包括强奸者和佩特鲁斯，他们的存在是被动的、僵硬的、失去了话语权。种族隔离制度给黑人所带来的灾难，并不是黑人的报复行为就可以抵消。《耻》是一种知识分子写作，他站在白人的视角上，体验的是白人的心灵。库切反对种族隔离政策，却无法听到黑人内心深处的声音，这是库切作为一个双重身份的人所不能摆脱的尴尬。

---

① 杨琼：《库切：一个孤独的思考者》，《中国教育报》2006年9月7日第7版。

如果仅仅把库切的文学作品看作政治话语，这无疑降低了其作品的高度。事实上，在库切的作品中，一直存在着人对自身当下境遇的思考，充满迷茫困惑，他在不断地寻找着出路。在库切的自传体小说《青春》中，主人公约翰从开普敦大学到英国伦敦一路寻找人生的出路，他甚至把在伦敦的混乱生活看作为艺术而蒙难。生活为什么这么残酷？人为什么不幸福？约翰的青春，充满痛苦矛盾，却有着探寻完美主义的精神。在小说《耻》中，库切似乎已经转身看到了太阳。《耻》是一部富有讽刺意味却又洋溢着温情的小说，它的描写明显地分为城市的校园生活和乡村的社会底层生活两个部分。当卢里是大学教授的时候，他过着很体面的生活，他每周四征召妓女索拉娅，他还和大二的女生梅拉妮发生了性关系，梅拉妮将他告到了学校。卢里最终拒绝了校方给他的公开悔过以保住工作的机会，宁可远走他乡。在乡村，卢里进入另一种完全不同的生活，女儿露茜和东开普敦农场的生活改变了卢里。严酷而真实的现实把一切都明晰而简单化了：女儿露西被强暴后没有报案，而是嫁给黑人做了小老婆并以她的农场为嫁妆。露西是现实的，她选择了依附和同化，她不愿意离开土地，也不愿意跟随父亲去大城市或者荷兰。露西在南非土地上具备常人不具备的坚韧与顽强，她的生活智慧影响着父亲卢里寻找灵魂的救赎之路。在小说里，库切以卢里教授的"道德之耻"的故事将主人公送进了由他的女儿露茜、三个黑人以及相关人物"历史之耻"的故事旋涡中。露茜、三个黑人、卢里等彼此之间具历史意义的冲突与纠葛揭示了历史造就的个人悲剧，探讨未来南非的道路必须在历史和现实的结合之处出发，只有承担了种族隔离制度的后果才会有新南非的诞生。欧洲文化和非洲文化在南非异常尖锐地相互排斥，也独特不凡地和平共处了下来。

《夏日》是库切的一部非自传体小说，技巧性地叙述了库切1972年至1977年在南非的一段生活，20世纪70年代正是南非种族隔离最严酷的时期，同时"这是他生活中一个重要时期，重要却被人忽视，他在这段时间里觉得自己能够成为一个作家"[1]。库切作为一个具有学院派气质的作家，虽然通常被认为缺乏广泛的生活，但其对有限生活的特定环

---

[1] [南非] J. M. 库切：《夏日》，文敏译，浙江文艺出版社2017年版，第Ⅳ页。

境的客观审视却具有常人难及的力度和价值。虽然"我们长期以来的历史就是这样,总是让别人替我们来干本该是我们自己干的活儿,而我们却坐在阴凉地儿看着别人干活"①。甚至"就像在印度不允许高种姓的人们去处理……人的排泄物,同样在这个国家,如果一个白人碰了一把镐头或是铁锹,他马上就成了不洁之人了。"② 而他总是无视传统习俗,总是尝试着自己来干,"这是因为我们生活在这样一个国家③"。不仅在生活中,更加在写作中,库切找到了切入世界心脏的一把利刃。

无论生活在哪里,库切都不能逃避来自他内心深处最大的关注和思考。"他读着这些(凶杀)报道,有一种被玷污的感觉。看来,他回来就得沾惹这些东西了!可是,在这个世界上,你还能上哪儿去找一个能把自己藏起来不受玷污的地方?难道跑到白雪覆盖的瑞典,远隔千山万水从报章上了解他的同胞和他们最新的恶作剧,能让他感觉好受些?"④ 作为一名移民作家,库切是出生在南非的白人后裔,是用英语写作的殖民地知识分子作家,是抵抗专制的世界主义者,他用怀疑论者的清醒和痛苦游离于世界的边缘,敏锐透视着影响非洲大陆历史和未来的最大的因素之一:黑人和白人的遭逢和纠葛,及其共同创造的充满矛盾的过去和现在,这在南非体现得更加尖锐和复杂。

---

① [南非] J. M. 库切:《夏日》,文敏译,浙江文艺出版社2017年版,第138页。
② 同上书,第139页。
③ 同上书,第138页。
④ 同上书,第4页。

第六章

后殖民时代非洲文学与地区环境适应同构

古老的非洲大陆曾经创造了灿烂的古代文化：《塔西里壁画》在世界艺术史上光彩照人；埃塞俄比亚是一个有三千多年历史的文明古国；西非热带地区有两千年历史的诺克铁器文化；古埃及文学是世界文学史上的第一块丰碑，以及源远流长的口头文学传统等。四百年的奴隶贸易、近百年的殖民统治曾使非洲传统文化发展停滞，非洲在地理上分为北非、东非、西非、中非和南非五个地区，在后殖民时代通过自然地理的划分对非洲文学进行横向研究，从而深入非洲文学内部，看到不同地区受到殖民统治历史的不同影响，这种影响不仅在社会、政治和历史上，也在心灵和文学中，北非、南非、西非、东非由此拥有了和地区环境适应同构的文学特征。本章按照地区分割对不同部分的非洲文学进行概括性介绍，这在一定程度上带有人为性，要知道"历史学家面临的重大挑战之一就是如何按照地区、时间和主题来分割历史单元，这样的分割从来不是容易和完美的"①。这样的划分，有利于对非洲文学的部分进行理解和把握，从而对整体的印象更加清晰和完整。

由于历史原因，非洲基本上形成三大语区，即阿拉伯语区、法语区和英语区。阿语出版业集中在北非，最发达的要数埃及，它不仅在非洲国家可以称雄，在全世界范围也是佼佼者。法语出版业主要以刚果

---

① ［美］埃里克·吉尔伯特、乔纳森·T. 雷诺兹：《非洲史》，黄磷译，海南出版社、三环出版社2007年版，第92页。

(金)、阿尔及利亚、马达加斯加、摩洛哥等国较为发达。刚果（金）全国有四五十家出版社，大部分集中在首都金沙萨。西非多哥、科特迪瓦和塞内加尔三国政府同一些法国出版社合资创办了新非洲出版社，主要出版中小学教科书，还有非洲作家与学者的著作。在英语出版业方面，尼日利亚是非洲的"冠军"，南非亦是一大出版重镇，津巴布韦、加纳和肯尼亚等国拥有较多出版社，也占据重要地位。

第一节 西非文学

西非包括毛里塔尼亚、西撒哈拉、塞内加尔、冈比亚、马里、布基纳法索、几内亚、几内亚比绍、佛得角、塞拉利昂、利比里亚、科特迪瓦、加纳、多哥、贝宁、尼日尔、尼日利亚和加那利群岛。黑人占人口的绝大多数，其余多为阿拉伯人。西非北部属撒哈拉沙漠，中部属苏丹草原，南部为上几内亚高原，沿海有狭窄的平原。非洲西部地区各国的文学从语言上可以分为两组：使用法语的法语文学，有塞内加尔、科特迪瓦、喀麦隆等国；使用英语的英语文学，有尼日利亚等国。

塞内加尔有用当地民族语言创作的文学作品，但成绩斐然并获得国际声誉的乃是法语文学。塞内加尔的法语文学产生于20世纪30年代，1934年在巴黎出版的杂志《黑人大学生》创刊号标志着它的开端。第二次世界大战之后随着民族的觉醒，文学前进的步伐大大加快，逐渐进入了繁荣时期。利奥波德·塞达·桑戈尔、戴维·狄奥普、乌斯曼·索塞、桑贝内·乌斯曼等诗人和作家的创作，在塞内加尔文学发展史上占有重要地位。桑戈尔生于商人家庭，毕业于巴黎大学。第二次世界大战爆发后应征入伍，战后投身于民族独立运动，1960年至1980年间提任共和国第一任总统。在文艺理论方面，他把"黑人性"文艺的主张系统化，认为黑非洲的文化遗产具有崇高价值，它含有丰富的人道主义精神、强烈的感情色彩和精巧的艺术性，他的诗歌创作便是这种主张的具体体现。科特迪瓦的法语文学是从30年代的戏剧创作起步的，四五十年代以后获得较快发展，在诗歌、故事、戏剧和小说方面都取得了一定的成就。贝尔纳·达迪耶是科特迪瓦最伟大的诗人和作家，其他的重要作家还有阿凯·洛巴、夏尔·诺康等。喀麦隆文学以法语文学为主，产生较晚，直至20世纪50年代才涌现出几位富有才华的诗人和作家，发表了一系列引起广泛注意的作品。这些诗人和作家是埃邦维·永多、斐迪南·奥约诺、蒙戈·贝蒂等。斐迪南·奥约诺生于恩古莱马孔，曾在巴黎大学研究法律和政治经济学。他的主要创作是三部长篇小说，即《家僮的一生》(1956)、《老黑人和奖章》(1956) 和《欧洲的道路》(1960)。这三部作品的共同主题是表现黑人对殖民者的曲折认识过程，揭露殖民主义奴役和毒害黑人的罪恶。西非文学最发达的国家尼日利亚，也是在文学上获得国际声誉最多的国家。

一 尼日利亚现代文学

尼日利亚位于西非尼日尔河中下游，南临几内亚湾，陆上与贝宁、尼日尔、乍得和喀麦隆等国接壤，境内多达250余个部族，其中豪萨、约鲁巴、伊博和富拉尼等族人数最多，官方语言为英语。1897—1900年间南、北两部分先后沦为英国殖民地，1960年宣告独立，1963年成立尼日利亚联邦共和国。尼日利亚是一个具有深厚非洲乡土文学传统、丰富民俗想象和仪式文明的国家。

豪萨语不是国语，却是西非最通行的语言，属亚非语系中的乍得语种，是非洲最重要的三大语言之一（还有北非的阿拉伯语、东非的斯瓦希里语），在西非各国被广泛使用。豪萨人早在11世纪通过撒哈拉沙漠与阿拉伯人贸易往来，受伊斯兰文化影响较大。古豪萨语采用以阿拉伯语字母为基础的阿贾米（Ajami）文字，吸收了大量阿拉伯词语，19世纪末采用拉丁字母拼写，20世纪初经过改革成为目前使用的26个字母。豪萨文学的产生和一样受到伊斯兰文化影响的斯瓦希里文学相比时间较晚、数量较少，内容同样大多是伊斯兰教义，形式大多是诗歌，但缺乏诗歌传统及典范，几乎没有可作为现代作家楷模的著名人物。[①] 比起较为偏僻的西非来，东非沿海一带与阿拉伯世界的联系更加直接和广泛。

尼日利亚的英语文学出现于20世纪四五十年代，从60年代初起，

---

① 参见［苏联］伊·德·尼基福罗娃等著《非洲现代文学——东非和南非》，陈开种、唐冰瑚等译，外国文学出版社1981年版，第13页。

由于国家获得独立，文学取得迅速进展。1965年尼日利亚以伊巴丹大学的大学生手抄杂志《号角》刊载作品为基础，出版了一本诗集，为大学生初试身手提供了很好的平台和机会。小说家阿契贝（1930—）、埃克温西（1921—）、阿卢科（1918—）、图图奥拉（1920—）、埃·阿马迪（1934—），剧作家沃·索因卡（1934—），诗人加·奥卡拉（1921—）、约·克拉克（1935—）等的创作代表非洲现代文学的水准。阿契贝生于尼日利亚东部，是伊博族人，毕业于伊巴丹大学。他的主要作品是四部长篇小说：《瓦解》（1958）、《动荡》（1960）、《神箭》（1964）、《人民公仆》（1966）。其中《瓦解》被认为他本人最优秀的作品，西非英语小说的杰作。这部小说以一个伊博族的部落酋长为主人公，生动地描绘了英国殖民主义者入侵前后尼日利亚东部地区的社会生活风貌。主人公被描写为英雄的形象，具有骁勇的性格和壮士的风采；英国殖民官员则与之对立，处处受到讽刺。作者以他那支生花妙笔再现了往昔宗法制村庄的景象，使小说的乡土气息显得格外浓厚。《人民公仆》则表明作者对社会现象和历史进程的认识更加深刻，标志着尼日利亚长篇创作史的新阶段。此外，阿契贝还著有诗集《当心啊，我的心灵的兄弟》（1971）、短篇小说集《战地姑娘及其他》（1971）、儿童故事《契克过河》（1966）和论文集《创世日的黎明》（1975）等。

非洲文学已经进入后继有人的良性循环，以尼日利亚文学为例，在索因卡、阿契贝等的开创下，中青年作家的写作热情和写作技巧都很高，继承了优秀的现实主义传统，不断摘取数量和质量都引人入胜的国际文学奖项。其中本·奥克瑞（Ben Okri）是尼日利亚中年作家代表，1991年他的英语长篇小说《饥饿的路》（*The Famished Road*）获得了英语文坛最高奖"布克小说奖"，时年32岁。这部小说之后成为非洲英语小说经典，并丰富了世界文学。尼日利亚的年轻作家也十分活跃，2007年年仅29岁的尼日利亚女小说家阿迪切（Chimamanda Ngozi Adichie）的长篇小说《半轮黄月》（*Half of a Yellow Sun*），获得了专门颁发给女作家的"橘子文学奖"（Orange Prize）[①]，再度使人们对尼日利

[①] 橘子文学奖：成立于1995年，是英国文学界和出版界的年度重要奖项，授予用英文写作的女性作家，不限国籍，文学奖得主将获得3万英镑奖金。

亚作家刮目相看。

二 "老虎索因卡"与尼日利亚政局

沃莱·索因卡在1965年出版的第一部长篇小说《解释者》（中文版译名为《痴心与浊水》）中使用了约鲁巴神话。索因卡的作品既深深植根于西非约鲁巴民族生活和文化艺术传统的土壤，受到传统宗教、传说、戏剧的滋养，又受到欧洲社会和戏剧艺术的影响，是两种文化与艺术的有机融合。由于文学创作成绩卓著，尼日利亚著名作家沃莱·索因卡于1986年获得诺贝尔文学奖，成为非洲大陆第一个获此殊荣的作家。瑞典科学院在宣布这一重要决定时，称索因卡为"具有广阔文化视野和富于诗意联想的戏剧作家"。能够成为给非洲文学带来国际声誉的开创者，是因为索因卡不仅善于吸收尼日利亚传统文学和西方文学的精华，而且始终以"自由战士"的勇敢和执着为国家的发展前景苦苦思索并积极抗争，从而使他的文学作品具有不凡的新颖形式和深沉的内涵。针对"黑人性"文学理论的提出，索因卡曾发表过不太赞同的言论，并说"一只老虎不会宣扬它的老虎属性，它只是扑上去吃人罢了"，由此索因卡获得了非洲文学界对他的称呼"老虎索因卡"。

1934年7月13日，沃莱·索因卡出生于尼日利亚西部，他的伊杰格巴族的双亲都是基督徒。母亲是一个意志坚强的商业妇女，父亲是一所学校的督学。他童年时所在地区的主导文化是约鲁巴文化，约鲁巴神话对索因卡和他以后的文学道路有很大的影响。他曾获得奖学金专门研究这些神话，从中发掘出一种悲剧理论。他利用这些神话作为小说、诗歌和戏剧的基础并从中获取灵感。和这些影响同样起作用的还有他从小从家庭和所受的教育中接触到的基督教的、欧洲的文化。索因卡的学校教育开始于尼日利亚。1938年至1943年在阿贝奥库塔的阿凯的圣彼得小学上学，1944年至1945年在阿贝奥库塔中学上学，1946年至1950年在伊巴丹政府公学上学，1952年至1954年进入伊巴丹大学，接着进英国利兹大学并于1957年以优等成绩毕业于英语系，获文学学士学位。毕业后一度继续在校深造，后辍学去剧院工作。在利兹大学期间，索因卡发表过一些短篇小说，1957—1959年在伦敦皇家宫廷剧院任剧本编审时，上演过一些剧本。1960年尼日利亚获得独立，索因卡回到尼日利亚，组建了"1960年假面具"剧团。1961—1962年，他得到伊巴丹大学的洛克菲勒研究基金，1962—1964年任伊费大学讲师。同时，他建立了专业的奥里森剧团，继续从事各种体裁的文学创作。1964年和1965年的部分时间，他在美国和英国上演戏剧。1965—1967年，他在拉各斯大学任高级讲师。虽然他不愿参政，却不断地发表反对政府的言论，1967年8月至1969年10月他因为发表关于比夫拉战争的看法而被政府关进监狱。出狱后，索因卡的文学作品比以前更为尖锐地捍卫人的自由。1969年，他被任命为伊巴丹大学戏剧艺术系主任，后来历任谢菲尔德大学和剑桥大学英语系客座教授（1973）、伊费大学非洲研究客座教授（1976）、耶鲁大学客座教授（1980）、康奈尔大学客座教授（1986）。荣获诺贝尔奖后，索因卡在祖国被授予国家最高荣誉。

沃莱·索因卡生于尼日利亚西部农村，父母都是约鲁巴族人。索因卡先后就读于尼日利亚的伊巴丹大学和英国的利兹大学，离开学校以后曾在伦敦皇家宫廷剧院担任剧本审读，从而有机会广泛接触英国以及欧洲其他国家的戏剧艺术，培养了他对戏剧艺术的浓厚兴趣。因此，他的艺术才华首先表现在剧本创作方面。早期所写作品有《沼泽地居民》（1958）、《雄狮和宝石》（1959）等，前者具有浓重的悲剧色彩，描绘沼泽地农民的痛苦和不幸，后者是轻松活泼的喜剧，表现曲折的男女爱情故事。此后，他的戏剧创作有了进一步的发展，更加注重社会讽刺功能。其中既有《孔其的收获》（1965）这个思想明确、风格明快的作品，也有《路》（1965）这样隐晦曲折、具有荒诞派特色的作品；前者着重揭露非洲国家社会的混乱和统治的腐败，后者描写一群汽车司机的形象，于发表后不久获得非洲艺术节大奖。总之，他的剧作力图将西方现代戏剧艺术与非洲民间戏剧、音乐、舞蹈熔为一炉，旨在表现非洲大地上旧与新、传统文化与现代文化的种种矛盾。除剧本外，索因卡还写有一定数量的诗歌，主要收集在《伊当洛及其他》（1967）和《地窟中的梭》（1972）两部诗集里，后者所收作品是他1967—1969年被警方囚禁期间创作的，充满孤独哀伤和愤怒情绪。他的诗歌也具有较强的社会性，表现他对祖国和人民命运的关注。尤其难能可贵的是，他的讽刺诗虽有政论性质，却并非标语口号式的。此外，《解释者》是他所发表的第一部长篇小说，并一举确定了他的尼日利亚长篇小说创作方面的突出地位。这是一部结构复杂、具有象征意义的作品，描写青年知识分子的困惑心境，揭发社会存在的种种不良现象。有的西方评论家认为，它可以与西方现代名作家乔伊斯、福克纳等人的小说并列而毫不逊色。

在索因卡性格形成时期尼日利亚正处于英国殖民统治下，他在国内和国外所受的都是英国式的教育，他的两个早期短篇小说《埃蒂尼太太的宅第》和《双城记》，从标题就可以清楚地看出所受的西方教育。尽管如此，正如他童年的自传《在阿凯的童年生活》（1981）所展示的，把他从小养大的基督教徒家庭远远抵不过周围环境中那另一种约鲁巴人本土的力量和他自己倾向于迷信鬼魂神灵的心灵。童年时他把书籍看作通往神灵世界的道路，所以毫不奇怪，为什么他的早期剧本《沼泽地居民》（1958）、《狮子和宝石》（1959）和《森林之舞》（1960）写的都是非洲，题材都是非洲文化的完整受到英国入侵和自己人背叛的挑战。颇有意义的是，索因卡的文学生涯和尼日利亚作为一个独立的国家出现几乎正好是同一时期。索因卡自己对尼日利亚文学和非洲世界的贡献并不是一个通常意义上的革命者的贡献，与其说是革命者，毋宁说是他作为一个批评家和思想家，解释当代非洲的文化和改变人们的头脑。尼日利亚政治上已经独立，尼日利亚文化也必须认识自己和自己独立的存在。1959年以后，索因卡的文学创作追随他自己的创作气质，描写的是尼日利亚和非洲文化的较为深层的、非政治性的现实。从文学性的传记角度来看，《沼泽地居民》倒好像是作者关于艺术家的困境的自传性表述。主人公伊格韦祖在接触普通社会生活之前一直过着与世隔绝的生活。正如作品中所描写的，他因我们会在文学作品富于想象的翱翔中遇到的那种社会生活而眼花缭乱，他没有完全听从聪明的老乞丐的劝告，去充分利用他所积累的知识。《狮子和宝石》通过可笑的乡村小学教师拉孔里，表现了一个书呆子的滑稽形象，拉孔里在追求年轻的女主人公希迪并向她求婚这件事上无法和他的对手、村里聪明的酋长竞争。这两个剧本都很容易被看作索因卡在思索尼日利亚的未来、考虑自己的任务时感到不安的表示。然而在索因卡的作品中，与其他非洲作家一样，所表现的这些人物性格与其说是自传性的，远不如说是有代表性的。伊格韦祖和拉孔里反映了索因卡和他同时代的其他年轻人所共有的情感反应，所以他既可以严肃地对待他的情景，也可以加以嘲笑。

《森林之舞》剧本是为1960年尼日利亚独立日庆祝活动而作的,剧本预示着应该后退一段时间来思考并和非洲的精神上的现实沟通的重要性,索因卡以虚构故事的形式坚持他后来在受奖辞中发表的主张,即需要正视非洲历史的严酷现实。只不过这一次演说不是对白人听众讲他们因贬低黑人而歪曲现实的倾向,而是对他的尼日利亚观众讲他们由于将过去理想化而歪曲现实的倾向。人们因为自己的罪孽感到羞耻而离开正在举行的独立日庆典,来到森林的神秘世界中。森林之神让他们看到了过去历史的幻象,原来昔日被理想化了的英雄们和任何现代人一样的有罪孽、有错误。尼日利亚的唯一希望是自觉,只有自觉才能对一个建立在人性的现实的评价上的新国家作出保证。索因卡把艺术家、作家列为唤起自觉性的关键人物,因为他们与精神世界关系最密切。如此看来,似乎索因卡在1960年已经开始形成自己作为一个艺术家的任务的观念。然而在随后的三个剧本中,占主导地位的思想却是要成功地完成这样一个赎罪的任务的艰巨性。在《强种》(1963)中,伊芒在自己的部落里拒绝履行这一职责,而随后——也许是徒劳无益地——却因为在另一个部落里履行这一职责而致死。在《孔其的收获》(1964年)中,达奥杜只能在智力上和道义上、却无法在政治上向篡位的孔其总统的权威挑战。在《森林之舞》后最复杂的剧本《路》(1965)中,作为主人公的教授过去曾经在基督教教堂里充当读经员,如今是一个破败不堪的停车场老板,他对死亡产生了强烈的兴趣。他在亡灵中间徘徊,作哲学性的探讨,由此成了疯子。他无法再转回到人世间。他既是一个滑稽角色,又是一个提示阴间的存在和阴间对人类生存的威胁的生动见证。

在创作初期,除了收入多年诗作的诗集《伊丹里和其他诗篇》(1967年),索因卡还发表了一部长篇小说《阐释者》(1965),它清楚地表明索因卡对知识分子在尼日利亚新社会中的作用的深切关心。他描写了五个在国外受教育、于1960年回到尼日利亚开始他们各自不同职业的知识分子的生活。他们中有一位大学教授、一位艺术家、一位新闻记者、一位改行雕刻家的工程师,还有一个是乡村酋长的怀才不遇的孙子。因为他们都是小说中的人物,又以当代尼日利亚的都市生活为背景,因此也许更接近于作者本人处境的直接表现。在道德上他们比同胞们高尚。在一个盲目、虚伪、误入歧途的社会中，他们还算是有所觉悟的。然而，最后他们还是找不到应付这个复杂的新生活（特别是由于殖民主义文化输入所造成的宗教和社会方面的混乱）的令人满意的对策。索因卡关于独立后尼日利亚生活的描写，既表现了喜剧性的超脱，又有感情上的深度。

1967年8月至1969年10月，索因卡因政治原因遭到监禁。他将这一段受到心理创伤的生活经历记录在《狱中诗抄》（1969）中，这些诗篇后来又经修订收入诗集《墓穴里的梭》（1972），也记录在一本带有一些超现实主义因素的自传体回忆录《人死了》中。两年监狱生活对索因卡一生的重大影响，怎么说也不会言过其实。这是他和死亡的一次交锋。这部回忆录不仅通过它的陈述、同样也通过它的文体叙述了一次幻觉中的经验，这是对于死亡、对于永恒的世界的体验。索因卡感觉到全部人类过去的历史通过他的全身，他在重新度过人类的原始野蛮时代，有时趋于消沉，有时又重新振作意志，认识到人类之间接触和交流的必要性，重申忠于人民而不是忠于他们的政治派别，重申他对过去和未来的人类负有责任。索因卡经历这次事件后的作品没有背离以前的创作，只会更加勇往直前。这次经验说明获得了自由的生活原则任何时候都会打败奴役制度，他以后的作品只会是自由精神的热情赞歌。

《疯子们和专家们》（1970）创作于出狱后不久，主题是抨击战争对人类生活各方面的影响。主人公贝罗是索因卡所遇到的那些囚禁他的人中所有目空一切、傲慢自大特性的化身。贝罗否认非洲生活的基本教训：人类世世代代的连续性，人和大自然的联系，人对人道精神和未来后代应负的责任。该剧是对那些把人贬低到有机体的非洲领导人的抨击。索因卡在他的长篇小说《混乱岁月》中把这个主题加以发挥。小说中有些情节和《人死了》相同，它以虚构的形式将比夫拉战争描绘成一场灭绝种族的大屠杀。小说的主人公是一个艺术家、一个成了革命者的诗人，他回到他非洲祖先的地方，在一场战争中从敌人手中拯救出生育之神。神话般的气氛最后以监狱的场面告终，那是索因卡根据自己记忆犹新的囚徒生活经历描绘的。但有一点很清楚，那就是在这两部作品中，不仅情调比1967年以前的作品更为阴暗，而且尼日利亚的问题怎么解决，依然显得渺茫。然而，出于责任感和献身精神，他对自己的目的和任务的意识非常坚定，正如剧本《死神和国王的马弁》(1975)所显示的那样。虽然从表面上看剧本似乎是写传统文化在英帝国主义手下吃了败仗，其实它是在坚称真正的失败在于意志，在于老的一代由于过分爱惜生命不肯为子孙后代的利益牺牲自己。这也是索因卡用来结束长篇小说《阐述者》的同样主题：索因卡的雄心壮志是激起非洲的自觉和良心。这一点可以从他次年发表的评论著作《神话、文学和非洲世界》(1976)得到证明。他不仅对作为创作背景的约鲁巴神话作了解释，宣称非洲人有丰富的文化可以用于文学创作，而且还对不同的非洲作家作品进行了分析，说明缺少的是什么，今后需要什么。他特别提到目前需要一种"世俗眼光"的文学，来引导非洲度过令人迷惘的转变年代。他在自己的作品里试图弄清楚现代非洲社会中卑鄙可耻的东西：从社会上伪善的野心家和宗教骗子到毫无人性的政治领袖人物，而且坚称必须以坚强的意志和勇气采取行动。

　　作为"尼日利亚戏剧之父"的索因卡，把西方戏剧艺术和非洲传统的音乐、舞蹈和戏剧结合起来，开创了用英语演出的西非现代戏剧。瑞典学院1986年在授予他诺贝尔文学奖时称赞他以广阔的文化视野和诗意般的联想影响当代戏剧。为了铭记这一里程碑事件的意义，2011年非洲遗产研究图书馆和文化中心（The African Heritage Research Library and Cultural Centre）以索因卡的名义在尼日利亚的村庄建立了一个作家的"飞地"（a writers' enclave），可以让被邀请的非洲作家停留几个月时间从事创意写作。2005年路明纳基金会（Lumina Foundation）以他的名义建立的沃莱·索因卡文学奖（Wole Soyinka Prize for Literature）是一个包括用英语或法语创作的任何类型或流派的泛非洲写作奖，获奖者将得到20000美元奖金，每隔一年授予一次。索因卡获诺贝尔奖之前已不单单是一个剧作家，而是以政治活动家的身份参与了很多剧院事务，从而对世界已有更深厚的了解。就作家和政治的关系，索因卡表示，政治只是作家写作的众多题材之一，但因为政治所涉甚广，难免对群体及个人的存在状态有所影响，作家是人生存状态的关切者，笔触所及难免会与政治有一定瓜葛。

第二节　北非文学

北非通常包括埃及、苏丹、利比亚、突尼斯、阿尔及利亚、摩洛哥、亚述尔群岛和马德拉群岛。其中埃及、苏丹和利比亚有时称为东北非，其余国家和地区称为西北非，阿拉伯人口为主，其次是柏柏尔人等。西北部为阿特拉斯山地，东南部为苏丹草原的一部分，地中海和大西洋沿岸有狭窄的平原，其余地区大多为撒哈拉沙漠。阿拉伯语"撒哈拉"意思是"大荒漠"，它是世界最大的沙漠，几乎占满非洲北部的全部，大约形成于 250 万年以前。它西濒大西洋，北临阿特拉斯山脉和地中海，东为红海，南为萨赫勒。撒哈拉沙漠南部边界是半干旱的热带稀树草原，阿拉伯语称为"萨赫勒"，再往南就是雨水充沛植物茂密的南部非洲，阿拉伯语称为"苏丹"，意思是黑非洲。从公元前 2500 年开始，撒哈拉已经变成和目前状态一样的大沙漠，成为当时人类无法逾越的障碍，仅仅在绿洲有一些居民，商业往来很少能穿越沙漠。只有尼罗河谷是个例外，由于有充分的水源，这里成为人类文明的发源地之一。撒哈拉沙漠历史上最大的变化来源于入侵的阿拉伯人带来的骆驼，它们使贸易往来可以穿越沙漠。这种状态持续了几个世纪，直到欧洲人的航海时代的到来，首先是葡萄牙人绕过撒哈拉去掠取几内亚的资源，之后其他欧洲国家也紧跟其后。虽然撒哈拉的价值一度被忽视，但现代却发现很多有价值的矿藏，如苏丹、阿尔及利亚和利比亚的油气资源，摩洛哥和西撒哈拉的磷矿。由于地理位置的特殊性，北非从古至今受到埃及文明、阿拉伯文明、西方文明的影响和浸润，北非文学在非洲大陆上相对而言历史更悠久，并形成了阿拉伯文学传统。北非文学保留并继承了阿拉伯民族传统特色，近代以来开始受到西方文明影响而转向世俗化和现代化，传统与现代的矛盾和抉择一直是北非文学的讨论主题，这在埃及文学里得到充分体现。

此外，摩洛哥文学也值得关注。著名的摩洛哥小说家、龚古尔奖得主塔哈尔·本·杰伦（Tahar Ben Jelloun）以其小说《这炫目致盲的光》，获得2004年的都柏林文学奖。[①] 本·杰伦生于摩洛哥北部城市非斯（Fez），1961年移居法国，并以法文写作，其作品是纯正法语和阿拉伯民间文学风格的完美结合。他曾获得多个有影响的巨奖，出版于1987年的《神圣的夜晚》让他获得了当年法语文学的最高奖法国龚古尔奖[②]（Prix Goncourt），成为北非法语区的阿拉伯作家获此奖的第一人。小说讲述了一个屈从父命、女扮男装的女孩儿终为封建宗法制度和恶势力所害的故事。本书在中国已有译本，译林出版社1988年出版。摩洛哥诗人拉阿比（Abdellatif Laabi）获2009年度法国龚古尔文学奖（诗歌部分），成为第二个获得龚古尔奖的摩洛哥人。拉阿比也出生于非斯，一直用法语写作，不仅是一位诗人，也是一位小说家和剧作家。拉阿比因为他的政治信条和作品曾被判处十年监禁，后来被迫流放到法国，并于1985年定居法国巴黎。

一 埃及现代文学

进入20世纪埃及翻译西方文学作品等文化成果的浪潮更加高涨，阿拉伯语适应和消化西方人文思想的能力加强，把翻译工作大大向前推进了一步，语言和文学翻译的表达能力的提高，使翻译趋于完美。整个19世纪翻译家所作的长期实践，对于这一代人能很好掌握语言的各种形式有不可磨灭的影响。[③] 阿拉伯文学和西方文学两股潮流前所未有地汇合在一起，翻译的对象不仅是法国和英国的文学作品，而且是德国、意大利和俄国的文学作品，埃及最后建立了自己的文学。

诗人迈哈穆德·萨米·巴鲁迪之后，在阿拉伯诗歌史上起了承前启后作用的还有埃及"诗坛三杰"：艾哈迈德·邵基（1869—1932）、哈菲兹·易卜拉欣（1871—1932）和赫利赫·穆特朗（1872—1949），其

[①] 都柏林文学奖由都柏林市议会、市政府和IMPAC公司共同主办，用以奖励世界任何国家和地区、以任何语言写成的文学精品，也许是世界上为单本小说所设奖金最高的文学奖，奖金10万欧元。

[②] 龚古尔文学奖1903年在法国设立，后来奖金改为50法郎，仅仅是一种荣誉，但其重要性已超过法兰西学院的小说大奖。

[③] ［埃］邵武基·戴伊夫：《阿拉伯埃及近代文学史》，李振中译，人民文学出版社1980年版，第16页。

中邵基曾在1927年被授以"诗王"称号,他注重维护阿拉伯文学传统并有意识地吸收法国古典文学精髓。"诗坛三杰"是阿拉伯"复兴派"诗人的杰出代表,其中邵基创作的6部诗剧中,《克娄巴特拉之死》(1929)和《莱伊拉的痴情人》(1931)是古典浪漫主义的代表作。20世纪初一批新的诗人出现在埃及诗坛,他们对"诗坛三杰"尊奉的阿拉伯古典诗歌格律形式和在诗中表现民族、时代和历史的内容表示不满,公开批评"诗王"艾哈迈德·邵基,崇尚英国浪漫主义文学,认为诗歌应该表现人的心灵和大自然的奥秘,侧重于描写人生、再现自然,细腻地将个人感情融入自然景色,并采用西方的无韵脚格律诗。这批被称为"诗集派"(也称"笛旺派")的诗人以阿卜杜·拉赫曼·舒凯里为代表。舒凯里第一部诗集《曙光集》(1910)就以形式和内容的焕然一新成为阿拉伯"诗坛上的一个革命"①,其主要题材是受到压抑的爱情,表现的不是国家大事和民族感情,而是个人的内心情感,尽管格调很低沉,视野较狭窄,但扩大了诗歌的变现领域,在传统阿拉伯诗歌中注入了新鲜血液,增加了它的活力。此后较著名的诗人有艾哈迈德·扎基·艾布·沙迪(1892—1955)、阿里·迈哈穆德·塔哈(1902—1949)、阿齐兹·阿巴扎(1899—1973)和艾哈迈德·拉米(1892—)等。在诗人艾哈迈德·扎基·艾布·沙迪倡议下,"阿波罗诗社"于1932年成立。诗社第一任主席是诗人艾哈迈德·邵基,后由诗人赫利赫·穆特朗继任。诗社曾出版同名文学刊物,不代表某种文学倾向或流派,在艺术上也没有共同的主张,主要介绍西方文学及其各种流派,对交流文化、唤起民族觉醒起了一定作用,诗社于1935年停止活动。埃及当代较突出的诗人是萨拉哈·阿卜杜·赛布尔(1931—1981),著有诗集《故乡的人们》(1957)、《古代骑士之梦》(1965)和《夜行记》(1971)等。

近代阿拉伯文学复兴运动从西方引进了一种新的文体(即小说),19世纪以来,随着埃及与欧洲的文化交流,欧洲小说被翻译到埃及,为埃及文学表现生活提供了新方式。阿拉伯人有用韵文说唱故事的传

---

① [埃及]邵武基·戴伊夫:《阿拉伯埃及近代文学史》,李振中译,人民文学出版社1980年版,第126页。

统，由口述者用韵文述说有关流浪文人的短篇故事。埃及第一部带有小说特点的作品是作家穆罕默德·穆韦利希（1868—1930）的《伊萨·本·希莎姆对话录》（1906年），假托穆罕默德·阿里时代死去的艾哈迈德帕夏于19世纪末复活，与说书人伊萨·本·希沙姆在埃及各地旅行并以古论今，这部作品虽然模仿西方的长篇小说，实际上还是一部韵文故事，是传统韵文故事体裁与西方小说技巧相结合的产物。真正符合西方小说定义的第一部埃及小说是作家穆罕默德·侯赛因·海卡尔（1888—1956）在1914年创作的中篇小说《宰乃白》，用规范的阿拉伯语夹杂一些方言写成，描写埃及农村青年封建婚姻的悲剧。

穆罕默德·台木尔（1892—1921）和迈哈穆德·台木尔（1894—1973）兄弟也以写小说闻名，后者是埃及现实主义小说的奠基者。易卜拉欣·马齐尼（1889—1949）的长篇小说《作家易卜拉欣》（1931）和阿拔斯·迈哈穆德·阿卡德（1889—1964）的长篇小说《萨拉》（1937）是反映社会道德问题的作品。陶菲格·哈基姆（1898—）的长篇小说《灵魂归来》（1933）描写1919年埃及人民的武装起义，他还以司法部门的工作经历为题材，创作了小说《乡村检察官手记》（1937）。作家塔哈·侯赛因（1889—1973）的自传体小说《日子》三部（1929、1939、1962），记述了20世纪初埃及农村和伊斯兰教学府的生活，反映了新旧思想的斗争，描绘了埃及知识分子所面临的问题以及他们为争取社会进步所做的努力，是阿拉伯新文学的重要作品。此外，伊萨·奥贝德（？—1923）发表了短篇小说集《伊哈桑太太》（1921）和《苏里娅》（1922）。谢哈泰·奥贝德（？—1961）发表了《痛苦的教训》。他们兄弟俩的作品从各个不同的侧面反映了妇女解放问题。叶海亚·哈基（1905—）、迈哈穆德·塔希尔·拉辛（1894—1954）、易卜拉欣·米苏里（1900—）和侯赛因·法齐等组织了"现代学社"。这时期的作家逐步摆脱旧传统的束缚，努力表现新的生活和环境，反映人们的思想和他们的切身问题。许多作品具有现实主义的因素，经过几十年的发展，现实主义成了埃及文学创作中的主流。

第二次世界大战以后，出现了许多新的作家，不少作品描写了工人、店员、知识分子以及农民的生活。其中著名作家有纳吉布·马哈福兹（1911—），他的长篇小说三部曲《两宫之间》（1956—1963）等，描写一个埃及家庭几代人的生活经历，反映了近代埃及社会的变迁。作家阿卜杜·拉赫曼·舍尔卡维（1920—）擅长描写农村生活和塑造农民形象。他的长篇小说《土地》（1954）和《农民》（1968），分别反映了20年代末与60年代农民的生活，赞颂了他们反对封建、反对官僚的迫害的斗争。作家尤素福·伊德里斯（1927—）的小说集《最便宜的夜晚》（1954），反映了普通埃及人的生活以及他们的烦恼与忧愁。作家阿卜杜·拉赫曼·哈米西（1920—）的许多作品，如《永不干枯的血迹》《血染的衬衫》（1953）等，反映了劳动人民的苦难。作家伊哈桑·阿卜杜·古杜斯（1919—）的作品揭示政治、社会方面的问题，以塑造不同类型的妇女形象来表现。他的《有个男人在我们家》（1957）是描写抗击英国占领军、反对本国封建统治的长篇小说。作家尤素福·西巴依（1917—1978）著名的小说有《伪善之地》（1949）、《水夫死了》（1954）和《还我的心吧》（1954）。法特希·阿尼姆（1924—）著有小说《失去影子的人》等。20世纪60年代后，在短篇小说方面较著名的作家有尤素福·沙鲁尼（1924—）、穆罕默德·绥德基（1927—）、赛尔窝·阿巴泽（1927—）、艾德瓦尔·哈拉图（1926—）、迈哈穆德·赛阿德尼、赛阿德·迈卡维、萨布里·穆萨、苏莱曼·法亚德等。他们的作品反映了近年来埃及社会发生的深刻变化，揭露了现实中许多阴暗现象，敢于向腐败、官僚主义和社会不平等的现象挑战。

埃及戏剧创作的发展同样基于对西方戏剧的翻译基础之上，1913年第一次上演的戏剧是法拉哈·安东（1861—1922）的《新旧开罗》，它暴露了埃及社会的黑暗现象。第二次世界大战期间戏剧艺术的先驱者之一迈哈穆德·台木尔写的反映社会问题的《炸弹》（1943）和《第十三号防空洞》（1943）受到好评。陶菲格·哈基姆除小说之外也创作戏剧，他的剧作从古代埃及法老、伊斯兰教先知的事迹以及西方古典神话中汲取题材，代表作有《洞中人》（1933）和《山鲁佐德》（1934）等，也有反映社会现实的剧本，较著名的有《社会剧二十一种》（1950），作品着重于哲学、伦理的分析。自20世纪50年代中期起，由于无线电广播和电视节目的需要，国家奖励戏剧团体的演出，以及新剧团上演新的剧目，促进了埃及戏剧创作的发展。戏剧作者除了蜚声剧坛几十年的老一辈剧作家陶菲格·哈基姆外，几乎所有现代作家和诗人都参与剧本创作，如诗人阿齐兹·阿巴扎创作的 9 部诗剧获得国家表彰奖。

开罗国际书展（Cairo International Book Fair, CIBF）始于 1969 年，由埃及文化部图书总机构（General Egyptian Book Organisation）主办，是全球最大的图书博览会之一，吸引了来自全球的书商和每年大约 200 万的游客。是阿拉伯世界规模最大、历史最悠久的图书博览会，一般于每年 1 月份最后一周在埃及开罗的开罗国际会展中心举办。2006 年成为仅次于德国法兰克福书展的第二大图书博览会。

二 纳吉布·马哈福兹与"阿拉伯语言的艺术"

纳吉布·马哈福兹（1911—2006）是 1988 年的诺贝尔文学奖得主，亦是阿拉伯世界获此殊荣的第一人。获奖理由是"通过大量刻画入微的作品洞察一切的现实主义，唤起人们树立雄心形成了全人类所欣赏的阿拉伯语言艺术"，当时人们给予他的评价是"他是中东地区最高雅最值得尊重的作家，并且为宗教宽容发出强烈的声音"。马哈福兹是中国读者最熟悉的当代阿拉伯作家，早在他获诺贝尔奖之前，其作品便已有数部被译介入国内。他生前光环夺目，逝后亦备极哀荣。按照宗教传统，他在逝世后第二天下葬。葬礼在紧邻开罗的纳赛尔城拉什丹清真寺举行，马哈福兹之棺覆以埃及国旗，78 岁的埃及总统穆巴拉克步行亲自为他扶棺送葬。此情此景，不免让人记起他在所著《自传的回声》中所写："我伤感地闭上眼睛，却看见为我出殡的队伍正在行进，我走在队前，手执一只斟满生命醇酿的大杯。"在他逝世后，穆巴拉克总统发布讲话，称"马哈福兹乃一道文化的辉光……让阿拉伯文学走向世界。他以创造力带给众人的价值标准，充满了启迪精神与拒斥极端主义的宽容品质"。《纽约时报》的讣闻强调他以人为本的风格，称颂他对普通人的精妙刻画，如小职员、小官僚、杂货商、店老板、民工、穷男怨女、毛贼、妓女以及被传统礼教压迫的女性，通过他们的遭遇将埃及尘沙满眼和动荡不息的 20 世纪展现于笔端。他笔下的开罗，被比作狄更斯的伦敦、左拉的巴黎和陀思妥耶夫斯基的圣彼得堡。

纳吉布·马哈福兹于 1911 年出生于埃及首都开罗，1988 年获得诺贝尔文学奖。他一生共撰写了约50部小说、200多篇散文以及400多篇新闻专访。他一开始在杂志上发表短篇小说，1938年出版了首部小说集《疯语》，一年后首部长篇小说《命运的嘲弄》也告印行，从此时起进入他创作的第一个时期——以历史小说的形式借古寓今，其中最著名者当属《底比斯之战》。他借历史小说闯入文坛，但大放异彩是1956年到1957年出版的现实主义鸿篇巨制"开罗三部曲"。它由《宫间街》、《思宫街》和《甘露街》（均取自开罗街名）组成，历12年写作才告完成，以一个中产阶级家庭三代人的生活为主线，自第一次世界大战起，一直写到1952年法鲁克国王被政变推翻，展现了20世纪上半叶埃及社会的风云变幻，至今被视作当代阿拉伯现实主义文学的巅峰之作，推动了阿拉伯现代小说的发展与繁荣。

　　人们普遍认为马哈福兹描绘了埃及普通人的真实生活，以及他们在传统和现代社会中所做的平衡。他的小说总是关于他的家乡开罗几户家族的生活。其代表作有著名家族小说《宫间街》、《思宫街》、《甘露街》以及《道路》、《平民史诗》、《盖贝拉威的孩子们》和《尼罗河上的船家》等。马哈福兹1934年毕业于开罗大学哲学系，毕业后受聘于教育部。他从十七岁开始文学创作，在他长达七十年的写作生涯中，出版了三十四部小说，描述了阿拉伯人的现实生活和心理状态，而且发表过上百篇专论、散文、时文和诗词歌赋。1939年发表第一部小说，用古代法老大故事借古喻今表达了对英国殖民统治下受压迫的呻吟，1988年被授予诺贝尔文学奖，成为世界著名的阿拉伯现代作家，他的代表作有"开罗三部曲"（《宫间街》《思宫街》《甘露街》）和《尼罗河上的船家》。这些是他在青年时期的精心杰作，描写了埃及社会20世纪前半叶在西方文化冲击下知识分子的彷徨和疑惑。当时的埃及人民生活在法鲁克国王统治下半封建半殖民地社会状态，正是阿拉伯世界在西方强权统治下对伊斯兰最悲观、最黑暗的时代。他早期的作品被西方国家授予诺贝尔文学奖，鼓励阿拉伯人读他的书，学习他亲西方的思想，但是大多数埃及人认为这是对阿拉伯文明的文明污辱和政治挑衅，似乎只有顺从和适应西方文化阿拉伯人才有未来的出路。他最后的文集《第七重天》在2005年出版发行。

　　他的思想成熟和创作高峰时期是20世纪40年代西方殖民主义对阿

拉伯世界统治的最后阶段，代表了受西方文化侵蚀的埃及知识分子普遍的情绪：他们看到穆斯林社会落后和被动挨打而寻找绕过伊斯兰的民族自救新出路；他们思想开放，崇拜西方的无神论和自由主义，对西方的强盛存有幻想和迷信，把伊斯兰看作社会落后的总根源，主张模仿西方的政教分离，全盘西化。这样的典型思想充分表现在马哈福兹青年时期的作品和报刊文章中，因此受到埃及伊斯兰学者们的质疑和对立。他的一部最多争议的小说《我们街区的儿童们》（*Children of Gebelawi*），1959年出版，被认为是自由思想的代表作，代表了接受新式教育的阿拉伯知识分子在西方文化冲击中开始对伊斯兰认识产生动摇。这部书遭到艾资哈尔大学伊斯兰学者的谴责，被定为违背伊斯兰教义的禁书。他坚持的宗教宽容令他在1994年被一个军事文员刺了一刀，那个文员认为他的作品是对伊斯兰世界的不敬，而当时的马哈福兹已经82岁，虽然其后来幸存下来，但握笔已十分困难，后仍坚持写作，于2005年出版最后的短篇小说集《第七个天堂》，一年后离开人世。马哈福兹的文学地位建立在阿拉伯民族文化的基础上，因此他被称为"埃及的歌德"。开罗三部曲描写的是阿拉伯民族的生活经验，能给予人们不同的视野，让人们了解阿拉伯世界的传统与现在、生活与智慧，从而更为宽广地思考生存。

第三节 东非文学

东非通常包括埃塞俄比亚、苏丹、南苏丹、厄立特里亚、索马里、吉布提、肯尼亚、坦桑尼亚、乌干达、卢旺达、布隆迪和塞舌尔。人口主要是班图语系黑人，分布在南部；其次是阿姆哈拉族、盖拉族和索马里人，分布在北部。北部是非洲屋脊埃塞俄比亚高原，南部是东非高原。在非洲东部地区，使用当地的语言（即斯瓦希里语）的文学和使用外来的语言（即英语）的文学并存。东非文学以肯尼亚和坦桑尼亚两国较突出。坦桑尼亚国语为斯瓦希里语，但英语在坦噶尼喀也比较流行。坦桑尼亚的斯瓦希里语文学和英语文学是有密切联系的，前者历史比较悠久，并对后者有所影响。斯瓦希里语文学可以上溯到18世纪初，

19世纪80年代以后取得很大发展,20世纪60年代之后进入了一个新时期,出现了如夏巴尼·罗伯特(1909—1962)这样的著名作家。夏巴尼·罗伯特生于农民家庭,是个伊斯兰教教徒。他一生写了20几部作品,包括诗歌、小说、传记等,比较重要的有《可信国》(1951)、《农夫乌图波拉》(1956)、《非洲人之歌》(1956)、《我的生活和五十岁以后》(1961)等。尽管作为艺术创作来说他的某些作品具有明显的欠缺(如说教性质),但是他的作品仍然受到坦桑尼亚读者的热烈欢迎,得到坦桑尼亚评论界的高度评价。这是因为他是个土生土长的坦桑尼亚人,他与他的祖国和人民息息相通,他善于把伊斯兰教的传统信仰与人民大众的现代理想巧妙结合起来。东非文学虽然早期明显地落后于非洲大陆其他年轻的文学,但之后慢慢赶上来了,并且出现许多饶有趣味的作品,对东非文学做出最大贡献的可以说是肯尼亚文学。[1] 肯尼亚文学取得的成就和小说家詹姆士·恩古吉的突出才华分不开,他的主要小说用英语写成。20世纪60年代,东非的英语文学逐步形成。与此相比,斯瓦希里语文学具有悠久的历史。

  约公元前100年埃塞俄比亚高地的阿克苏姆[2]王国在非洲之角兴起,长期以来是一个重要的经济和文化的交流地区,曾是一种"非洲—阿拉伯"文化综合体的故乡,预示着斯瓦希里文化的出现。不过,当地语言吉兹语[3]最终压倒了由南阿拉伯半岛移民带来的语言,说明当地非洲文化在那里起了支配作用。阿克苏姆起初只是贸易城镇的联盟,由于不仅善于与努比亚[4]、罗马统治下的埃及,而且与中东、阿拉伯半岛、东非以及通过印度洋与南亚次大陆开展贸易并大获其利,从而发展成一个富裕强盛的国家。基督教传入上尼罗河流域和埃塞俄比亚高地,要比传入埃及和北非慢一些。在公元320—350年间,阿克苏姆国王伊扎纳皈依

---

[1] 参看[苏联]伊·德·尼基福罗娃等著《非洲现代文学——东非和南非》,陈开种、唐冰瑚等译,外国文学出版社1981年版,第84页。

[2] 阿克苏姆(Aksum 或 Axsum、Acksum),公元1世纪至11世纪期间埃塞俄比亚高地地区国家。

[3] 吉兹语(Ge'ez),努比亚和埃塞俄比亚使用的亚非语系的语言。

[4] 努比亚(Nubia),上尼罗河地区,它向南延伸经过第六瀑布深入今日苏丹境内,它是包括卡尔马、库施、麦罗埃、诺巴和马库拉在内的许多著名王国兴起之地。

基督教。在12—13世纪，扎格王朝①推翻阿克苏姆王朝统治，开始了一个积极进取的扩张时期，期间科普特教派在扩大国家权力方面发挥了重要作用。1270年，所罗门王朝推翻了扎格王朝并认为自己是合法的基督教统治者，一直存在到1974年埃塞俄比亚革命迫使海尔·塞拉西国王流亡为止。尽管19世纪基督教徒只占埃及人口大约10%，但基督教直到今天依然是埃塞俄比亚居统治地位的宗教。阿姆哈拉语是埃塞俄比亚的语言，是东北非的重要语言。阿姆哈拉文是非洲唯一的民族文字，在这个有着基督教传统的古老国家从14世纪成为通用文字流传至今。

英语文学与具有悠久传统的斯瓦希里语文学不同，它直到20世纪60年代才在东非各国开始出现。1962年乌干达创办了第一本文学和社会政治的综合性杂志《过渡》，促进了英语文学的发展。1967年肯尼亚内罗毕创办了文学杂志《萌芽》，为英语文学的产生提供了依据。不久乌干达的马凯雷雷大学、肯尼亚的内罗毕大学、坦桑尼亚的达累斯萨拉姆大学都创办了文学刊物，这些刊物存在至今，吸引了广大年轻的文艺爱好者。马凯雷雷大学的文学刊物《笔尖》发表的短篇小说和诗歌后编选成《来自东非》，于1965年在伦敦出版，有些作者随后成为专业作家。其中最出名的是当时《笔尖》的主编肯尼亚大学生恩古吉·瓦·提安哥，后来成为东非最著名的英语小说家。

一　肯尼亚现代文学

肯尼亚位于非洲东部沿海，东南临印度洋，陆上与索马里、埃塞俄比亚、苏丹、乌干达和坦桑尼亚等国接壤。全国有40余个部族，其中班图语系尼格罗人，如吉库尤族、卢希亚族、梅鲁族等人数较多，国语为斯瓦希里语。肯尼亚是我国明代郑和率船队"下西洋"到达过的非洲沿海国家。历史上曾是英国在东非实行殖民统治的重点国家。20世纪50年代，爆发了反对英国殖民统治的著名的"茅茅"武装起义。1895年成为英国"保护地"，1920年沦为英国殖民地，1963年宣告独立，次年成立肯尼亚共和国。肯尼亚虽然也有斯瓦希里语文学存在，可

---

① 扎格（Zagwe），公元10世纪建立的埃塞俄比亚基督教王朝，1270年被所罗门王朝推翻。

是却没有像坦桑尼亚那样产生夏巴尼·罗伯特一类具有广泛影响的作家。反之，肯尼亚的英语文学虽然也像坦桑尼亚的英语文学那样年轻，可是却取得了相当大的成就，除了杰出的作家恩古吉·瓦·提安哥之外，还可以举出如下几个重要作家名字：格·奥戈特（1930—）、基贝拉（1940—）、梅佳·姆旺吉（1948—）等。

斯瓦希里语属于赤道以南的班图语系，语法没有改变，但它近三分之一的词语由阿拉伯语词根构成，是阿拉伯和非洲混合文化的表征。斯瓦希里语文学是赤道非洲一种最丰富的文学，流传下来的作品很多，但在东非以外知道的人很少。这些作品（古典文学）描写非洲的很少，描写阿拉伯、叙利亚、拜占庭的却很多，有宗教说教和世界末日的神学讨论占大部分，这和产生斯瓦希里语文学的东非沿岸（现在的肯尼亚和坦桑尼亚）的历史有关。在东非沿岸地区，历史上有过几次大规模的阿拉伯移民活动，从伊斯兰教开始扩张的 7 世纪开始到 18、19 世纪，除了阿拉伯人，波斯和印度的移民对于形成斯瓦希里文化也有一定作用。阿拉伯人在 18、19 世纪的最后一次大迁徙，在文学史家看来特别重要，因为正是这次大迁徙在很多方面确定了流传至今的 18—19 世纪斯瓦希里古典文学的面貌。[①] 20 世纪以前的斯瓦希里文学形式几乎全是诗歌，有描写伊斯兰英雄业绩和东非神话的史诗，有叙述伊斯兰神学基本教条的醒世诗等，还有关于政治和爱情的即兴诗。早期穆斯林文学典范中的宗教狂热、好勇斗狠也反映在斯瓦希里人的史诗中，如《古体杂诗赫列卡利》，尘世短暂、追求来世等宗教训诫正是斯瓦希里人醒世文学的传统主题，如《古体杂诗英基沙非》。19 世纪末 20 世纪初，出现了不少以现实生活为题材的古体杂诗，如《古体杂诗阿基述》描写了蒙巴萨族一个总督与桑给巴尔苏丹的斗争，以及《关于德国侵占东非的古体杂诗》和《关于马及—马及起义的古体杂诗》等等。斯瓦希里现代文学从 20 世纪初开始，大量不同主题的古体杂诗（最重要的古典诗歌形式，四行诗，每一行最后的音节一致，按每行音节的数目可分为八音节和十一音节两种，前者最为流行）和玛沙伊利诗（另一种重要的古典诗歌

---

① ［苏联］伊·德·尼基福罗娃等著：《非洲现代文学——东非和南非》，陈开种、唐冰瑚等译，外国文学出版社 1981 年版，第 8 页。

形式，每行由 16 个音节构成、内部有韵脚的四行诗）经常在报刊上发表，但已经变得不合时宜，人们对它刻板的形式、宗教题材的内容失去了兴趣。探索新的题材和表达方式，在小说领域得到突破和收获。在新旧斯瓦希里文学交替之际承前启后的人是坦桑尼亚诗人、小说家夏邦·罗伯特（1909—1962），他被非洲评论家认为是"首屈一指的作家"[1]。他在代表作《可信国》《西蒂·宾蒂·萨阿德的一生》、《我的一生》中相信善良与仁爱终将获胜，并把穆斯林传统思想和社会进步、民族觉悟等结合起来。

在东非，用英语写作的文学作品出现较晚。20 世纪 60 年代初在乌干达首都坎帕拉创办了东非第一份文学和社会、政治性的综合性杂志《过渡》，之后乌干达的马凯雷雷大学、肯尼亚的内罗毕大学、坦桑尼亚的达累斯萨拉姆大学都创办了文学刊物，吸引了青年学生中的文艺爱好者。马凯雷雷大学文学刊物《笔尖》发表的短篇小说和诗歌后编选成集在伦敦出版，书名为《来自东非》（1965），其中有些作者自此成为专业作家。当时《笔尖》的主编、肯尼亚大学生恩古吉，以后成为东非闻名的英语小说家。其他用英语写作的东非著名作家还有肯尼亚女作家格·奥戈特（1930—），代表作为长篇小说《上帝许给的地方》（1966）和短篇小说集《没有雷声的地方》（1968）；肯尼亚作家基贝拉（1940—），代表作有短篇小说集《灵验的灰》（1968）和长篇《黑暗中的声音》（1970）；在当代东非青年一代作家中，肯尼亚的梅佳·姆旺吉（1948—）被认为是很有前途的作家。70 年代，他先后发表长篇小说《快点杀死我》（1973）、《喂狗的尸体》（1974）、《河道街》（1976）。《喂狗的尸体》写茅茅战士为自由和土地英勇战斗，曾获肯雅塔奖。

泛非书商协会（Pan African Booksellers Association，PABA）是由来自非洲各国的国家级书商协会组成的非营利性组织，总部位于肯尼亚。泛非书商协会于 1997 年在津巴布韦首都哈拉雷举办的津巴布韦国际书展（Zimbabwe International Book Fair，ZIBF）上创建，正式成立于 1998

---

[1] ［苏联］伊·德·尼基福罗娃等著：《非洲现代文学——东非和南非》，陈开种、唐冰瑚等译，外国文学出版社 1981 年版，第 45 页。

年。泛非书商协会目前拥有来自25个非洲国家的书商协会会员,每年借非洲一个主要书展之机召开非洲书商大会（African Booksellers Convention）。

二 恩古吉·瓦·提安哥与反殖民主义

东非文学的发展是不平衡的,肯尼亚文学取得的成就最大,因为该国出现了一位很有才华的作家恩古吉·瓦·提安哥。[①] 恩古吉1938年出生在内罗毕附近的一个雇农家庭,其家庭因为"茅茅起义"被捕,一个过继过来的兄弟在被捕时死去,母亲受到酷刑折磨。恩古吉在吉库尤上中学时成为一名虔诚的基督徒,毕业后他在乌干达马凯雷雷大学和英国利兹大学上大学。在那里他发表了他的第一部剧本《黑隐士》和第一部小说《孩子,你别哭》,后者使他举世闻名。恩古吉先是在内罗毕大学教英语,后来转到耶鲁大学和马萨诸塞大学阿默斯特分校,他还是纽约大学的比较文学教授。

恩古吉以剧本《黑隐士》（1962）登上文坛,随后发表了几部长篇小说:《孩子别哭》（1964）、《一河之隔》（1965）、《一粒麦种》（1967）、《血的花瓣》（1977）。前三部小说都是描写肯尼亚殖民地时代的状况,表现肯尼亚人为争取土地和自由而斗争的主题,指出长期以来肯尼亚人对待现实生活始终存在着两种不同的态度,一种是忍气吞声的态度,一种是坚持斗争的态度。其中第三部小说《一粒麦种》在思想上和艺术上最为成熟,这部小说采用主人公回忆往事的形式写成,通过一系列历史事件揭示出主人公复杂矛盾的内心世界:主人公曾经参加过民族独立运动,但是后来却在紧急关头出卖了自己的同伴;他感到良心上的谴责,终于不得不坦白了自己的罪行。与这个人物相对照,小说还成功地刻画了在民族独立运动中英勇献身的战士形象。表现手法多样,艺术构思复杂,心理描写细腻等特点则表明作者在艺术上取得了长足的进步。恩古吉是一名反殖民主义作家,从1978年开始他用他的母语基库尤语写作。恩古吉引人注目地指出,用欧洲

---

① ［苏联］伊·德·尼基福罗娃等著:《非洲现代文学——东非和南非》,陈开种、唐冰瑚等译,外国文学出版社1981年版,第57页。

语言谈论非洲文学不仅荒诞不经，而且落入了西方帝国主义企图永久奴役非洲的阴谋之中。①《十字架上的恶魔》（1980年）是在狱中写在手纸上的，也是恩古吉第一部用基库尤语发表的小说。此后发表的《马蒂加里》（1987年）和《天才乌鸦》（2006年）也都是首先用吉库尤语写作的。

此外，他的政论集有《回归》（1972）、《扣押：作家狱中日记》（1981）、《作家与政治》（1981）、《清除头脑里的殖民主义毒素》（1986）、《转移中心：为文化自由而斗争》（1993）、《笔尖、枪尖与梦想：关于非洲文艺与国家政权的批评理论》（1998）等。在《作家与政治》中他以其独特的敏锐指出"文化帝国主义彻头彻尾是对殖民地人民经济剥削和政治压迫制度的一部分，（西方）文学是这一压迫和种族灭绝制度的一部分"②。在他的小品文集《转移中心：为文化自由而斗争》中收集了精选的文章和演讲，综合了他对后殖民主义的批评以及他的文化理论。他的作品之后被翻译成英语和其他许多语言，他结合非洲传统戏剧和故事创作作品。恩古吉因反抗英国殖民政策出名，殖民时期结束后则反抗丹尼尔·阿拉普·莫伊的统治。1977年乔莫·肯雅塔政府拿他的剧作《我要在想结婚时结婚》作为借口逮捕他，不经法庭判决就被关押在奈洛比的高安监狱里，之后他的书和戏剧被禁止，20世纪80年代初经过艰苦斗争他终于在英国获得政治避难。流亡国外后他将创作重点转向以文化抵抗为宗旨的文学政治批评，并曾在世界多所大学任教，在80年代末至90年代末他先后在耶鲁大学、纽约大学任比较文学教授。2006年他出版了小说《乌鸦的巫师》，2016年因此获得韩国朴景利文学奖。恩古吉的人生经历、文学创作和政论文集，忠实反映了非洲作家以文学来进行文化抵抗的价值和意义。

---

① ［尼日利亚］钦努阿·阿契贝：《非洲的污名》，张春美译，南海出版公司2014年版，第109页。
② ［英］巴特·穆尔—吉尔伯特著：《后殖民理论——语境 实践 政治》，陈仲丹译，南京大学出版社2007年版，第157页。

第四节 南非文学

　　南非通常包括赞比亚、安哥拉、津巴布韦、马拉维、莫桑比克、博茨瓦纳、纳米比亚、南非、斯威士兰、莱索托、马达加斯加、科摩罗、毛里求斯、留尼汪岛、圣赫勒拿岛和阿森松岛。其中班图语系黑人占人口的绝大多数,其次是马来—波利尼西亚语系的马达加斯加人,还有欧洲白种人。南非高原为地形主体,高原中部地势低洼为盆地,四周隆起为高原和山地。南非政治变革模式为非洲其他国家处理本国民族矛盾与冲突树立了榜样。1948年上台的南非国民党长期推行种族隔离政策,不顾国际舆论的批评和世界潮流的改变,极力维护少数白人对广大黑人的统治,使南非成为世界种族主义者的最后一个堡垒。广大黑人对残酷压迫的反抗、世界各国对取消种族隔离的要求,导致南非在国际上处于孤立地位。对南非实行的经济制裁等因素使南非经济严重滑坡。1990年由南非在1949年强行吞并的西南非洲终于赢得独立,成立纳米比亚共和国,非洲最后一块殖民地获得独立,殖民制度在非洲宣告结束。内外交困下南非不得不进行改革,1992年3月,南非举行"白人公决",结果有68.6%的白人合格选民主张废除种族隔离制度。1994年4月,南非举行首次多种族大选,非国大党在大选中获胜,其主席曼德拉成为南非历史上首位黑人总统。这标志着种族隔离制度的结束和南非人民争取自由的最终胜利。奥里芙·旭莱纳是站在19世纪和20世纪交接点上的一个不朽的丰碑。她不但是南非英语文学传统的开山祖师和著名的女权主义者,而且她和乔治·摩尔对劳伦斯文学思想的发展起了重要作用,摩尔和劳伦斯以她为榜样,收益甚多。[①] 南非文学现代化的倾向渊源于19世纪末,南非现代文学的历史较长,20世纪40—50年代,南非现代文学取得辉煌成就。

　　葡属非洲殖民地相继独立给津巴布韦、纳米比亚和南非等南部非洲

[①] [美]伦纳德·S.克莱因主编:《20世纪非洲文学》,李永彩译,北京语言学院出版社1991年版,《成功的文学,有希望的文学——代译序》第4页。

的民族解放运动带来很大鼓舞，同时英美等西方国家在冷战时期调整了支持白人种族主义政权的传统政策，于是1980年津巴布韦获得独立。20世纪80年代末，伴随着美苏在第三世界热点地区争夺的降温，纳米比亚于1990年宣布独立。南非人民反对种族主义政权的斗争经历了艰难历程，直到90年代，南非和非洲的种族隔离制度才彻底结束。南非地区的文学在语言方面更加多样，有使用葡萄牙语的文学，如安哥拉；也有使用班图语的文学，使用英语的文学，使用阿非里卡语的文学，如南非共和国。安哥拉的文学主要是用葡萄牙语写成的，安哥拉葡萄牙语文学始于19世纪中叶，但是取得重大发展则是20世纪四五十年代的事。1948年，成立了一个重要的文学团体：安哥拉新知识分子运动。他们提出"让我们来发现安哥拉"的口号，出版《安哥拉新诗人诗集》，创办《信使——安哥拉人之声》杂志，被称为安哥拉新文化的转折点。诗人维里亚托·达·克鲁兹（1928—1973）、阿戈什蒂纽·内图（1922—1979），作家卡斯特罗·索罗梅尼奥（1910—1968）、罗安迪尼奥·维埃拉（1936—）、曼努埃尔·多斯·桑托斯·利马（1935—）是安哥拉新文学运动的重要成员。

一 南非现代文学

南非共和国位于非洲最南端，东、南、西三面临印度洋和大西洋，陆上与纳米比亚、博茨瓦纳、津巴布韦、莫桑比克、斯威士兰和莱索托等国接壤。居民构成颇为复杂，非洲人占大多数，另有白人、混血种人和亚洲人。非洲人中绝大多数属于班图语系尼格罗人，包括科萨、祖鲁、斯威士、文达、巴苏陀、茨瓦纳等族。白人以早期荷兰等国移民居多，称南非白人（即布尔人）；此外还有英国血统白人。1652年荷兰首先在南非设立殖民地，其后英国势力逐渐扩大，1910年成立白人统治的南非联邦，作为英国的自治领地，1961年南非当局宣布改称南非共和国，并退出英联邦，但继续实行种族歧视政策。由于南非共和国的居民成分复杂，日常语言多样，所以它的文学创作也使用多种语言，如班图族语（包括祖鲁语、科萨语、苏陀语、茨瓦纳语等）、英语、阿非里卡语（即布尔人语）等。南非共和国文学形成于19世纪，当地的白人文学分为英语文学和阿非里卡语文学两个系统平行发展起来，20世纪五六十年代开始融合，英语文学逐渐取代阿非里卡语文学。当地的黑人文学则用班图语写作，到了20世纪五六十年代班图族语日益减少，黑人作家也被迫使用英语写作。席莱纳（1855—1920）、维拉卡泽（1906—1947）、彼得·阿伯拉罕姆斯（1919—）、纳丁·戈迪默（1923—）、丹尼斯·布鲁斯特（1924—）等是南非共和国文学史上影响较大的作家。

席莱纳是位女作家，生于好望角一个贫苦的德国传教士家庭，当过保姆、家庭教师和农场管理员，依靠自学成材。1881年前往英国学医，后来进行文学创作；1889年回到南非，因为谴责英国殖民主义而被驱逐。她用英语写作，作品具有鲜明的民主主义倾向。她的主要作品有三部长篇小说：《一个非洲庄园的故事》（1883）、《女水妖》、《人与人之间》，后两部在作者去世后出版，一篇短篇小说《马绍纳兰的骑兵彼得·海尔凯特》（1897）。其中《一个非洲庄园的故事》最负盛名。这部小说是自传体的，它讲的是在南非草原上一个与世隔绝的庄园里所发生的故事，主要描述三个孩子所过的苦闷、呆板的生活，他们对于自由幸福的向往和追求以及他们的失败。小说对束缚孩子身心发展的宗教教义，对歧视妇女的社会习俗有所揭露。小说的生话气息浓郁，人物形象鲜明，故事情节生动。《马绍纳兰的骑兵彼得·海尔凯特》生动地描绘了一个普通英国士兵的命运：他是抱着发财的目的到南非来的，但由于受到朝圣者的启示改变了态度，最后因为擅自放走一个黑人而被枪毙。小说通过这个故事揭露了英国殖民军队在非洲所犯下的罪行。

维拉卡泽是祖鲁族人，生于农民家庭。他颇有才气，先后获得学士、硕士和博士学位。诗集《祖鲁人之歌》（1935）和《苍穹》（1945）是他诗歌创作的汇编。其中既有发人深省的哲理诗，细腻优美的景物诗，也有扣人心弦的抒情诗和义正词严的政治诗。在《黄昏》一诗中，他指出殖民者所谓"传播文化使命"的说法乃是一种欺骗，他们带给南非劳动人民的只有受苦受难。在《感谢传教士》一诗中，他以讥讽的笔调揭穿了基督教和传教士的实质，对这些殖民主义的工具嗤之以鼻。在《献给诗人》一诗中，他表示诗人生在世上不是为了睡眠，而是为了歌颂战斗，为了保卫国土拿起自己的武器。在长诗《维多利亚大瀑布》中，则反映了南非人民对自由幸福的向往和追求。维拉卡泽的诗篇具有浓厚的民族色彩，与祖鲁人的口头创作血肉相连。他的诗里经常出现祖鲁族神灵的形象，经常出现祖鲁族领袖的名字。他大量采用民间用语，大量采用民间熟悉的艺术形象。维拉卡泽还是一位知识丰富的学者，他对祖鲁族的语言文字颇有研究，他与多乌克合著的《祖鲁语英语词典》（1945）具有很高的学术价值。

彼得·阿伯拉罕姆斯生于约翰内斯堡黑人居住区，父亲是埃塞俄比亚人。他青少年时代生活贫困，饱受种族歧视之苦。他长于写作长篇小说。1946年出版的第一部作品《矿工》便已显露才华。小说描写一个黑人青年从农村到"黄金城"矿井去谋生的遭遇。在矿井里，由于严酷现实生活的教育，由于周围人们的影响，他的性格改变了，他的意识觉醒了。他终于明白，祸根全部在于种族主义制度，由于这一制度，他只能挣得微薄的工资；由于这一制度，他才失去心爱的姑娘；由于这一制度，他的同伴才会受苦。于是，他成了工人罢工的领袖。1948年出版的第二部作品《雷霆之路》，描写一个有色青年爱上一个白人姑娘，因为触犯种族隔离的戒律，惨遭种族主义者杀害的故事。正如书中一个教师所说的那样，悲剧的根源不在两个青年身上，而在于首先把人分成各个种族和等级。在《野蛮的征服》（1950）里，作者转向历史，描写布尔人的大迁徙，指出布尔人一面在与英国人斗争中英勇捍卫自己的独立，一面又把矛头指向非洲当地居民，成为野蛮的征服者。在《夜深沉》（1965）里，作者再度转向现实，采用侦探小说形式，描写南非地下工作者的艰巨斗争，继续表现反对种族主义制度的主题。阿伯拉罕姆斯此外的作品还有自传体小说《自由的故事：非洲的回忆》（1954）和描写加勒比海岛国政治风云的《该岛今日》（1966）等。

丹尼斯·布鲁特斯生于津巴布韦的索尔兹伯利，在南非共和国长期从事教育工作。因为参加反对南非种族隔离运动，曾被软禁，后被判处服苦役。1962年流亡尼日利亚，1966年移居英国，其后又移居美国。他的代表作品是诗集《警笛、铁拳、靴子》（1963），其中尖锐地揭露了南非种族主义社会的种种弊端，交织着诗人愤怒、失望和希望的复杂心情。这些诗歌并不押韵，但是朗诵起来声音响亮，音调悦耳，恰如其分地表达出诗人的感情。当深夜里权势者的警笛尖叫、铁拳乱挥时，诗歌的韵律变得急促起来，诗人的感情变得愤怒起来；随后，诗歌的韵律转为缓慢，诗人的感情转为悲观，对自己力量的信心消失了，对幸福天堂的希望失掉了；但是，诗人最后又在爱情中获得力量，在忍耐中得到希望，他没有被搞垮，他最终活了下来。这部诗集是诗人在尼日利亚流亡时期出版的。据他自己说，正是由于殖民当局禁止他发表作品，才使他产生非要发表作品不可的念头。除此之外，诗人1969年发表的《自南非狱中寄玛尔扎的信和其他诗篇》，流露了他被捕入狱期间的悲哀、孤独情绪。

开普敦国际书展（Cape Town International Book Fair, CTBF）始于1995年，每年一届，通常在6月份举行。它由法兰克福书展和南非出版商协会联合举办，其职能为版权交易、新书订货，是撒哈拉以南非洲最大的国际书展。很多参展商认为书展办得相当专业，因此获得"小型法兰克福书展"的美誉。近年来，每年都有来自20多个国家的400多家出版商参加书展。2004年开始颁发的欧盟文学奖（European Union Literary Award）是一个南非的文学奖项，奖给南非作家的未公开发表过的英语小说。2006年该奖获得者是玛特娃（Kopano Matlwa）的《椰子》（*Coconut*），讲述了一个黑人孩子在白人世界中成长的故事。2011年欧盟文学奖由阿什拉夫（Ashraf Kagee）赢得，他的小说《哈利勒的旅程》（*Khalil's Journey*）描写了20世纪开普敦马来人和印度人的日常生活。

二 纳丁·戈迪默与"革命的姿态"

纳丁·戈迪默是南非在J. M. 库切之前第一位获诺贝尔文学奖的著名作家，她用英语创作文学作品来抨击南非落后残酷的种族隔离制度，其作品多次被列为禁书。她到过非洲、欧洲和北美许多地方，并在美国哈佛大学和普林斯顿大学讲授现代非洲文学。纳丁·戈迪默作为诺贝尔文学奖候选人在提名单上列名十余年，终于在1991年摘取了这项文学桂冠。瑞典文学院认为她的作品"以直截了当的方式描述了在环境十分复杂的情况下个人和社会的关系……她的文学作品深入地考察了历史的过程同时又有助于历史的进程……她的获奖是因其壮丽史诗般的作品使人类获益匪浅"。

纳丁·戈迪默是位女作家，生于德瓦士兰省，父母都是犹太人。她

9岁时开始学习写作，13岁时便在报纸上发表了一篇寓言故事，因而颇受鼓舞，从此文兴大发。她起初以写短篇小说为主，第一部短篇小说集《面对面》出版于1948年，其后不断有新作问世。迄今为止，她已经出版了短篇小说集十余部，长篇小说10部左右。她的前期创作大多采用现实主义方法，着眼于表现社会现实问题，重点在于揭发南非当局推行种族歧视政策所引起的一系列恶果，描写黑人的悲惨处境和白人的异常心理。长篇小说《陌生人的世界》（1956）的主人公是一个英国人，当他来到约翰内斯堡（南非的最大城市和经济中心）后发现，在这个种族隔离的畸形社会里，要想既同充满优越感的白人保持友谊，又与备受歧视的黑人发生联系几乎是不可能的，因而陷入了进退维谷的境地。长篇小说《恋爱时节》（1963）描写一个黑人男子和一个白人姑娘的恋爱故事，尽管双方情意绵绵，但是由于二人肤色不同，这种爱情和婚姻为社会所不容，所以终于落得一个悲剧的结局。在另一部长篇小说《贵宾》（1970）里，作者把故事的舞台放在一个宣布独立不久的黑非洲国家。故事的主人公是一个英国军官，他曾担任过殖民地官员，因同情该国黑人独立运动而被英国政府召回。如今这个国家获得独立，他受到该国总统邀请，以"贵宾"身份参加庆典，并且担任总统顾问。可是，这个新国家并不平静，派别斗争尖锐复杂，他不得不卷入其中，最后在一场斗争中死于非命。这部小说情节生动，内容深刻，旨在揭示新独立国家所面临的种种难题。

戈迪默的后期创作使用了更加多样的创作方法，特别是意识流方法得到广泛运用，同时注意着眼未来，并在反映生活的广度和深度方面有所前进。长篇小说《自然资源保护论者》（1974）以一个农场主和实业家为中心展开故事，通过他的回忆、联想和意识流动表现主题，说明白人虽然在形式上占有南非的土地和人民，但在实际上却不可能成为当地的真正主人，他们的基础是摇摇欲坠的，他们的内心是忐忑不安的。长篇小说《伯格的女儿》（1979）的故事主要采取女主人公不断向人诉说和现实生活描述交替出现的形式逐渐展示，时空顺序颠倒较多，故事情节跳跃较大。这位女主人公是南非已故共产党领导人的女儿。当父亲被迫害致死后，她一度离开南非，前往欧洲各国考察访问。有人认为，这是她知难而退的表现。然而，事情后来的发展出人意料。她回到祖国，继承父亲的革命遗志，勇敢地投身到反对种族歧视和争取黑人权利的斗争洪流中去，结果被捕入狱。长篇小说《自然变异》(1987)是近年来作者的力作之一，说明一个白人要在种族隔离的南非社会自由地、有意义地生活下去，必须摆脱传统观念束缚，根本无视肤色的差别，成为一个新变种，而故事的女主人公便是这样一个变种。她从小我行我素，向来不拒绝与黑人结交，其后经过种种坎坷，与南非泛非主义者大会领导人结婚，并生下一个黑肤色的女儿，当丈夫被杀后，以更加充沛的精力投入革命工作，终于协助第二个丈夫建立起黑人政权。总之，戈迪默几乎所有的小说都与南非的社会现实问题有关，都把矛头指向黑暗的、野蛮的种族隔离制度。从这个角度来说，她获得 1991 年度诺贝尔文学奖具有特别重要的意义。尼日利亚的评论界认为，戈迪默获诺贝尔文学奖，"在女作家不受重视的世界的这一部分（即非洲）更具有特殊意义"。当时的南非总统德克勒克则称"这个卓越的成就也是南非的光荣"。近四十年来，戈迪默直言不讳的反对种族隔离并在小说中巧妙而非慷慨激昂地做到了这一点。

戈迪默文学作品浩繁、成就卓著，自 20 世纪 60 年代先后荣获国内外文学大奖十余次。主要有 W. H. 史密斯文学奖、詹姆斯·台特黑人纪念奖、南非 CNA 文学奖、英国布克奖、法国埃格尔文学大奖、意大利普莱米欧·马拉帕特奖、德国奈莉·萨克斯奖、美国班奈特奖等。此外，她还是法国文学骑士勋章获得者、美国艺术科学院荣誉院士和国际笔会副主席。1991 年，她在 6 次提名之后获诺贝尔文学奖。戈迪默的前期作品主要以现实主义笔法揭露南非种族主义的罪恶，着重刻画这一社会中的黑人与白人的种种心态，控诉种族主义制度对人性的扭曲。她的第一个短篇小说集《面对面》出版于 1948 年，50 年代出版的《蛇的低语》《六英尺土地》，60 年代出版的《星期五的足迹》和《不宜发表》等短篇小说集子，都受到了评论界的高度赞扬。这一时期的长篇小说有《缥缈岁月》(1953)，《陌生人的世界》(1956)，《恋爱时节》(1963)，逝去的资产阶级世界》(1966)。1970 年出版的长篇小说《贵宾》，被评论界看作她前期和后期创作的分界线。她的前期作品中似乎短篇小说成就更大，作品结构精巧严谨，文字优美流畅，叙述生动细腻，表现了人物的痛苦与困惑，失望和迷茫，欢乐和爱情，揭示出平凡生活瞬间深藏的心理内涵。70年代以来戈迪默又先后出版了《自然资源保护论者》（1974，获英国布克奖），《伯格的女儿》（1979），《朱利的族人》（1981，获美国现代语言协会奖），自然变异》（1987），《我儿子的故事》（1990），《没有陪伴我》（1994）等长篇小说和《利文斯顿的伙伴》（1972）、《小说选集》（1975）、《准是某个星期一》（1976）、《士兵的拥抱》（1980）、《影影绰绰》（1984）及《跳跃》（1991）等短篇小说集。戈迪默的评论文集有《基本姿态：创作、政治及地域》（1988），《写作与存在》（1995）。戈迪默的后期作品除了继续展现南非的社会现实外，明显地加入了对南非未来命运的"预言"成分，创作手法也更为成熟和多样，每部作品都各具特色。戈迪默的作品已被译成20余种文字出版，蜚声世界文坛。这个早慧的犹太裔南非女孩6岁开始学习芭蕾，8岁因不断的伤病被迫放弃芭蕾和学业，纳丁·戈迪默走上了一条出乎所有人意料的路，她9岁即开始写作，13岁在约翰内斯堡《星期日快报》儿童版上发表了一篇寓言故事《追求看得见的黄金》，从此开始了笔耕生涯。1991年，她获得了诺贝尔文学奖，成为这个奖项25年来第一位获奖的女作家，也是自诺贝尔奖设立以来第七位获奖的女作家。然而，对戈迪默而言，最骄傲和最自豪的并不是摘取诺贝尔文学奖的桂冠，而是1986年出庭做证，使22名非国大党员免除死刑。曼德拉在1990年出狱时宣称最想见到的几个人中就有她。这个纤细苗条的女子书写传奇，但她本人就是一部传奇。直到2004年12月，81岁高龄的戈迪默还联合20名同行出版了小说集《讲述传奇》为抗击艾滋病募捐，这部小说集由21个短篇小说组成，大多数故事侧重描写人类的死亡、疾病和孤独。21位作家中包括5名诺贝尔文学奖获得者，加西亚·马尔克斯和冈特·格拉斯，当然还有戈迪默本人，其他作家有约翰·厄普代克、伍迪·艾伦等，戈迪默的巨大影响力可见一斑。她2012年3月出版的新作是小说《目前是最好时机》（*No Time Like the Present*）。2014年戈迪默在睡梦中平静地离开人世。

2003年诺贝尔文学奖授予南非作家J. M. 库切，这也是诺贝尔文学奖第四次花落非洲大陆。库切作品对非洲种族隔离制度的深刻剖析，不禁让人想起前三位非洲诺贝尔奖获得者——尼日利亚作家沃莱·索因卡、埃及作家纳吉布·马哈福兹和南非女作家纳丁·戈迪默，他们同样为生活在这片贫瘠大陆上的人民奉献了毕生的心血。索因卡的创作深深地植根于非洲土地和非洲文化，他在自己的作品中记录了这个古老的大陆在发展过程中走过的艰难路程。他是一位著名的作家，又是一位杰出的社会活动家。索因卡的创作具有强烈的战斗性，曾因为反对尼日利亚军人独裁坐牢两年。1995年揭发并抨击了尼日利亚军人统治的非人道和人权状况的日益恶化，又因此被尼日利亚军政府缺席判处死刑。直到军人政权被推翻，他才回到了祖国。马哈福兹的创作因"形成了全人类所欣赏的阿拉伯语言艺术"荣获诺贝尔文学奖，但其作品因探讨阿拉伯民族对西方文化的学习而被伊斯兰学者们质疑和对立。他的一部最多争议的小说《我们街区的儿童们》，代表了接受新式教育的阿拉伯知识分子在西方文化冲击中开始对伊斯兰认识产生动摇，这部书被定为违背伊斯兰教义的禁书。非洲文学与当代政治紧密结合的现象很普遍，其中，南非文学具有特殊性。南非到1994年才在国内斗争和国际舆论的压力下废除种族隔离制，一直以来，众多的黑人作家和白人作家都投身于种族平等的事业。在小说方面，南非文坛的领袖人物纳丁·戈迪默的创作始终坚持将公共生活空间和私人生活空间结合在一起，她爱南非，但她反对种族隔离。库切则在《耻》中有更为深刻的思考，他的思想还将触角延伸到了建立新的南非民族的属性上。[1] 就这样，南非作家和非洲作家站在一起对曾经目空一切的西方文明的伪善和没落进行了揭露和控诉，并成为不同文明之间相互理解的文化桥梁。

---

[1] 高文惠：《黑非洲民族主义文学的历史演变》，《德州学院学报》2006年第22卷第4期，第22页。

附录一

20世纪百年非洲文学经典的生成

在对非洲经典作家和作品的定位进行解读，对非洲不同历史时期重要文学现象进行阐释的过程中，产生过关于文化殖民与帝国主义、东方主义和后殖民理论的大批杰作。文学批评的尖锐锋芒从来并不止步于文学，文学理论的总结可以说是对种族、环境与时代的认识和把握，对文学经典的再评价往往包含着对人类文明的价值重估。尤其是在不同文明交汇冲撞之初就处于弱势、至今仍然没有完成民族国家建构的非洲大陆，更能检验、考察到一度以西方文明为代表的人类文明的真实和底线。

何为经典？一部历史久远的著作，一部经得起解读的著作，一部被赋予作者所处时代特定意义的著作，可以称之为经典。这就意味着经典作家不仅能够运用栩栩如生的艺术形象来解读民族内在的历史谜团，还能够解读所在时代的崭新启示，才创造出回味无穷的永不过时的经典。作为整体而言的非洲作家在风云变幻的20世纪由较低起点而能迅速崛起，可谓是"国家不幸诗家幸，赋到沧桑句便工"。从阿契贝到库切，无不在创作中思考，在思考中创作，作家、学者、评论家、政治作家、社会作家、移民作家的多重身份的自如兼容，热情创作的同时保持冷静思考，既有鲜明态度也有灵敏探知，融入时代又和时代保持距离，方能让其作品成为经典。通过这些作品可以更好地了解尼日利亚和南非甚至非洲真实的过去和现在，不是某个片段、某类场景、某种生活，而是从他者的远处切近一个受难民族的灵魂深处，在文明的中心触摸一个特殊时代的脉搏跳动。不是走向歧途的文字、陷入困境的思想，没有殖民语言还是民族语言的纠结，没有白人文明还是黑人文明的局限，没有自废武功也没有因噎废食，创作文学经典的非洲作家，是非洲文学的代言人和引路人。

一　口传文学传统与非洲文学经典

20世纪以前，非洲传统文学以口传为主，其内容主要是部落传说，也有关于家族的传说。非洲社会屈服于殖民统治的一个重要主题是在20世纪以前它们基本是前文字社会，缺乏书面语言和有文字记载的文化。[1] 非洲文学迅速崛起和非洲文学经典的产生离不开非洲文学对殖民语言的运用、对欧洲文化的学习和借鉴，更离不开杰出作家对传统和西方两方面因素结合后的创造性运用。

一方面，当非洲作家致力于从口传文学传统中寻找精神力量和灵感源泉的时候，非洲现代文学正在向口语化、故事性和小说体等方面发展。非洲传统文学主要是口头文学，而不是书面文学。非洲书面文学的大量产生发生在20世纪，形式上由传统的口头文学到现代的书面文学，离不开殖民时期传教士和教会学校的作用。大多数殖民政府都将教育事业交给了传教士和教会学校，传教士对黑非洲文化具有深远影响，他们是最早有意识地试图改变黑非洲文化的欧洲人。传教士确立了非洲语言的书面形式，从而给非洲本土文学的发展打下了基础，绝大多数选择文字生涯的非洲人都在教会学校受过教育。[2] 当西方现代文学越来越偏重小说这一文学体裁的发展，注重故事性和口语化特征之时，继承并发扬了口头文学传统的非洲杰出作家适应起来并不困难。除了对诸如"小说是西方特有的文类，非洲小说不存在"之类的荒谬论调作出回应外，坚持述说自己民族的故事、塑造具有非洲文化灵魂的悲剧人物并以非洲混合英语书写非洲经验是阿契贝的创作理念。

另一方面，殖民语言的运用及欧洲文学的直接影响及长久借鉴，使得非洲现代文学的诞生和发展十分迅速。非洲书面文学总的说来是20

---

[1] Wilfred Cartey and Martin Kilson eds.，*The Africa Reader: Colonial Africa*，New York: Random House，1970，p. 73.

[2] ［美］斯塔夫里阿诺斯：《全球通史——从史前史到21世纪》（第七版），董书■，王昶、徐亚源译，北京大学出版社2005年版，第600页。

世纪的产物，此前的所谓非洲文学都是由欧洲人执笔的以非洲为背景或点缀的欧美白人文学。在这些欧美白人文学中，往往隐含着奴隶贸易和殖民统治的思想基础：种族主义。在把非洲强行纳入资本主义生产轨道的同时，为了方便统治和管理，西方一方面借传教士之手为一些语言创造了文字，另一方面又向当地人直接传授自己的语言和文字，从而使他们意外地获得了用英语、法语、葡萄牙语等创作的能力。第一批非洲作家大多在殖民主义体系里接受教育，由于殖民主义本质上就是一种对人的价值和尊严的否定，其教育计划不可能是完美的典范。然而，作为人的一个重要特征就是，通过拒绝被逆境定义、拒绝沦为其代理人或受害者来克服逆境。① 在克服逆境的过程中非洲文学发展迅速，这块拥有世界上最大沙漠和最长、最难靠岸的海岸线的大陆，因为与其他文明少有接触而几乎停滞发展的大陆焕发了前所未有的生机和活力。阿契贝说过："我觉得英语（English）可以携带我的非洲经验，但必须有一种新的小写的英语（english），改造成可以适应新的非洲语境，与其古老的家园完全和谐。"② 在学习、抵抗和借鉴欧洲文学的同时，殖民语言、殖民文化也本土化了，从而助力非洲作家的成长和壮大。

二　民族主义潮流与非洲文学经典

非洲文学经典对现实和未来的影响力，来自它对历史和现实的梳理和再认识，对现实处境的反抗和揭露，对传统价值的总结和宣扬，对民族意识形态的培育和凝聚。在世界民族主义潮流影响下，非洲文学对殖民统治的反抗、对民族自信的凝聚、对民族国家建构的贡献、对反帝潮流的积极把握，以及在后殖民时代与时代主题和理论前沿的切近，促成了文学经典的生成。

首先，非洲文学经典生成过程中，包含对殖民统治的反抗和对民族自信的凝聚。西方心理包含着一种愿望，或者说一种需要，那就是把非

---

① ［尼日利亚］钦努阿·阿契贝：《非洲的污名》，张春美译，南海出版公司2014年版，第28页。

② Bill Aschcroft and Gareth Griffiths and Helen Tiffin, *The Post-Colonial Studies Reader*, London and New York: Routledge, 2001, p. 286.

洲当成欧洲的陪衬,当成一个既遥远又不了解的虚无缥缈的地方,以此来烘托出欧洲自己的智力优越性。① 早在近四个世纪的非洲奴隶贸易时期,欧洲人就在非洲沿海一带进行活动,但对非洲内地的大规模殖民却始于19世纪晚期,因而非洲现代文学肇始的时间更晚。恰如"伊博族人相信,任何遭到无视和诋毁、不被承认和赞美的存在都会变成焦虑与分裂的中心。"② 非洲作家最早的使命之一,是通过对他们在现实、梦境和想象中感知到的世界的接受、描述和认识,来消解焦虑和分裂。于是,非洲作家"对外是民族主义者,竭尽全力地展示其人民的文化;对内是导师,不遗余力地帮助人民恢复自尊。"③ 1986的诺贝尔文学授予了尼日利亚作家沃莱·索因卡,长期被埋在地下的黑非洲文学放出了耀眼的光芒。面对西方几百年来的误读政治的独立、文学的抒写让非洲人找到了自己。非洲现代文学从诞生到崛起十分迅速,这既离不开黑人作家对社会现实的深刻认识和艺术表达,也离不开黑人焕发的整体民族的自信心。

其次,非洲文学经典生成过程中,包含对民族国家建构的贡献、对时代潮流的把握和引领。宗主国把殖民统治看成是白人的责任,如殖民文学中提到的"文明的使命",提到用意志的行动或力量的壮大,用慈善或残忍的手段,把光明带给世界上黑暗的地方和人民。殖民地人民的自由必须依靠自己,因为宗主国无法得出结论看到帝国主义必须结束,以便使殖民地人民在没有欧洲统治的情况下自由地生活。④ 20世纪60年代非洲国家纷纷独立,但也有国家迟至90年代才独立。非洲人民争取自由和解放斗争的最终胜利的标志是1994年作为世界种族主义者最后堡垒的南非举行了首次多种族大选,曼德拉成为首位黑人总统,宣告了种族隔离制度的结束。由于20世纪初期反帝反殖民以及独立战争等

---

① [美]埃里克·吉尔伯特、乔纳森·T.雷诺兹:《非洲史》,黄磷译,海南出版社2007年版,第5页。
② [尼日利亚]钦努阿·阿契贝:《非洲的污名》,张春美译,南海出版公司2014年版,第125页。
③ 颜治强:《东方英语小说引论》,人民出版社2012年版,第149页。
④ [美]爱德华·W.萨义德:《文化与帝国主义》,李琨译,生活·读书·新知三联书店2016年版,第38页。

历史背景的影响，非洲现代文学的诞生与政治斗争的关系十分密切，现代文学的内容与民族国家的独立和自由密切相关，现代文学的主张即是民族主义。去殖民化时期的非洲文学不仅是人民反对殖民统治的思想武器，更是人们对推翻殖民统治后的美好生活的向往和寄托。去殖民化后期非洲文学经典逐步摆脱对白人文学的依附，在传承古老黑非洲文明的基础上，在与西方文化的碰撞中，实现了文学跨国度的横向联合和跨历史的纵向飞跃。

最后，后殖民时代非洲文学经典与世界主题切近。20世纪非洲文学与民族国家的建立密不可分，或者说这本来就是当时文学的世界主题。现代文学中的外来影响是自觉追求的，而民族传统则是自然形成的；它的发展方向就是使外来的因素取得民族的特点，并使民族传统与现代化的要求相适应。[1] 尽管那些曾在19世纪及20世纪早期大行其道的耸人听闻的"非洲"小说几乎已经销声匿迹，但它们数世纪来打造非洲可怕堕落的老套形象的执着遗传给了电影业、新闻业及各种人类学，甚至人道主义和传教活动。[2] 具有极大讽刺意味的是，阿契贝强调这样一个事实，就在康拉德以这种贬损的方式写出非洲人的同时，非洲艺术正在为欧洲造型艺术的巨变以及更笼统地说是现代主义的出现提供了促进因素。[3] 在不到一百年的时间里，世界按照"民族国家"的方式重新组合起来，可以说当今世界是一个由"民族国家"组成的世界。原本生活在撒哈拉以南非洲大大小小的2000多个部族，先是被分割在50多个欧洲列强的殖民地或保护地中，而非洲的非殖民化又只能在这种欧洲列强人为制造的基础上进行，无论是国家构建还是民族构建几乎都是从零开始。非洲杰出作家认识到的现实状况和未来趋势，从不同的令人沮丧的现实问题中，看到相同的以发展为主的前景和道路。无论是发展中国家，还是发达国家，都一样面临着全球化与本土化、统一治理与多样化的相同矛盾，一样寻找着关键的解决方案。

---

[1] 王瑶：《中国现代文学史论集》，北京大学出版社1998年版，第263页。
[2] ［尼日利亚］钦努阿·阿契贝：《非洲的污名》，张春美译，南海出版公司2014年版，第90页。
[3] ［英］巴特·穆尔-吉尔伯特：《后殖民理论——语境 实践 政治》，陈仲丹译，南京大学出版社2007年版，第159页。

三 漂泊者视角与非洲文学经典

非洲文学经典具有独特的文化蕴含和美学表征，有重要的研究价值和借鉴意义。对非洲文学经典生成的再认识，包含着对非洲自主发展的考察和评价。非洲文学经典作家的漂泊者视角，既有奴隶贸易以来的流散经历增加其厚度，又有跨界移民的历史增加其广度，还有超验他者的清醒透彻增加其深度。

奴隶贸易以来的流散经历增加非洲文学经典的厚度，跨界移民的历史增加了非洲文学经典的广度。黑人在世界范围的流散和移民拓宽了非洲文学的地理空间，除非洲本土外，还包括"泛非"和流散到世界各地的非裔文学家、批评家、思想家、理论家和哲学家。非洲语言文学与美国、英国、澳大利亚和加拿大等国的非裔语言和文学一脉相牵，是一个不可分割的整体。遭到诋毁的非洲形象不断积累，为奴隶贸易和其后的殖民活动进行辩护，留给世界一项文学传统，令人高兴的是，它现在已经凋萎了，但它也提供了一种看待（或者更准确地说，无视）非洲和非洲人的特殊方式，这种方式持续至今。[①] 非洲文学是非洲之外的人们认识非洲的捷径，而要真实地反映非洲自身，同时也意味着非洲作者对自身现实生活的反思和再认识。因此不仅包含着作者个人的身心体验，更加意味着要有对群体历史和经验的认识和概括。这就要求作者既能深入生活，同时还能超越生活，才能真正描绘广阔、生动、深刻的历史和生活本身，及其对民族未来发展的启示、对人类共同人性的完善。如果说白人救世主视野下的非洲是见物不见人的，那么非洲人自己的文学里，应该有更加丰富动人的人性和人情、更加复杂犀利的观点和思考。无论生活在哪里，库切都不能逃避来自他内心深处的关注和思考。"他读着这些（凶杀）报道，有一种被玷污的感觉。看来，他回来就得沾惹这些东西了！可是，在这个世界上，你还能上哪儿去找一个能把自己藏起来不受玷污的地方？难道跑到白雪覆盖的瑞典，远隔千山万水从

[①] ［尼日利亚］钦努阿·阿契贝：《非洲的污名》，张春美译，南海出版公司2014年版，第89页。

报章上了解他的同胞和他们最新的恶作剧,能让他感觉好受些?"① 作为一名移民作家,库切是出生在南非的白人后裔,是用英语写作的殖民地知识分子作家,是抵抗专制的世界主义者,他用怀疑论者的清醒和痛苦游离于世界的边缘,敏锐透视着影响非洲大陆现状和未来的最大因素之一:黑人和白人的遭逢和纠葛,及其共同创造的充满矛盾的过去和现在,这在南非体现得更加尖锐和复杂。库切不仅是获得诺贝尔文学奖的杰出作家,还是致力于消解殖民主义观点的后殖民理论实践者。库切终生怀有一种漂泊者心态,对流亡、殖民、放逐、他者这些概念情有独钟,他的描写对象始终是一些挑战主流或者站在主流视野之外的形象。

超越他者的视野增加了非洲文学经典的深度。这里的超验之义没有神秘性和宗教意味,而是指超越狭隘狭窄的固有经验和封闭传统,在不同文化中自由穿行、比较和思考。他者,是西方后殖民理论中常见的一个术语,在后殖民的理论中,西方人往往被称为主体性的"自我",殖民地的人民则被称为"他者"。西方人将"自我"以外的非西方的世界视为"他者",将两者截然对立起来,实际上潜含着西方中心的意识形态。宽泛地说,他者就是一个与主体既有区别又有联系的参照。通过选择和确立他者在一定程度上可以更好地确定和认识自我,但其中隐含的自我中心主义有着严重的缺陷或弊端,一个主体若没有他者的对比对照将完全不能认识和确定自我。我们接受的教育让我们敬仰我们的国家,尊重我们的传统;要我们坚定地寻求国家和传统的利益,而不管其他社会如何。② 这种帝国主义的态度在康拉德小说《黑暗的心》中被复杂且丰富的叙述形式巧妙捕捉,"我们活着,我们亦梦着——只有我们自己"。③ 自我与他者的二元对立在殖民主义盛行时期被建构起来,但是由于缺乏对他者的关照和认识,西方中心主义下的自我主体意识在短暂的优越之后开始接近于虚无,只有他者的视角、体验和思考,可以让它

---

① [南非] J. M. 库切:《夏日》,文敏译,浙江文艺出版社2017年版,第4页。
② [美] 爱德华·W. 萨义德:《文化与帝国主义》,李琨译,生活·读书·新知三联书店2016年版,第24页。
③ 同上书,第28页。

清醒。在19世纪和20世纪，白人肩负着"文明的使命"给野蛮人带去文明的火种，殖民宗主国热衷于占领土地、实施统治，第二次世界大战之后的美国更是众望所归的"自由的灯塔"。福山写出《历史的终结》的背景，是整个20世纪几乎所有的国家都在向西方学习，只是程度不同而已。

  公元1500年之前的世界文明各自发展，除了交界、邻近的文明相互影响和交流之外，公元1500年之后的世界在海外扩张、奴隶贸易、殖民统治、世界大战、冷战思维的影响下日益联系紧密并相互影响，全球化时代的地球缩小为如同村庄。后殖民时代白人不得不面对的道德困境，在种族隔离制度走向衰落之后最终演绎为白人和黑人易地而处的尴尬境地。南非白人作家库切多年的流散生涯让他形成超验他者的视角与多元文化观，在创作中库切既承认白人文化和黑人文化在历史上和现实中的冲突和对抗，又提倡双方都施以同情和理解以达成多元文化的和解与和谐。库切作为一个具有多重文化身份的流散作家，以超验他者这一独特视角揭示了种族隔离制度给南非的白人和黑人带来的无尽的痛苦和灾难。从《幽暗之地》早期殖民者狂妄自大的种种暴虐行迹，到《铁器时代》对由殖民主义建构的主体与他者的二元对立的颠覆，到《耻》中后种族隔离时代失去权势的白人和登上政治舞台的黑人易地而处的困境。

四　结语

  非洲文学经典的口头文学传统部分暗合非洲现代文学的口语化、小说体、故事性转向，殖民语言、欧洲文学的直接影响和长久借鉴导致欧洲语言本土化以及非洲现代文学的迅速诞生。民族主义潮流下非洲文学经典的生成不仅包括对殖民统治的反抗、对民族自信的凝聚，而且包括对民族国家建构的贡献、对反帝潮流的积极把握，以及在后殖民时代与时代主题和理论前沿的切近。非洲文学经典作家的漂泊者视角，既有奴隶贸易以来的流散经历增加其厚度，又有跨界移民的历史增加其广度，还有超验他者的清醒透彻增加其深度。由此，非洲文学经典先行揭示了西方价值观的伪善和缺陷，并且成为对世界文明和普遍人性进行检验的超越时空的文学经典。非洲经典文学既是非洲文化属性的独特表征，又是不同文明之间尝试理解的无形桥梁。非洲经典文学作品以其特有的感染力和感召力照亮曾经被黑暗笼罩的心灵、唤醒走向歧路的文明审视自身并重新前进，由此产生的精神力量历久不衰，不断鼓舞人类去创造美好未来。

附录二

21世纪凯恩非洲文学奖

20世纪非洲大陆独立以来，民族文学逐渐兴起和发展，诞生了一大批优秀的作家。非洲小说家们不仅描绘了非洲国家的当下现实和丰富历史，还深入探讨了非洲国家和发达国家的错综复杂的关系。对于一个身处混乱之中关注生活的作家来说，对于一个政治对生活影响巨大的国家来说，探索生存之道、生活之道是最重要的事情。对于拥有悠久口头文学传统的非洲文学来说，"讲故事"是非洲作家擅长的事。非洲大陆复杂坎坷的发展道路，使负有使命感的非洲作家产生了大批现实主义杰作。殖民语言（英语、法语为主）的运用和对西方文学的借鉴使非洲文学很快屹立在世界文学之林，并以自身特色丰富了世界文学。21世纪凯恩非洲文学奖是非洲文学最重要的奖项，虽然是关于短篇小说的，但作为非洲文坛的一个重要表征，仍然起到了反映非洲文化这一整体的特殊作用。因为要想了解非洲文学的真实情况，首先应该了解黑人的精神世界和泛非洲的文化传统，而凯恩非洲文学奖获奖作品即是一个入门捷径。

凯恩非洲文学奖（Caine Prize for African Writing）[①]是非洲大陆文学类最高奖项，颁给以最佳原作表现非洲精神并用英文出版短篇小说的非洲作家。非洲作家通常指那些出生在非洲的人，或者非洲国家的国民，或者父母是非洲人并且小说反映了非洲文化背景的作家。该奖以已故的布克公司前任董事长和布克奖委员会主席迈克尔·凯恩（Michael Caine）命名，因而得到"非洲布克奖"（African Booker）的别名。基

[①] 凯恩非洲文学奖，也被译为凯恩非洲写作奖，或凯恩非洲短篇小说奖。

金于 2000 年在英国创立，同年在哈拉雷的津巴布韦国际书展上首次颁奖，之后每年 7 月份在牛津大学的一次宴会上宣布获奖者，奖金 1 万英镑。届时所有入围的候选人都应邀参加为期一周的活动，包括作品朗读、签名售书以及和媒体见面的机会。该奖得到了包括布克公司在内的世界许多大公司的赞助，并得到三位诺贝尔文学奖得主沃莱·索因卡、纳丁·戈迪默、约翰·马克斯韦尔·库切和"非洲现代文学之父"钦努阿·阿契贝的支持。在凯恩非洲文学奖的鼓励下，不少青年作家走上了专业作家的道路。

每年 7 月公布新获奖者，之后出版所有入围者的新作品集，读者和研究者都有机会看到非洲文学的一些新方向。2000 年至今凯恩非洲文学奖已经成功举办 20 届，其中尼日利亚获奖作家最多，有六位；肯尼亚获奖作家有四位，南非有三位，津巴布韦、苏丹各有两位，乌干达、塞拉利昂、赞比亚各有一位；历届获奖者有一半是女性，大部分是中青年作家，预示着非洲文学已经进入良性循环，未来还将有更大发展。这是一群被誉为"后民族主义的一代"的作家，他们遍及非洲大陆，主要是一些年轻的新作家，也有一些年长的有所成就的作家。这些短篇小说集反映了丰富多彩的非洲大陆现状，且强调了短篇故事的重要地位，它来自擅长口头文学的民族传统是非洲文学的核心内容之一。

附录 2-1　　　　凯恩非洲文学奖历届获奖名单表[①]

凯恩非洲文学奖	作家	作品	国家	主题
2000 年第 1 届	莱拉·阿鲍蕾拉（女）(Leila Aboulela)	《博物馆》(The Museum)	苏丹	一个跨文化的爱情故事
2001 年第 2 届	海伦·哈比拉 (Helon Habila)	《等待天使》(Waiting for an Angel)	尼日利亚	军人政权时代尼日利亚拉各斯的绝望生活
2002 年第 3 届	赛亚凡加·瓦奈纳 (Binyavanga Waina)	《发现家园》(Discovering Home)	肯尼亚	一个大学生回到家乡参加祖父母结婚 60 周年纪念

[①] 根据凯恩非洲文学奖官方网站等相关资料整理：http://www.caineprize.com/。

续表

凯恩非洲文学奖	作家	作品	国家	主题
2003年第4届	伊冯娜·奥伍尔（女）(Yvonne Owuor)	《低语之重》(Weight of Whispers)	肯尼亚	一个遭遇大屠杀后卢旺达难民的故事
2004年第5届	布莱恩·奇克瓦拉(Brian Chikwala)	《第七魔力街》(Seventh Street Alchemy)	津巴布韦	津巴布韦文学长期传统的胜利
2005年第6届	塞甘·阿福拉比(Segun Afolabi)	《星期一早晨》(Monday Morning)	尼日利亚	描写外逃难民的生活
2006年第7届	玛丽·沃森（女）(Mary Watson)	《圣母峰》(Junfrau)	南非	以儿童的眼光描写紧张的家庭关系
2007年第8届	莫妮卡·阿拉克·德·恩耶科（女）(Monica Arac de Nyeko)	《詹布拉树》(Jambula Tree)	乌干达	描写乌干达内战期间穷苦家庭生活
2008年第9届	亨利埃塔·罗斯—因尼斯（女）(Henrietta Rose-Innes)	《毒药》(Poison)	南非	以非洲被毁坏的环境为主题，预见南非面临危机时两极分化的情形
2009年第10届	E. C. 奥松杜（E. C. Osondu）	《等待》(Waiting)	尼日利亚	描写难民营少年等人搭救时度日如年的生活
2010年第11届	奥卢费米·特里(Oluferi Terry)	《耍弄棍棒的日子》(Stick fighting Days)	塞拉利昂	讲述了一群孩子在垃圾场里打架的生活经历
2011年第12届	诺瓦莱布·拉瓦约（女）(Noolet Bulawayo)	《抵达布达佩斯》(Hitting Budapest)	津巴布韦	来自津巴布韦的6名小孩由于贫穷偷布达佩斯郊区市场石榴的故事
2012年第13届	罗蒂米·巴巴通德(Rotimi Babatunde)	《"孟买"共和国》(Bombay's Republic)	尼日利亚	主人公孟买参加第二次世界大战前后的经历

续表

凯恩非洲文学奖	作家	作品	国家	主题
2013年第14届	托普·福拉林(Tope Folarin)	《奇迹》(Miracle)	尼日利亚	会众聚集在得克萨斯州一个福音派尼日利亚教堂见证一位失明牧师的疗愈能力
2014年第15届	奥克维里·奥杜尔(女)(Okwiri Oduor)	《我父亲的头》(My Father's Head)	肯尼亚	在埋葬父亲的困难和记忆中描述失去和孤独的主题
2015年第16届	纳姆瓦利·塞尔佩尔(Namwali Serpell)(女)	《麻袋》(The Sack)	赞比亚	一个梦想和现实都很黑暗的世界里两个男人和一个缺席的女人之间的关系
2016年第17届	利杜马林加尼(Lidudumalingani)	《我们失去的记忆》(Memories We Lost)	南非	一个女孩充当姐妹保护者的感人故事
2017年第18届	布沙拉·法迪勒(Bushra al-Fadil)	《小女孩的鸟儿飞走了》(The Story of the Girl Whose Birds Flew Away)	苏丹	探寻人由精神放逐到最终身体放逐的追寻自由的故事
2018年第19届	马克娜·翁杰里卡(女)(Makena Onjerika)	《芬达黑加仑》(Fanta Blackcurrant)	肯尼亚	在内罗毕街头流浪的孤女,和一群无家可归的女孩生活在一起
2019年第20届	莱斯利·恩妮卡·阿里玛(女)(Lesley Nneka Arimah)	《皮肤》(Skinned)	尼日利亚	对妇女争取融入一个受仪式规范的社会的斗争的独特再现

从这些短篇小说的主题来看,非洲年轻一代的作品对社会性、政治性和父辈身上的"非洲特性"不那么感兴趣,取而代之以日常生活中的"人性"。第一个原因可能是因为20世纪离人们有一段距离,远看

有利于进行梳理，21世纪离得很近，有一些变化和波动都容易注意到。第二个原因可能是因为20世纪发生的一系列整体历史事件有利于对时代进行统一把握，21世纪之后较为平稳深入的发展导致非洲作家更为关注问题丛生的日常生活。第三个原因可能是因为随着非洲文学从启蒙、揭露等革命和建设时期的伟大使命降落人间，非洲作家也从启蒙思想家、建国政治家、理论批评家、社会活动家等身兼数职的精英活跃人士散落为在非洲各国各地生活和思考的普通人，如蒲公英般遍及非洲大陆。

参考文献

一　中文

［美］E. 希尔斯：《论传统》，傅铿、吕乐译，上海人民出版社 1993 年版。

［肯尼亚］詹姆士·恩古吉：《大河两岸》，蔡临祥译，外国文学出版社 1986 年版。

［英］E. M. 福斯特：《小说面面观》，冯涛译，人民文学出版社 2009 年版。

［南非］J. M. 库切：《耻》，张冲、郭整风译，译林出版社 2002 年版。

［南非］J. M. 库切：《内心活动》，黄灿然译，浙江文艺出版社 2017 年版。

［南非］J. M. 库切：《夏日》，文敏译，浙江文艺出版社 2017 年版。

［南非］J. M. 库切：《伊丽莎白·科斯特洛：八堂课》，北塔译，浙江文艺出版社 2004 年版。

［南非］J. M. 库切：《异乡人的国度》，汪洪章译，浙江文艺出版社 2017 年版。

［美］M. H. 艾布拉姆斯：《镜与灯——浪漫主义文论及批评传统》，郦稚牛等译，北京大学出版社 2004 年版。

［美］埃里克·吉尔伯特、乔纳森·T. 雷诺兹：《非洲史》，黄磷译，海南出版社、三环出版社 2007 年版。

［美］爱德华·W. 萨义德：《文化与帝国主义》，李琨译，生活·读书·新知三联书店 2016 年版。

［英］巴特·穆尔-吉尔伯特：《后殖民理论——语境 实践 政治》，陈

仲丹译，南京大学出版社 2007 年版。

［英］巴兹尔·戴维逊：《古老非洲的再发现》，屠佶译，生活·读书·新知三联书店 1973 年版。

［日］柄谷行人：《日本现代文学的起源》，赵京华译，生活·读书·新知三联书店 2019 年版。

［美］伯纳德·W. 贝尔：《非洲裔美国黑人小说及其传统》，刘捷等译，四川人民出版社 2000 年版。

［英］多丽丝·莱辛：《野草在唱歌》，一蕾译，译林出版社 1999 年版。

［喀麦隆］费丁南·奥约诺：《童仆的一生》，李爽秋译，外国文学出版社 1985 年版。

［法］弗朗兹·法农：《全世界受苦的人》，万冰译，译林出版社 2005 年版。

［美］海明威：《非洲的青山》，张建平译，上海译文出版社 2004 年版。

蒋原伦：《20 世纪中国文学史研究观念的演变》，北京大学出版社 2019 年版。

李安山：《非洲民族主义研究》，中国国际广播出版社 2004 年版。

李永彩：《南非文学史》，上海外语教育出版社 2009 年版。

刘德斌：《国际关系史》，高等教育出版社 2003 年版。

刘鸿武：《东非斯瓦希里文化研究》，浙江人民出版社 2014 年版。

刘鸿武：《非洲文化与当代发展》，人民出版社 2014 年版。

刘象愚：《外国文论简史》，北京大学出版社 2005 年版。

刘勰：《文心雕龙》，中州古籍出版社 2008 年版。

陆庭恩、艾周昌：《非洲史教程》，华东师范大学出版社 1989 年版。

［美］伦纳德·S. 克莱因主编：《20 世纪非洲文学》，李永彩译，北京语言学院 1991 年版。

［英］罗兰·奥利弗、安东尼·阿特莫尔：《1800 年以后的非洲》，李广一等译，商务印书馆 1992 年版。

［肯尼亚］马兹鲁伊：《非洲通史——第八卷：1935 年以后的非洲》，屠尔康等译，中国对外翻译出版公司 2003 年版。

孟昭毅、黎跃进：《简明东方文学史》，北京大学出版社 2005 年版。

［莫桑比克］米亚·科托：《梦游之地》，闵雪飞译，中信出版集团 2018

年版。

［南非］纳丁·戈迪默：《我儿子的故事》，莫雅平译，译林出版社 1998 年版。

［南非］纳丁·戈迪默：《无人伴随我》，金明译，译林出版社 2006 年版。

［埃及］纳吉布·马哈福兹：《命运的嘲弄、拉杜比丝、底比斯之战》，孟凯等译，上海译文出版社 2003 年版。

［英］尼尼安·斯马特：《世界宗教》，高师宁等译，北京大学出版社 2004 年版。

［英］帕林德：《非洲传统宗教》，张治强译，商务印书馆 1992 年版。

［尼日利亚］奇玛曼达·恩戈兹·阿迪契：《半轮黄日》，石平萍译，人民文学出版社 2017 年版。

［尼日利亚］奇玛曼达·恩戈兹·阿迪契：《美国佬》，张芸译，人民文学出版社 2018 年版。

［尼日利亚］钦努阿·阿契贝：《非洲的污名》，张春美译，南海出版公司 2014 年版。

［尼日利亚］钦努阿·阿契贝：《人民公仆》，尧雨译，外国文学出版社 1988 年版。

［尼日利亚］钦努阿·阿契贝：《神箭》，陈笑黎、洪萃晖译，重庆出版社 2011 年版。

［塞内加尔］桑戈尔：《桑戈尔诗选》，曹松豪、吴奈译，外国文学出版社 1983 年版。

［埃及］邵武基·戴伊夫：《阿拉伯埃及近代文学史》，李振中译，人民文学出版社 1980 年版。

［美］斯塔夫里阿诺斯：《全球分裂：第三世界的历史进程（上下册）》，王红生等译，北京大学出版社 2017 年版。

［美］斯塔夫里阿诺斯：《全球通史——从史前史到 21 世纪》（第七版），北京大学出版社 2005 年版。

［美］斯托夫人：《汤姆叔叔的小屋》，林玉鹏译，译林出版社 2005 年版。

汪剑钊编译：《非洲现代诗选（上、下）》，河北教育出版社 2003 年版。

王瑶：《中国现代文学史论集》，北京大学出版社 1998 年版。

［英］威廉·托多夫：《非洲政府与政治》，肖宏宇译，北京大学出版社

2007年版。

［尼日利亚］沃莱·索因卡：《痴心与浊水》，沈静、石羽山译，外国文学出版社1987年版。

颜治强：《东方英语小说引论》，人民出版社2012年版。

颜治强：《论非洲英语文学的生成：文本化史学片段》，外语教学与研究出版社2019年版。

［苏联］伊·德·尼基福罗娃等：《非洲现代文学东非和南非》，陈开种等译，外国文学出版社1981年版。

佚名：《松迪亚塔》，李永彩译，译林出版社2003年版。

郁龙余、孟昭毅：《东方文学史》，北京大学出版社2001年版。

［肯尼亚］詹姆士·恩古吉：《一粒麦种》，杨明秋、泗水、刘波林译，外国文学出版社1982年版。

朱振武：《非洲英语文学的源与流》，学林出版社2019年版。

朱振武主编：《非洲英语文学研究》，华东理工大学出版社2019年版。

二 英文

Albert S. Gerard, *European-Language Writing in Sub-Saharan Africa*, Hungury: Coordinating Committee of A Comparative History of Literature in European Languages, 1986.

Ali A. Mazrui eds., *The Africans: a Reader*, New York: Greater Washington Educational Telecommunications Association, Inc., 1986.

Archbishop Desmond Tutu, *No Future Without Forgiveness*, New York: Image Publisher, 2000.

Adrian Roscoe, *The Columbia Guide to Central African Literature in English Since 1945*, New York: Columbia University Press, 2007.

Bernth Lindfors, *Early Achebe*, Trenton, NJ & Asmara, Eritrea: Africa Worlk Press, 2009.

Chinua Achebe, *Home and Exile*, New York: Anchor Books, 2001.

Chinua Achebe, *Hopes and Impediments*, New York: Anchor Books, 1990.

Derek R. Peterson, *Creative Writing: Translation, Bookkeeping, and the Work of Imagination in Colonial Kenya*, Portsmouth, NH: Heinemann, 2004.

Douglas Killam and Ruth Rowe, eds., *The Companion to African Literatures*, Bloomington: Indiana University Press, 2000.

Dubem Okafor eds., *Meditations on African Literature*, London: Greenwood Press, 2001.

Ezekiel Mphahlele, *The African Image*, London: Faber and Faber, 1962.

Edmund L. Epstein and Robert Kole eds., *The Language of African Literature*, Trenton: Africa World Press, 1998.

Eldred Durosimi Jones eds., *African Literature Today*, New York: Africana Publishing Company, 1973.

Eskia Mphahlele, *Education, African Humanism & Culture, in Social Consciousness, Literary Appreciation*, Cape Town: Kwela Books, 2002.

George B. N. Ayittey, *African in Chaos*, New York: St. Martin's press, 1998.

Gregory Maddox eds., *The Colonial Epoch in Africa*, New York and London: Garland Publishing, Inc., 1993.

Gregory Maddox and Timothy K. Welliver eds., *Colonialism and Nationalism in Africa*, New York and London: Garland Publishing, INC., 1993.

Gina Wisker, *Key Concept in Postcolonial Literature*, Shanghai: Shanghai Foreign Language Education Press, 2017.

Handel Kashope Wright, *A Prescience of African Cultural Studies: the Future of Literature in Africa is Not What It Was*, New York: Peter Lang Publishing, Inc., 2004.

Horst Zander, *Fact-Fiction- "Faction": A Study of Black South African Literature in English*, Tübingen: Narr, 1999.

J. M. Coetzee, *Doubling the point: Essays and Interviews*, London: Harvard University Press, 1992.

J. M. Coetzee, *Elizabeth Costello*, New York: Viking, 2003.

Jeffrey W. Hunter and Jerry Moore Eds., *Black Literature Criticism Supplement*, Farmington: Gale Research, 1999.

James L. Newman, *The Peopling of Africa: a Geographic Interpretation*, New Haven and London: Yale University, 1995.

James Olney eds., *Afro-American Writing Today*, Baton Rouge and London:

Louisiana State University Press, 1985.

J. A. Ramsaran, *New Approaches to African Literature: A Guide to Negro-African Writing and Related Srudies*, Nigeria: Ibadan University Press, 1965.

Mpalive-Hangson Msiska and Paul Hyland, *Writing and Africa*, New York: Addison Wesley Longman Limited, 1997.

Ngugi Wa Thiong'o, *Decolonizing the Mind: The Politics of Language in African Literature*, Heinemann, 1986.

Ngugi Wa Thiong'o, *Moving the Center: The Strugggle for Cultural Freedom*, London: James Currey, 1993.

Peter Limb and Jean-Marie Volet, *Bibliography of African Literatures*, Lanham, Md., and London: The Scarecrow Press, Inc., 1996.

Piniel Viriri Shava, *A People's Voice: Black South African Writing in the Twentieth Century*, London: Zed Books Ltd., 1989.

Roland Oliver and Anthony Atmore, *Africa Since 1800*, New Edition, Cambridge: Cambridge University Press, 1967, 1972, 1981, 1994.

Susan van Zanten Gallagher, *A Story of South Africa: J. M. Cozetee's Fiction in Context*, Cambridge: Harvard University Press, 1991.

Stephanie Newell, *West African Literatures: Way of Reading*, New York: Oxford University Press, 2006.

Stephanie Newell, *Writing African Women: gender, popular culture and literature in West Africa*, London: Zed Books Ltd, 1997.

Tim Woods, *African Pasts: Memory and History in African Literatures*, Manchester and New York: Manchester University Press, 2007.

T. O. Ranger eds., *Emerging Themes of African History*, London: Heinemann Educational Books Ltd., 1968.

Wilfred Cartey and Martin Kilson, eds., *the Africa Reader: Colonial Africa*, New York: Random House 1970.

Washinton A. J. Okumu, *The African Renaissance History, Significance and Strategy*, Trenton, NJ & Asmara, Eritrea: Africa World Press, Inc., 2002.

后　　记

　　文学应该是对现实生活的反映和思考,当生活的时空循环往复、封闭狭窄时,文学也限制在神话、传说和习俗中,难以向前发展。受到口头文学传统的长期影响,非洲文学在19世纪以前几乎没有固定的可以流传的文本,也没有得到过独立的开拓和发展。这样混沌未开的状态,导致外界对非洲大陆的最初印象是一块未经探明的"黑暗大陆",自然界的动物和植物生机蓬勃,人类文明在这里却似乎长期停滞不前。对非洲的认识,既然没有非洲人自己的文本和观点,那么就只能来源于探险家、传教士们的居高临下的冷酷笔触。在殖民者的笔下,非洲大陆的部落、口传、采集、农耕等古老传统,在经历了外来的文艺复兴和启蒙运动之后的工业文明的摧枯拉朽的强势冲击下,几乎无立锥之地、立身之本。于是,非洲人就成为了等待"白人主子"启蒙和拯救的愚昧野蛮的被动弱势的种族,不能够掌握自身的命运和前途。这样的认识不仅来自于优越的殖民者的有意为之,而且部分成为被殖民者的被动认识。回顾400年的血腥暴虐的奴隶贸易史、近百年的直接间接的殖民统治史,即是两者之间一主一仆、一明一暗的鲜明演绎及残酷历史。《走出非洲》是殖民者浪漫诗意的超然表达,客观背景则是殖民地人民麻木困顿、亟待拯救的悲惨日常。

　　长久以来,这个世界满足于主要依据殖民时期留传下来的陈词滥调来评判那些处于困境中的民族或国家。[1] 不论如何,非洲依附性的产生

---

[1] [尼日利亚]钦努阿·阿契贝:《非洲的污名》,张春美译,南海出版公司2014年版,第183页。

和固化，是与非洲国家不久之后的独立格格不入的，起码不符合非洲未来的发展趋势。20世纪世界潮流的大势不会因为一些国家或民族的认识的局限，就停滞不前。两次世界大战在欧洲本土的发生，强烈冲击了白人优越地位的傲慢意识，同时猛力动摇了非洲人落后蒙昧的保守意识。《黑暗之心》里有妄自尊大的白人的浅薄傲慢，也有缺乏自主意识的黑人的空洞谦卑。现代化的到来，意味着一切都需要重新加以认识和界定，只有勇于纠错的民族才能够经历曲折和坎坷，勇敢地面对未来。正如"非洲文学之父"阿契贝所说的："我提及这些不愉快的事情，并不是想寻求又一次道歉，而是要提醒我们每个人提防那些有关非洲的轻率评价：非洲的贫穷无药可救，或者非洲人普遍无法像其他地方的人那样联合起来，共同前进"。① 非洲，不想也不能再被当作黑暗的大陆、没有希望的大陆。

非洲，是非洲人的非洲，只有生存在这片大陆上的人民，才能负担起这块大陆的前途和命运。无论这块大陆多么落后，也必须得到自我的发展。独立，便是迈向现代化的第一步。自诩文明的白人因为信仰弱肉强食的丛林法则，自食其果催生了欧洲本土的利益纷争，进而质疑工业文明的负面影响和未卜前景。被动趋附的非洲人因为跌宕的际遇和变幻的局势开阔了眼界和心胸，反而找到了自身文明的人性价值和永恒意义，自独立之后经历了曲折坎坷的选择，最终致力于独立之后的自我发展。"我知道我们应该努力客观地分析我们的不足，而不是默默地接受那些谜团和神话，我们完全有理由怀疑烹制它们的那些人所谓的善意。"② 非洲现代文学的诞生，其实也是非洲文学的真正诞生，其内容上的焕然一新来自于非洲人民自我意识的觉醒和独立、非洲人民掌握自身命运的愿景和信心，形式上则是从口头文学、外来文学向文本文学、本土文学的自我发掘和巨大转变。非洲文学的现代化发展，离不开非洲人民对民族特性的觉醒和认识，也离不开非洲人民对生活道路的把握和自信。《援助的死亡》意味着后殖民主义者的优越意识已经没有延续的

---

① [尼日利亚] 钦努阿·阿契贝：《非洲的污名》，张春美译，南海出版公司2014年版，第181页。

② 同上书，第178页。

必要了，授之以鱼不如授之以渔，非洲人民需要的不是一时之需，而是独立发展的方法、道路和思想。"年轻人想要的并不是施舍，而是想获得支持"，非洲需要的也不是援助、救济和贷款，而是摆脱困境的知识、方法和途径。

文学的历史发展过程，涉及重要文学现象的上下左右关系，涉及文学发展的规律性。要想阐明非洲文学的发展，就要从历史上考察它的来龙去脉，它的重要现象的发展过程，而避免把它写成作家作品介绍、评论的汇编。现象比规律更丰富，通过对大量文学现象的研究，抓住那些最能体现某一时期的文学特征的典型现象，从中体现规律性的东西。文学史必须分析具体丰富的文学历史现象，它的规律是渗透到现象中的，而不是用抽象的概念形式体现的。因此必须找出最能充分反映本质的现象，从文学现象的具体面貌来体现文学的发展规律。[①] 不能"以论代史"，文艺理论不能成为套语和标签，代替对具体文学现象的历史分析。

从文学的角度梳理非洲的历史，深入对非洲文化、社会与政治的研究，是文学研究的更为广阔和深入的前进目标。经历过殖民统治、独立战争、政治腐败、民族分裂、种族斗争、恐怖活动、艾滋泛滥、经济低迷等来自外在和内在的祸乱之后的非洲，在21世纪终于拥有了踏实的自己，看清楚大致的生活，不求诸外，只警醒自身内在的发展。也许对个人也好、民族也好、国家也好，环境的好坏不足影响全部，扭转的契机在于自身的努力和造就。历史是坎坷不平却又无法改变的，或许每个民族或国家都必须承受住属于自己的那份沉重和负担，然后才能从历史造就的起点走向前，去迎接未来。拒绝和否定那些不公平、伪善的压迫和控制，本身就是一种争取和进步。之后回归自身、认清形势，找到发展的立足点，就是新的开始和新的未来。非洲大陆上的沙漠、丛林、高山和湖泊，已经没有了最初神秘的色彩，也没有了曾经血腥的悲情、饥饿的阴影，过了这么多年，看着它，终于有了些与世隔绝时的自然和清净，就像被水洗过，又恢复了多姿多彩、万物奔腾、民风淳朴的本来风采，更增加了高楼林立、经济发展、政治趋稳的现代特征。

非洲人民争取自由和解放斗争的最终胜利的标志是1994年作为世

[①] 王瑶：《中国现代文学史论集》，北京大学出版社1998年版，第233页。

界种族主义者最后堡垒的南非举行了首次多种族大选，曼德拉成为首位黑人总统，宣告了种族隔离制度的结束。当老一辈非洲作家穷其一生把自己从不确定性、不舒适和内部混乱中传送了出来，在混乱世界里寻找到宁静生活并把关注的重点转向内在的时候，他们见证过黑人自信的崛起和普及，被逐渐开始的转变所鼓舞，这在美国有了第一位黑人总统的时候达到了顶峰。生活在美国的索因卡，关注着祖国尼日利亚被穆斯林恐怖组织博科圣地所困，关注着特朗普上台之后对奥巴马时代的倒戈，他强调"但是在这样的环境中，你也需要一种宏大的思维，能够辨别，也就是能够梳理"。他认为既要提防文化霸权和文化殖民，又不能单向一元地看待文化碰撞，非洲文学创作者须有这样的态度，才能成为不同文化之间的桥梁。这即是说非洲文学是语言与文化的沟通艺术，是不同文明相互理解的存在之道，这是非洲文学的独特使命，也是非洲作家的深刻领悟。

2012年的"世界末日"没有来，同年凯恩非洲文学奖的评委们表示他们也要消解悲剧，在考核本年的参赛作品时关注的是那些超越以往读者熟知且在媒体横行的非洲形象，即"战乱的非洲""饥饿的非洲""腐败的非洲"，总之是悲剧性的非洲。21世纪的非洲文学开始了新的路程，和非洲国家一起。若笛卡儿的名言"我思故我在"代表的是欧洲个人主义的理念，班图人的格言"Umuntu ngumuntu ngabantu"则代表了非洲共同的愿望："一个人之所以为人，是因为其他人"[①]。多元化的开明的非洲、城镇化的现代的非洲、全球化的文化融合的非洲，正在并将在未来的非洲文学里得到更多的呈现。当非洲文学淡化了非洲特性，非洲人民也就拥有了一般的日常生活。

夏艳
于云南大学映秋院
2019年12月

[①] ［尼日利亚］钦努阿·阿契贝：《非洲的污名》，张春美译，南海出版公司2014年版，第184页。